JULIE PETERS

Winterzauber am Inselweg

atb aufbau taschenbuch

JULIE PETERS, geboren 1979, arbeitete als Buchhändlerin und studierte Geschichte, bevor sie sich ganz dem Schreiben widmete. Im Aufbau Taschenbuch sind von ihr bereits »Mein wunderbarer Buchladen am Inselweg«, »Mein zauberhafter Sommer im Inselbuchladen«, »Der kleine Weihnachtsbuchladen am Meer«, »Ein Sommer im Alten Land«, »Ein Winter im Alten Land«, »Käthe Kruse und die Träume der Kinder«, »Käthe Kruse und das Glück der Kinder«, »Ein neuer Sommer am Inselweg«, die Saga »Die Dorfärztin« und der erste Band der Amazonen-Trilogie »Die Kriegerin – Tochter der Amazonen« erschienen.

Nicht zum ersten Mal fragte Frieke sich, was das mit der Insel war, dass die Menschen herkamen, ihr Herz verloren und blieben. Lag es an der Insel oder an den Menschen, die hier lebten?
Ihr selbst ist es ja nicht anders ergangen, als sie vor wenigen Jahren nach Spiekeroog kam. Nun führt sie erfolgreich ihren Buchladen, erwartet voller Freude ihr zweites Kind und macht ein Geschichtenbuch aus den Notizen ihres Vaters, der ihr das Kapitänshaus hinterlassen hat. Nur manchmal fragt sie sich, wie sie das alles schaffen soll. Aber sie weiß: Mit ihren Lieblingsmenschen an der Seite und ausreichend Quarkrosinenbrötchen ist alles machbar.

JULIE PETERS

Winterzauber am Inselweg

ROMAN

aufbau taschenbuch

MIX
Papier | Fördert gute Waldnutzung
FSC® C083411

ISBN 978-3-7466-3800-3

Aufbau Taschenbuch ist eine Marke
der Aufbau Verlage GmbH & Co. KG

1. Auflage 2024

www.aufbau-verlage.de
10969 Berlin, Prinzenstraße 85

Umschlaggestaltung www.buerosued.de, München
unter Verwendung eines Motivs von © mauritius images / Carsten
Leuzinger / imageBROKER
Satz Greiner & Reichel, Köln
Druck und Binden CPI books GmbH, Leck, Germany

Printed in Germany

KAPITEL 1

»Was für eine Scheißidee«, murmelte Smilla und zerrte ihren Rollkoffer von der Bushaltestelle zum Fähranleger. Eine der Rollen war kaputt, das hatte sie aber erst heute Morgen gemerkt, als sie den Koffer von ihrem Bett gewuchtet und zur Wohnungstür gezogen hatte. Seitdem hatte sie sich permanent über dieses – Pardon – Scheißding geärgert. Als sie ihn zum S-Bahnhof Tiergarten zog. Als sie ihn durch den Berliner Hauptbahnhof dirigierte. Als sie ihn im Zug nach Hamburg abstellte. Dann weiter in Hannover, als sie versuchte, in den fünfzehn Minuten Umsteigezeit, die wie durch ein Wunder auf nur zwölf zusammengeschrumpft waren – vielen Dank, liebe DB! –, vom Bahnsteig über den Kaffeestand mit den warmen Franzbrötchen zum nächsten Bahnsteig zu wechseln. Immer war ihr dieser blöde Koffer entweder in die Hacken gefahren oder stellte sich wie ein störrisches Kleinkind quer. Nicht, dass sie wusste, wie das Leben mit einem Kleinkind war. Aber so stellte sie es sich vor, und ganz ehrlich: klang nicht gerade erstrebenswert.

Nachdem sie den Koffer in ein Viererabteil gestellt hatte, ließ sie sich daneben plumpsen und biss in ihr Franzbrötchen. Es schmeckte leider gar nicht gut, zu fettig, klebrig vom Zucker und gleichzeitig trocken und überhaupt nicht nach Zimt. Verdammt. Sie hatte sich so darauf gefreut.

Nach drei weiteren Umstiegen und einer geradezu halsbrecherischen Busfahrt auf dem letzten Teilstück stieg sie in Neuharlingersiel am Fährterminal aus. Sie hatte vorher online die Fahrkarte bestellt und lief nun zu dem Kiosk am Anleger und hoffte, dass ein feines Fischbrötchen das Franzbrötchendesaster würde ausgleichen können.

Sie wuchtete ihren Koffer in einen der silbernen Container und setzte sich auf eine Bank etwas weiter oben am Parkplatz. Bis zur Abfahrt waren noch zwanzig Minuten Zeit.

Zum ersten Mal, seit sie heute Früh aus dem Haus gegangen war, erlaubte sie sich durchzuatmen. Sie roch die salzige Luft, die vom Meer heranwehte, sie hörte das Kreischen der Möwen und spürte den Wind, der ihr die schwarzen Haare aus dem Gesicht trieb. Sobald sie an Bord der Fähre war, konnte sie wirklich durchatmen, denn dass Richard eine Fähre betrat, um ihr nachzueilen, war nahezu ausgeschlossen. Richard hatte Angst vor allen möglichen Fähren, Booten, Schiffen. Auf Spiekeroog wäre sie erst mal in Sicherheit.

Den Gedanken an ihn hatte sie bis zu diesem Augenblick tunlichst vermieden, und tatsächlich passierte jetzt genau das, was sie hatte verhindern wollen. Sie schluckte hart, der Bissen vom Fischbrötchen ging ihr quer durch den Hals. »Wieso musstest du alles kaputt machen?«, flüsterte sie in den Wind. War ihr Leben nicht schon ohne ihn kompliziert genug?

Hatte er vielleicht recht? Vergrub sie sich unter der Trauer um Jonas, statt knapp zwei Jahre nach seinem Tod endlich wieder anzufangen zu leben?

Sieh her, Richard. Ich lebe. Ich habe meine Wohnung verlassen und versuche, möglichst viel Abstand zwischen uns zu bringen, nachdem du dachtest, es wäre eine gute Idee, mit einem völlig aus der Luft gegriffenen Antrag unsere Freundschaft in Schutt und Asche zu legen. Zufrieden?

Sie war es nicht. Mit zusammengekniffenen Augen beobachtete sie die anderen Reisenden, die sich nach und nach vor dem Gitter aufstellten, das die Gangway zur SPIEKEROOG II versperrte. Darunter waren ältere Damen, die zu zweit oder dritt reisten und mit Wanderstiefeln und Northface-Jacken deutlich kundtaten, was sie auf der Insel zu tun planten. Eltern mit Kleinkindern, die Smilla fragen könnte, ob die Kleinen wirklich so trotzig waren wie ihr Koffer. Aber auch ein Pärchen in Smillas Alter, und beide machten auf sie nicht den Eindruck, als wären sie besonders glücklich. Sie war eine hübsche Blonde, groß, ihre Locken wehten im Wind, ihr orange-pinker Schal war bis zur Nasenspitze um ihr Gesicht gewickelt. Der lila Mantel stand ihr ausgezeichnet, dachte Smilla bewundernd. Der Mann neben ihr überragte sie um einen halben Kopf, wirkte sportlich und hatte das gute Aussehen eines Footballspielers, der mit einem wollweißen Zopfpulli und Jeans etwas deplatziert wirkte. Gerade schmiegte sich die Blonde an seine Brust, während er die Stirn runzelte und zur Insel blickte, als könnte er es gar nicht erwarten, endlich dort zu sein. Alles an seiner Haltung war pure Abwehr. Vielleicht wollte er auch nicht zur Insel, sondern einfach möglichst weit weg.

Eine Frau, in Smillas Alter oder etwas älter, saß auf einer der Bänke. Ihre Hände umfassten einen Thermosbecher und sie blickte etwas gedankenverloren zur Fähre, als wüsste sie nicht, ob sie an Bord gehen sollte. Als sie Smillas Blick bemerkte, lächelte sie. Der Wind blies ihr die dunkelbraunen Locken in die Stirn. Sie sah aus, als gehörte sie hierher. Eine Insulanerin, vermutete Smilla. Die Frau stand auf und streckte sich. Unter ihrem blauen Pulli wölbte sich ein Bauch. Smilla drehte den Kopf weg und musste blinzeln.

Während sie die Menschen beobachtete, hatten sich zwei Möwen herangepirscht. Sie hüpften näher, legten den Kopf schief und warteten, ob Smilla sie verscheuchte. Da das nicht passierte, wagte die erste einen Vorstoß. Sie flog auf und stieß von oben auf ihre Hand mit dem Fischbrötchen herunter. Smilla, die in Gedanken immer noch bei dem Pärchen war, spürte das Zupfen an dem Brötchen in ihrer Hand und schrie auf. Einige Köpfe fuhren zu ihr herum. Peinlich! Noch peinlicher war aber, dass sie vor Schreck das Brötchen fallen ließ, das auf dem Asphalt landete. Darauf hatten die Möwen nur gelauert. Sofort waren die beiden zur Stelle und fingen an, den Leckerbissen untereinander aufzuteilen. Im nächsten Moment rauschte es in der Luft und fünf, sechs, acht weitere Möwen stießen mit schrillen Schreien herab und stritten sich lautstark um das schöne Fischbrötchen. Smilla kreischte, sprang auf und wich drei Schritte zurück.

Sie sollte offensichtlich hungrig auf die Insel reisen. Und sich nebenher zum Gespött der Leute machen. Sogar der hübsche Mann konnte sich ein Grinsen nicht verkneifen. Bravo.

Sie schlich mit dem Rucksack wieder nach vorne zu dem Kiosk und beschloss, als Letzte an Bord zu gehen und sich einen Platz zu suchen, an dem niemand sie sah. Ob es auf der Fähre was zu essen gab? Langsam hatte sie wirklich Hunger und ärgerte sich, weil sie heute Morgen ohne Frühstück aus dem Haus gegangen war.

»Ist mir auch schon mal passiert.«

Sie fuhr herum. Gerade hatte sie so getan, als würde sie den Aushang am Fahrkartenschalter studieren, als der hübsche Mann hinter ihr auftauchte.

»Das mit dem Fischbrötchen?«

Er nickte und wandte sich an den knurrigen Fahrkartenverkäufer hinter der Glasscheibe. »Ich würde gern noch zwei Koffertickets für den Transport auf der Insel buchen.«

Der Fahrkartenverkäufer mit Prinz-Heinrich-Mütze, blauem Strickpulli mit Reißverschluss und kalter Pfeife im Mundwinkel knurrte »zehn Euro« und reichte dem Mann zwei Kofferanhänger.

»Das geht?«, staunte Smilla.

»Klar. Einfach die Anhänger an den Koffern befestigen und sie werden zur Unterkunft gebracht.«

»Perfekt!«, rief sie begeistert.

»Wo wohnst du?«

»Auf dem Isländerhof. Meine Freundin arbeitet dort, und sie meinte, sie hätten noch eine Wohnung für mich frei«, plapperte Smilla.

»Wie toll! Ich wollte mir den immer schon mal näher ansehen, aber ich bin wohl zu groß für die Islandpferde.«

Sie sah ihn von oben bis unten an. »Ein wenig vielleicht«, räumte sie ein.

»Glaub's mir. Ich könnte mitlaufen.«

»Aber so ein Bändchen für den Koffer brauche ich auch.« Smilla kramte in der Manteltasche nach ihrer Geldbörse und wandte sich an den Fahrkartenverkäufer. »Ich will auch so einen Anhänger«, sagte sie. Doch während sie mit dem Fremden geredet hatte, war die Jalousie hinter der Scheibe lautlos nach unten geglitten. Schalter geschlossen.

»Wunderbar«, murmelte sie. »Als hätte ich nicht schon genug durchgemacht.«

Ihr Gegenüber lachte. »Entschuldige, das mit den Möwen vorhin? Es sah zu witzig aus.«

»Wenigstens einer freut sich. Ich bin übrigens Smilla.«

»Onno.« Sie gaben sich die Hand, und dabei lächelten sie sich an. Smilla bemerkte, dass Onnos Augen braun waren. Mit so winzigen Bernsteinsprenkeln drin.

»Ach, hier steckst du!«

Onno machte einen Schritt nach hinten, obwohl er Smilla gar nicht zu nahe gekommen war.

»Ja, ich hab die Kofferanhänger geholt.«

Seine Freundin musterte Smilla und runzelte die Stirn. »Der Schalter ist zu«, bemerkte sie.

Onno hielt die Anhänger hoch. »Hier sind sie.«

»Dann jetzt schnell, bevor die Container verladen werden.« Sie hakte sich bei ihm unter und zog ihn Richtung Ausgang.

»Tschüss, Smilla«, sagte Onno.

»Tschüss«, sie hob lahm die Hand. Der Blick, den Onnos Freundin ihr zuwarf, hätte töten können.

Pia war sauer. Dafür musste er kein Hellseher sein, das trug sie ziemlich offen vor sich her. Sie war sauer, seit sie sich heute früh neben ihn ins Auto gesetzt hatte mit den Worten »Du ziehst das echt durch, was?«

Er hatte darauf nicht geantwortet, denn jede Diskussion, die Pia und er in den letzten Wochen über das Thema geführt hatten, endete unweigerlich damit, dass sie kein Wort mehr mit ihm redete. Die Tatsache, dass er den neuen Job auf der Insel angenommen hatte, war für Pia eine Red Flag. Damit hatte er in ihren Augen die Beziehung beendet.

Ja, vielleicht hatte er das. Wenn man es so betrachtete. Aber die ganze Beziehung war in den letzten Monaten eine einzige Red Flag gewesen, in die Pia ihn eingewickelt hatte und ihn langsam, aber sicher zu ersticken drohte.

Er war kein Mann mit Bindungsangst. Er war reflektiert, wollte eine Beziehung auf Augenhöhe führen und war nicht so harmoniesüchtig, dass er jedem Konflikt aus dem Weg ging. Trotzdem warf Pia ihm vor, dass er vor den Problemen weglief.

Für sie war sein neuer Job auf der Insel, weit weg von ihrem gemeinsamen Lebensmittelpunkt in Frankfurt, Verrat. Trotzdem blieb sie an seiner Seite, als könnte sie so kontrollieren, wie schlimm dieser Verrat sein würde. Onno hätte ihr gern erklärt, dass er das *wirklich* allein schaffte. Aber sie ließ sich nicht davon abbringen. Und zwar nicht, um das neue Leben kennenzulernen, das er ab sofort führte, sondern um ihm bei jeder sich bietenden Gelegenheit zu erklären, wie schrecklich seine Wahl für Spiekeroog war und wie sehr er es bereuen würde, das »gemeinsame Nest« verlassen zu haben.

Jetzt hockte sie neben ihm auf der roten Polsterbank im Bauch der SPIEKEROOG II und blätterte laut in der kleinen Speisekarte, die verschiedene Snacks und Heißgetränke anbot. Und ja, man konnte durchaus passivaggressiv laut blättern, wenn man sich Mühe gab. Hätte er bisher auch nicht gedacht.

»Wer war das da vorhin?«, murmelte sie.

»Wie bitte?« Er beugte sich vor.

»Die Frau. Diese Smilla.«

»Ach so.« Darum die Aufregung? Um Himmels willen. »Das war ein anderer Fahrgast. Ich habe mit ihr über Spiekeroog und Islandpferde geredet.« Alles ganz harmlos.

Nicht für Pia. Sie schnaubte. »Sicher.« Ihr Blick war auf das andere Ende des Raums gerichtet. Sie runzelte die Stirn. Onno drehte sich um und sah, wie Smilla sich bei dem Kellner bedankte, der ihr einen Teller mit Kartoffelsalat und Würstchen und eine Flasche Cola hinstellte. Sie strahlte ihn an, als hätte er ihr das Leben gerettet.

»Starr doch nicht so«, fauchte Pia.

Er drehte sich seufzend zu ihr um. »Ernsthaft, Pia? Willst du mir jetzt eine Szene machen, weil ich zu einer Mitreisenden nett war?«

»Sie ist sehr hübsch.«

»Und?« Er zuckte mit den Schultern.

»Nichts und. Sie sieht diesem Mädchen ähnlich.«

Onno rührte sich nicht. Er blickte auf seine gebräunten Hände, die auf dem Resopaltisch ruhten. »Da war nichts«, sagte er leise.

»Wie hieß sie noch? Milena?«

»Pia, bitte. Ich möchte nicht mehr darüber reden.«

»Worüber möchtest du nicht reden? Dass du fast deinen Job verloren hättest, weil du mit diesem Mädchen …«

Er hieb mit der flachen Hand auf den Tisch. »Genug«, zischte er. »Hör auf damit. Ich schwör's, ich rede nie wieder ein Wort mit dir, wenn du nicht sofort mit dem Schwachsinn aufhörst.«

»Was daran Schwachsinn sein soll, wenn eine Schülerin ihren Lehrer beschuldigt, sie angefasst zu haben«, murmelte Pia.

»Da war nichts.«

»Die Platte kenne ich schon. Lass dir mal was anderes einfallen. Sonst würdest du ja wohl kaum auf die Insel fliehen. Du kannst froh sein, dass sie dir noch einen Job gegeben haben.«

Er gab's auf. Statt zu antworten, stand er auf und ging quer durch den Raum zu einer anderen Sitzgruppe.

Alles war besser als auch nur eine Minute länger von Pia getriezt zu werden. Die Sache damals mit der Schülerin – das hatte er geklärt. Und ja, vielleicht lief er gerade vor seinem Leben davon, aber manchmal war es besser, vor dem wegzulaufen, was einen krank machte, statt sich immer weiter zu quälen.

Mit einem Heißwürstchen und Kartoffelsalat im Bauch entspannte Smilla sich langsam und konnte über sich selbst den Kopf schütteln. Hatte sie allen Ernstes geglaubt, die anderen Fährgäste würden über sie lachen, weil sie sich von den Möwen hatte beklauen lassen? Das war bestimmt witzig anzusehen gewesen, aber es hätte *jedem* passieren können. Eine Sekunde der Unachtsamkeit, zack, weg war das Fischbrötchen.

Sie hatte vorhin das Pärchen beobachtet. Sie diskutierten hitzig, dann stand er auf und setzte sich woanders hin. Ganz in der Nähe von ihrem Platz. Er blickte aus dem Fenster auf die westlichen Ausläufer der Insel, die linkerhand vorbeizogen; auf den Wiesen sah man die kleinen Islandpferde grasen. Ihre Freundin Sanne hatte ihr davon vorgeschwärmt. Die vierzig Islandpferde, die zum Hof gehörten, betrieben im Sommer Landschaftspflege, da ihre kleinen Hufe den Boden im Westen der Insel verdichteten.

»Du kommst natürlich zu uns«, hatte Sanne gestern Abend gesagt, als Smilla sie anrief und ihr von Richards Antrag berichtete. »Ernsthaft, was fällt ihm ein? Hat er das die ganze Zeit geplant?«

»Das glaube ich nicht mal«, hatte Smilla leise gesagt. »Es hat sich wohl so entwickelt. Aber eben nur bei ihm. Ich … bin noch nicht so weit.« Und sie bezweifelte, ob sie überhaupt irgendwann noch mal bereit für eine Beziehung sein würde, nachdem das Schicksal ihr die Liebe ihres Lebens so brutal entrissen hatte. Seitdem hatte sie alles allein schaffen müssen. Ob es irgendwann aufhörte, so sehr wehzutun, dass sie glaubte, keine Luft mehr zu bekommen?

Die Gefühle überwältigten sie, und eine Träne rann über ihre Wange.

Etwas allein schaffen war das eine. Aber wann würde es soweit sein, dass sie die Dinge auch allein schaffen *wollte*? Dass sie sich an das Gefühl gewöhnte, allein auf der Welt zu sein?

Vermutlich nie. Der Verlust von Jonas hatte so ein tiefes Loch in ihr Herz gerissen, dass sie inzwischen überzeugt war, sich davon nie mehr zu erholen. Es hatte so lange nur Smilla und Jonas, Jonas und Smilla gegeben. Die Malerin und der Musiker. Das Künstlerehepaar. Die beiden, die jeden Raum mit ihrer Präsenz erhellten. Inzwischen war Smilla zu dem Schluss gelangt, dass diese von ihren Freunden, Bekannten, auch von Fremden vielbesungene Präsenz sich vor allem aus Jonas gespeist hatte. Dass er es gewesen war, der alles überstrahlte, und sie hatte wie sein Mond nur einen Abglanz seines Strahlens in die Welt gebracht. So musste es sein, denn anders konnte sie es sich nicht erklären, dass sie sich seit seinem Tod in jeder gesellschaftlichen Situation, in der sie früher so völlig aufgegangen war, unglücklich und fehl am Platz fühlte. Es musste an ihr liegen.

Sie blinzelte und starrte aus dem Fenster, als es neben ihr raschelte. Smilla schrak hoch. Eine Taschentuchpackung lag auf der Tischplatte dicht an ihrem Ellenbogen und Onno stand neben ihrer Sitzbank. »Vielleicht brauchst du die.«

»Danke«, krächzte sie und zog ein Papiertaschentuch aus der Packung und gab sie ihm zurück. Sie wischte hektisch über ihre Wangen, die von den Tränen nass waren. War wohl mehr als eine Träne, die sie gerade vergoss. Und sie hatte es nicht mal mitbekommen.

Sie bemerkte, dass Onno sie musterte, doch er sagte nichts, stellte keine Fragen und ließ sie allein. Er setzte sich in einiger Entfernung in eine leere Sitznische, mit dem Rücken zu ihr.

Sie knüllte das Papiertaschentuch in der Hand zusammen und starrte aus dem Fenster.

Das war so ziemlich das Netteste, was ihr in den letzten Wochen passiert war. Nun ja, wenn sie vom Heiratsantrag von Richard absah, den sie allerdings nicht als *nett*, sondern eher als beunruhigend empfand. Denn was um alles in der Welt hatte ihn veranlasst, ihr einen Antrag zu machen? Er war ihr bester Freund gewesen, seit Jonas nicht mehr da war, und das hatte er mit einem Schlag, mit dieser einen Frage einfach komplett kaputtgehauen.

Selbst wenn sie sich irgendwann wieder bereit fühlen würde, um eine Beziehung einzugehen, konnte sie es sich nicht vorstellen, ein zweites Mal zu heiraten. Und in welcher Welt, bitteschön, war es in Ordnung, diese Frage aus dem Nichts zu stellen, bevor zwei Menschen überhaupt eine Beziehung eingingen?

Jonas hatte immer gewitzelt, Smilla und er seien wie beringte Graugänse, die ihr Leben lang zusammenbleiben würden. Die nichts trennen konnte, außer der Tod. Bis aus diesem Witz dann Ernst wurde, und sie nicht mehr daran dachte, auch nie wieder hätte darüber lachen können.

»Genug«, flüsterte sie. »Hör auf, dir den Kopf über Dinge zu zerbrechen, die nie mehr sein werden.«

Es wäre nur schön, wenn das Leben endlich wieder anfangen könnte, aus dem Überlebensmodus herauszutreten. Vielleicht gelang ihr das ja auf dieser Insel fernab von allem.

KAPITEL 2

Wann immer ihr die Menschen zu viel wurden, ging sie ans Meer. Das Meer war stürmisch und still, es stellte keine Fragen und drängte ihr keine Antworten auf. Am Meer konnte sie atmen. Natürlich atmete sie sonst auch, das war von der Natur so eingerichtet, ein Reflex, das machte man ohne darüber nachzudenken. Aber wenn sie über das Atmen nachdachte, wenn sie es ganz bewusst machte und spürte, wie sich ihr Brustkorb weitete, dann spürte sie, wie auch in ihr diese Stille einkehrte. Mit jedem Atemzug, mit jeder Welle, die sich am Strand brach, wurde sie ruhiger.

Manchmal schloss sie die Augen, und die Wintersonne wärmte ihren Rücken. Das tat gut.

Der Vormittag in Neuharlingersiel war stressig gewesen. Erst die Überfahrt in der Früh, dann die vielen Besorgungen, die sie oft auf die Festlandtage schob. Kurz vor Mittag hatte sie dann den Termin bei ihrer Gynäkologin. Doch die nahm Frieke nicht nur direkt dran, damit sie die Fähre noch erwischte, sondern konnte sie auch beruhigen. Mit dem Baby war alles in bester Ordnung, es drehte sich munter wie ein Fisch im Wasser. »Aber irgendwann wird es sich schon für eine Lage entscheiden«, beruhigte die Ärztin sie.

Hoffentlich für die richtige, dachte Frieke. Sie hatte keine Lust auf einen Kaiserschnitt oder darauf, länger als nötig der Insel fernzubleiben. Sie war vom Hafen direkt ans Meer gefahren. In einer halben Stunde musste sie Ole abholen, aber diese kurze Verschnaufpause, die brauchte sie jetzt.

Das Schönste war, dass sie in diesen Minuten am Meer nie allein war, denn sobald sie zur Ruhe kam, spürte sie die kräftigen Tritte unter dem Rippenbogen. Sie verzog das Gesicht, aber neben dem unangenehmen Gefühl von Babytritten war da vor allem die Freude. Endlich, dachte sie. Schon in wenigen Wochen würde sie endlich ihr zweites Kind im Arm halten, um das sie so lange gekämpft hatte.

Sie legte die Hand auf den Bauch, das Baby drückte seinen Po in ihre Hand. Zumindest stellte sie sich gern vor, wie das Ungeborene ihre Hand spürte und sich an sie schmiegte. Das zauberte ihr dann doch immer ein Lächeln aufs Gesicht, auch wenn sie das fast ein bisschen kitschig fand. Die erschöpfte Mutter, die am Strand stand, mit dem Kommen und Gehen der Wellen atmete und verzückt auf ihren runden Bauch blickte. Wenn so ein Roman anfing, würde sie den aber sofort zuklappen und zurück ins Regal stellen.

Vielleicht auch nicht. Weil sie wissen wollte, was die Protagonistin hierher geführt hatte.

Frieke hätte da eine Menge zu erzählen. Von ihrem ersten Besuch auf der Insel vor inzwischen sieben Jahren. Dorthin war sie als Journalistin beim renommierten Wochenmagazin KOMET geschickt worden, um einen letzten Auftrag zu erfüllen: Ein Porträt über den Ornithologen Bengt Gerjets, der so ganz und gar auf Internet, Social Media und so weiter verzichtete. Er führte ein möglichst nachhaltiges Leben in einem Bauwagen draußen bei den Brandseeschwalben. Frieke verliebte sich in die Insel und in den Mann. Dass ihr Vater auf der Insel lebte und im folgenden Herbst starb, hatte ihr Wurzelwerk im Sand noch tiefer getrieben. Und dann war da die kleine Buchhandlung; die Eigentümer Ebba und Willem wollten sich nach über dreißig Jahren zur Ruhe setzen, und für Ebba war vom ersten Moment an klar, Frieke musste den Laden übernehmen, denn Frieke und die Bücher, das gehörte zusammen. Frieke wusste instinktiv, welches Buch das richtige für all die Leserinnen und Leser war, die in ihren kleinen Buchladen im Ortskern von Spiekeroog strömten.

So war sie auf der Insel gelandet und geblieben. Die Insel hatte ihr neue Freundschaften beschert. Hatte ebenso ihre Freundin aus Hamburger Tagen angelockt. Emma hatte sich zwei Jahre später in den Inselarzt Raik verliebt und war ebenfalls geblieben, und Friekes liebste Kundin und Freundin Johanne hatte nach über fünfzig Jahren ihr Glück mit ihrem Jugendfreund Oltmanns Kruse gefunden. Dann war da noch Sonja. Erst hatte sie eine bittere Trennung durchlebt, dann war sie seit letztem Sommer mit Carl glücklich. Was war das mit dieser Insel? Wer hierher kam, fand auf die eine oder andere Art sein Glück.

Frieke wandte sich vom Meer ab und stapfte zurück zu den Dünen. Dort oben, wo sich der Weg gabelte und zurück ins Dorf oder weiter zum Strandpavillon führte, hatte sie ihr Lastenrad geparkt, das ihr im Inselalltag oft so gute Dienste leistete. Sei es, dass sie ihren Sohn Ole von der Kita oder eilige Büchersendungen von der Fähre holte.

Der Strand war menschenleer. November, die letzten Herbstgäste waren abgereist, bis Ende Dezember verfiel die Insel in einen Winterschlaf, aus den sie nur für die zwei Wochen rund um den Jahreswechsel von den unermüdlichen Inselsüchtigen heimgesucht wurde. Dann öffneten sogar einige Restaurants für eine kurze Zeit noch mal ihre Türen, bevor dann bis März tatsächlich Winterruhe auf der Insel herrschte.

Frieke radelte zurück ins Dorf. Der Wind biss ihr in die geröteten Wangen, Tränen lösten sich von den Augenwinkeln. Aber sie war nicht traurig. In ihr war eine stille, helle Zufriedenheit. Wie es manchmal war im Sturm des Lebens; ein ruhiger Moment brachte sie wieder zu sich selbst, und nun fühlte sie sich bereit, den Rest des Tages anzugehen.

Ole saß schon fertig angezogen in der Garderobe der Kita und wartete auf sie. Als Frieke hereinkam, blickte sie auf die Uhr. War sie zu spät? Es war fünf vor drei.

»Mama!« Ole sprang auf und lief in ihre Arme. Er drückte sich an sie und schluchzte auf. »Ich will nach Hause.«

»Na klar. Du hast dich ja sogar schon fertig gemacht. Lass mich nur kurz mit Swantje sprechen, ja?«

»Nein, Mama. Ich hab mit Swantje schon geredet. Alles fein, wir gehen jetzt.«

»Ach so?« Sie hob die Augenbrauen. Ole war nicht gerade das, was man ein schwieriges Kind nannte, ein Rabauke oder so. Er liebte die Kita und seine Erzieherinnen, fand leicht Anschluss und die anderen Kinder mochten ihn. Dass er schon vor der Abholzeit angezogen in der Garderobe auf sie wartete, machte sie misstrauisch. Sein Beharren darauf, sie müsse nicht mit Swantje reden, verstärkte das Gefühl noch.

Swantje steckte gerade den Kopf aus dem Gruppenraum. »Da bist du ja, Frieke. Wollte gerade nach Ole gucken.«

»Mama, loooos!«, rief Ole und zerrte an ihrem Arm.

»Moment, bitte.« Sie machte sich sanft los. Ole aber hatte nun wirklich genug vom Warten, er stapfte mit dem Rucksack über der Schulter wütend aus dem Vorraum, die Tür knallte hinter ihm zu und er warf den Rucksack ins Lastenrad. Mit vor der Brust verschränkten Armen blieb er abwartend davor stehen, damit Frieke ihn reinhob. Sie musste sich ein Grinsen verkneifen, weil dieser trotzige Vierjährige ihr einen kurzen Ausblick auf das erlaubte, was sie in zehn Jahren mit der Pubertät erwartete.

»Was ist denn los?«, fragte sie.

»Ach, nichts Schlimmes«, beruhigte Swantje sie. »Ole ist vier und wird bald großer Bruder. Das ist für Kinder immer eine schwierige Situation, eigentlich ist er noch so klein und will groß sein, weiß nicht, was ihn erwartet … Da hilft nur viel Liebe und Verständnis, sage ich immer.«

»Und warum hat er draußen gesessen? Hat er was angestellt?«

»Quatsch. Ich habe ihm nur gesagt, du holst ihn heute etwas später, und seitdem hat er sich auf nichts anderes konzentrieren können.« Swantje war die Ruhe selbst. Sie legte Frieke tröstend eine Hand auf die Schulter. »Er schafft das schon.«

»Na, wenigstens einer«, murmelte Frieke. »Bei mir bin ich manchmal nicht so sicher.«

»Aber wieso denn?«

Frieke zuckte unbehaglich mit den Schultern. »Der Buchladen wird weiterlaufen, dank Sonja. Aber Alltag mit zwei Kindern, wenn ich es noch nicht mal schaffe, ein Kind einigermaßen einzufangen ... Puh.«

»Da wächst du auch rein. Versprochen.«

»Und wenn ich da nicht reinwachsen will?«

Swantje maß Friekes Bauch mit einem skeptischen Blick. »Sorry, wenn ich das jetzt so knallhart sage, aber ich fürchte, für diese Frage ist es etwas zu spät.« Dabei grinste sie, und Frieke musste auch unwillkürlich lächeln. Sie mochte Swantjes pragmatische Art.

»Maaamaaaaa!«, rief Ole von draußen.

»Na gut«, sagte Frieke. »Keep calm and carry on, nicht wahr?«

»Im Krieg und in der Liebe.« Swantje nickte. Sie umarmten sich kurz zum Abschied.

Ole war, kaum dass Frieke ihn ächzend in das Lastenrad gehoben und angeschnallt hatte, wie ausgewechselt. »Mama, wollen wir es uns heute richtig gemütlich machen?«, schlug er vor.

Das machte sie fertig, wie ihr kleiner Sohn so altkluge Formulierungen aufschnappte und richtig anwendete.

»Hm, wie könnte das wohl aussehen?«

»Papa hat bestimmt Kuchen gebacken.«

»Das könnte sein, du.«

»Hast du mir was zu lesen mitgebracht?«

»Haben wir nicht genug Bücher zu Hause?«

Er schüttelte heftig den Kopf. Klar, Bücher konnte man nie genug haben. Verstand sie. Aber das kleine Kapitänshaus, das Frieke nach dem Tod ihres Vaters geerbt hatte, platzte schon jetzt aus allen Nähten, und jedes Mal, wenn *irgendwie*, sie wusste gar nicht, wie das schon wieder passieren konnte, ein Buch aus dem kleinen Buchladen ins Kapitänshaus fand, hörte sie Bengt bei dieser Entdeckung schnaufen, als rechnete er in Gedanken aus, wie viel Papier, Leim, Druckerschwärze, Transportkosten und so weiter in das kurze Vergnügen von »Seepferdchen sind ausverkauft« geflossen waren.

Dabei war das Vergnügen gar nicht so kurz, fand Frieke. Manche Bücher las sie vor, bis sie den Text auswendig konnte. Oder im Schlaf. Im wahrsten Wortsinn, denn in letzter Zeit fielen ihr abends allzu oft auf den letzten Seiten eines Bilderbuchs die Augen zu.

Sie hatte kaum vor dem kleinen Haus am Süderloog gehalten, als Ole schon versuchte, sich abzuschnallen und aus dem Lastenrad zu klettern. Frieke half ihm, er warf den Helm ab und galoppierte Richtung Haustür. Bengt tauchte in der Tür auf, »hey Kumpel!«, High five gab's, dann rannte Ole weiter und verlor im Galopp die Gummistiefel. Frieke schluckte die Eifersucht schnell runter. Klar, beim Papa gab's warme Quarkrosinenbrötchen, eine Folge Popeltroll (manches änderte sich nie …) und danach tobten sie durch das Wohnzimmer und bauten Pyramiden, Aquaedukte und ganze Mittelalterburgen aus tausend Kaplasteinen, bis Bengt müde wurde.

Frieke hatte einen Moment Pause. Sie schob das Rad in den Schuppen und stapfte ins Haus. Schwerfällig bückte sie sich nach Oles Gummistiefeln.

»Lass doch, ich mach das gleich.« Bengt stand in der Küchentür, ein Geschirrtuch im Hosenbund und einen Mehlfleck auf der Nase. »Ruh dich aus.«

»Selber.« Frieke trat zu ihm und gab ihm einen Kuss.

Dann stupste sie seine Mehlnase an. »Mhm, gibt's noch Quarkrosinenbrötchen?«

»Ich habe den Tiefkühler schon voll. Für alle Fälle.«

»Du meinst, falls dich bei der Geburt ein Schwächeanfall ereilt, weil die ja für Männer sooo anstrengend ist.«

»Du machst dich gerne über mich lustig, nicht wahr?« Er grinste.

»Wenn du auch keine Gelegenheit auslässt zu erwähnen, wie sehr du bei der letzten Geburt gelitten hast.« Sie umarmte Bengt. »Ich kann mir keine bessere Begleitung vorstellen«, flüsterte sie. »Gemeinsam schaffen wir das.«

Er drückte sie an sich. Ole rief aus dem Wohnzimmer, weil irgendwas mit der Popeltroll-Folge nicht stimmte, die Bengt eingeschaltet hatte. Er mochte die alten Folgen nicht, weil da die Hundewelpen um Ryder noch keine Superkräfte hatten.

»Die Pflicht ruft. Und du leg dich hin.« Bengt schob Frieke in Richtung Treppe. »Ole guckt früh genug nach dir.«

Wohl wahr. Frieke ging nach oben und legte sich aufs Bett, auf dem die gehäkelte Überdecke in allen Regenbogenfarben lag, die ihre Freundin Sonja letzten Winter fertiggestellt hatte. Ursprünglich als Babydecke geplant gewesen, hatte sie nach Friekes Fehlgeburt kurzerhand eine größere Trostdecke daraus gemacht.

Frieke angelte ein Buch vom Nachttisch. Den dicken Wälzer auf den Bauch gestützt, vertiefte sie sich in »Demon Copperhead« von Barbara Kingsolver. Genau das Richtige, wenn draußen der Wind am Fenster rüttelte und der Regen gegen die Scheiben klatschte. Bengt kam mit einem kleinen Tablett hoch und flüsterte ihr zu, Ole dürfe »ausnahmsweise« eine zweite Folge gucken. Sie lächelte. Ausnahmsweise wurde zur schönen Regelmäßigkeit, aber nachmittags waren sie alle müde und gönnten sich ein bisschen mehr Pause. Und das Schmuddelwetter vor dem Fenster lud auch nicht gerade dazu ein, zum großen Sandkasten am Rathaus oder zu einem der Spielplätze zu gehen, damit Ole noch mehr frische Luft bekam. Kriegte er morgens in der Kita ausreichend, fand sie.

Eltern durften es sich auch mal einfach machen. Und gerade im letzten Sommer hatten Bengt und sie viel gearbeitet. Das war nur möglich gewesen, weil Friekes Eltern Ute und Martin den halben Sommer auf der Insel verbracht hatten. Seit Bengt nicht mehr zu den Brandseeschwalben forschte, hatte auch ihn die Saisonalität seiner Arbeit mit voller Wucht gepackt. Inzwischen hielt er Vorträge oder bot Erlebnistouren für Hobby-Ornithologen im Nationalpark an. Das lief so gut, dass er im Winter auch länger Pause machen konnte.

Friekes Buchladen lief derweil weiter. Seit Sonja letztes Jahr im Sommer dazugekommen war, hatte sich einiges verändert. Inzwischen war Emma in Elternzeit und kümmerte sich um ihr hübsches, kleines Babymädchen Mika. Es war noch nicht absehbar, wann sie wieder im Buchladen stehen würde. Jetzt im Winter war das kein Problem, aber manchmal dachte Frieke mit Sorge an den kommenden Frühling. Sie sah sich schon mit Baby im Tragetuch hinter der Kasse stehen, wenn ab März die Saison wieder losging. Sonja machte viel, aber der Laden bot halt genug Arbeit für drei Vollzeitkräfte, und im Moment sah es nicht danach aus, als wäre in dem kleinen Stapel Bewerbungen, die Frieke sichtete, jemand dabei, der sich diesen Job samt Leben auf der Insel wirklich zutraute.

Sie konnte ja froh sein, dass es überhaupt Bewerber gab. Natürlich war das teure Leben auf der Insel nicht unbedingt ein Argument für die Stelle. Aber sie zahlte deutlich mehr als in vergleichbarer Position auf dem Festland – anders ging es gar nicht.

Die Partnerschaft mit Sonja hatte sie quasi gerettet. Sie konnte sich keine bessere Geschäftspartnerin wünschen. Aber auch Sonja war kein Oktopus, und mit ihren drei Teenagern, dem großen Haus und allem, was damit zusammenhing, hatte ihre Freundin schon genug zu tun.

Frieke schlug frustriert das Buch zu. Sie konnte sich überhaupt nicht in die Geschichte fallen lassen – was nicht an dem Buch lag, sondern an den Gedanken, die mal wieder munter in ihrem Kopf Achterbahn fuhren. Höchste Zeit, dass sie sich an den Schreibtisch setzte und ein paar Dinge wegarbeitete.

KAPITEL 3

Etwa anderthalb Stunden später wurde es bereits dunkel, und das beständige Klappern der Holzbausteine aus dem Erdgeschoss hatte Frieke bei ihrer Arbeit begleitet. Sie hatte aus der Buchhandlung ein paar Sachen mitgenommen, die sie inzwischen gesichtet hatte; Vorschauen von einigen Verlagen für die Winterreise. Sie würde diesmal schriftlich bestellen; nicht nötig, dass die Verlagsvertreterinnen dafür extra auf die Insel kamen. Dann noch ein paar Abrechnungen, sie schrieb einige Mails und hatte drei der Bewerbungen ausgewählt, die sie Sonja für ein Vorstellungsgespräch vorschlagen wollte. Natürlich wurde der Papierberg nicht kleiner, aber sie beschloss, für heute sei es genug. Schnell schob sie den Stapel beiseite und zog ihren Laptop heran. Sie klappte ihn auf und ließ die Finger über die Tastatur tanzen.

»Mama?«

Klar. Natürlich *spürte* Ole es, wenn sie sich dem vergnüglichen Teil ihres Arbeitstags widmete.

»Im Schlafzimmer!« Sie hatten ihr eine kleine Büroecke am Fenster eingerichtet. Unten gab es hinter dem Wohnzimmer zwar ein kleines Kabuff, aber das hatte Bengt mit Ornithologenkram voll gestopft, und es war ihr zu mühsam, jedes Mal, wenn sie etwas erledigen wollte, den Schreibtisch freizuräumen. Zumal sie die Sachen seiner

Meinung nach immer *falsch* wegräumte und er anschließend nichts wiederfand.

»Was machst du?« Nackte Füße trappelten über den Holzfußboden. Ole schob sich ohne Rücksicht auf Verluste auf ihren Schoß.

»Ich schreibe über den Ollen Hansen«, sagte sie.

»Erzählst du mir vom ollen Opa?«

Sie drückte ihren Sohn an sich und wuschelte durch seine dunkelblonden Haare, was Ole mit einem widerwilligen Brummen quittierte. »Na klar erzähle ich dir von ihm.«

Wo sollte sie anfangen?

Friekes leiblicher Vater Ole Hansen hatte ihr nach seinem Tod neben dem Kapitänshaus auch einen Stapel Tagebücher von seinen zahlreichen Seereisen als Kapitän hinterlassen. Feinstes Seemannsgarn, das sie nun zu einem Erinnerungsbuch kondensieren wollte. Es machte ihr viel Spaß, die teils phantastischen, teils dramatischen Geschichten ihres Vaters zu ordnen und mit seiner Stimme nachzuerzählen. Viel zu lange hatte sie dieses Projekt vor sich hergeschoben. Ole Hansen war nur kurze Zeit Teil ihres Lebens gewesen – in ihren ersten Lebensmonaten und in seinen letzten. Es fiel ihr schwer, bei der Lektüre der Einträge in den alten Tagebüchern die Stimme des knurrigen, todkranken Mannes zu hören, der ihr so viel gegeben hatte. Sie hatten damals viel zu wenig Zeit miteinander gehabt, und rückblickend bedauerte sie das.

Vielleicht tat sie sich deshalb so schwer damit, die verschiedenen Themen zu ordnen. Sie wusste immer noch nicht, wohin dieses Projekt steuerte. Als gelernte Journalistin *konnte* sie schreiben. Aber sie stieß regelmäßig an ihre Grenzen. Wollte sie ein Memoir schreiben? Eine Biografie? Wen interessierten denn die Geschichten eines alten Seebären? Sollte sie tief in seine Texte eingreifen oder ein Transkript schreiben, das für sich sprach? Solange sie diese Fragen nicht geklärt hatte, bestand die Arbeit an dem Buchprojekt zu großen Teilen daraus, dass sie in den Tagebüchern blätterte, Notizen machte und vor allem aus dem Fenster starrte.

Aber die Aufforderung vom kleinen Ole, ihm mehr von seinem Opa zu erzählen, ließ sie zu dem Tagebuch greifen, das oben auf dem Stapel lag. Sie entdeckte die Geschichte von einem heftigen Sturm, als das Containerschiff, auf dem der Olle Hansen damals arbeitete, von einer Monsterwelle getroffen wurde. *Wir hatten Glück*, schrieb ihr Vater. *Wäre dieser 20 m hohe Kawentsmann frontal auf uns gekommen, hätte die Welle das Schiff in der Mitte zerrissen, als es ins Wellental dahinter stürzte. Mindestens stark beschädigt. So zerplatzten nur die Scheiben an backbord auf der Brücke. Verletzt wurde zum Glück niemand.*

Und wie erzählte sie das kindgerecht?

»Einmal hat dein Opa eine Monsterwelle gesehen«, begann Frieke. Sofort hatte sie Oles volle Aufmerksamkeit. Er war gerade in einem Alter, in dem die Monster unter dem Bett eine gewisse furchteinflößende Macht über ihn hatten. Aber Monster draußen auf dem Meer waren ja weit weg, über die wollte er mehr hören.

»Wollte das Monster den Opa fressen?«

»Das Monster wollte das ganze Schiff verschlingen, von der kleinsten Seemannskiste bis zum größten Container«, flüsterte Frieke. »Aber dein Opa hat alle gerettet.«

»Wie denn?« Aufgeregt hüpfte Ole auf ihrem Schoß, und sogar das Baby trat auf ihre Blase. Frieke seufzte; letzteres war kein gutes Zeichen, weil es sich offenbar mal wieder gedreht hatte und nicht mehr brav mit dem Kopf nach unten lag.

»Na, er hat mit der Monsterwelle geredet.«

Ole runzelte die Stirn. »Wie redet man denn mit einer Monsterwelle?«

»Dein Opa beherrschte natürlich alle Sprachen der sieben Weltmeere und konnte auch mit dieser Welle reden.«

Das leuchtete dem Vierjährigen ein. »Und was passierte dann?«, wollte er wissen. »Hat die Monsterwelle das Schiff von Opa in Ruhe gelassen?«

»Nicht ganz. Weißt du, die Natur ist … wild.«

»Gibt es da noch mehr Monster? Außer den Wellen?«

Frieke wählte ihre Worte mit Bedacht. Einerseits wollten Bengt und sie Ole mit dem Bewusstsein aufziehen, dass die Welt um sie herum wertvoll war. Wie wichtig es war, die Natur zu schützen und in ihrer ursprünglichen Form zu bewahren. Andererseits wollte sie ihm aber auch keine allzu große Angst vor den Folgen der Klimakrise einreden. Kinder griffen derlei allzu leicht auf und dann wäre das Monster unter dem Bett noch Friekes geringste Sorge.

»Es gibt auf den sieben Weltmeeren gar wunderliche Kreaturen. Davon erzähle ich dir ein anderes Mal. Diese Monsterwelle aber hörte sich an, was Opa ihr zu sagen hatte – er bat sie, das Schiff bitte nicht umzukippen –, aber so Wellen sind sehr, sehr träge. Die können nicht einfach die Richtung ändern. Genauso war es mit Opas Schiff, das ebenfalls riesig war. Trotzdem war die Welle sehr gefährlich für das Schiff, und darum musste dein Opa zugleich das Schiff wenden, während die Welle versuchte, sich ganz klein zu machen.«

»Und dann?« Ole hing förmlich an ihren Lippen.

»Dann trafen Schiff und Monsterwelle aufeinander.«

Frieke machte eine dramatische Pause.

»Die Welle prallte auf das Schiff. Alle Mann an Bord mussten sich ganz doll festhalten, damit sie nicht von der Welle ins Meer gerissen wurden. Dein Opa stand auf der Brücke und versuchte, das Schiff auf Kurs zu halten. Die Welle ging über das Schiff hinweg, wie eine weiße Wand aus Gischt und Wasser …«

Ole kuschelte sich an sie und seufzte wohlig. Die Geschichte war offensichtlich ganz nach seinem Geschmack. Ein bisschen gruselig, sehr abenteuerlich und spannend.

»Zum Glück hatte dein Opa mit der Welle gesprochen. Nur dank der Vereinbarung dieser beiden gelang es, das Schiff durch die Welle zu lenken. Alle blieben unverletzt. ›Vielen Dank, liebe Welle!‹, rief der Olle Hansen der Monsterwelle nach, als sie am Horizont verschwand.«

»Das ist eine schöne Geschichte«, sagte Bengt plötzlich. Unbemerkt war er in der Schlafzimmertür aufgetaucht. »Ich mache gerade Abendessen. Möchtest du mir beim Schnippeln helfen, Ole?«

»Au ja!« Wenn es in die Küche ging, war Ole sofort zur Stelle. Er liebte alles, was mit Kochen, Backen, Schnippeln, Rühren und Kneten zu tun hatte.

»Na, dann los, kleiner Kapitän!« Bengt ging in die Hocke, Ole sprang auf seinen Rücken, und Frieke hörte die beiden Richtung Küche poltern.

Sie wendete sich wieder dem Text zu. Es war weiterhin mühsam, aber mit ein paar Anekdoten, die sie für Ole umdichtete, packte sie direkt wieder die Lust daran, in den Tagebüchern ihres Vaters auf die Suche nach noch mehr dramatischen Höhepunkten seiner Zeit als Kapitän zu gehen.

Die nächste halbe Stunde versuchte sie, Ordnung in die Tagebücher zu bringen. Sie hatte anfangs versucht, die schwarz eingebundenen Journale nach Daten zu sortieren, doch bald bemerkte sie, dass ihr Vater die Bücher eher nach einem chaotischen System nutzte, das sie noch nicht durchschaute. Im Grunde hatte er immer mindestens drei Tagebücher parallel verwendet. Die einzelnen Reisen waren immer in einem Buch. Sie stellte sich vor, wie er damals in dem kleinen Haus in Hamburg, wo er mit ihrer Mutter Ute nur kurze Zeit zusammenlebte, unmittelbar vor der Abfahrt hektisch nach einem Journal suchte. Wie er später die wenigen Bücher mit nach Spiekeroog brachte, wo er die allzu kurzen Zeiten zwischen den Reisen verbrachte. Wenn es wieder auf große Fahrt ging, griff er eben das Journal, das ihm zuerst in die Finger fiel. Dann dachte sie daran, wie er schließlich, nachdem er krank wurde, die Bücher in einen Karton packte und nie mehr einen Blick darauf warf.

Ihr wurde das Herz schwer. Wie musste es sich für ihren Vater angefühlt haben, als er das letzte Mal von Bord ging? Als er wusste, dass es kein Zurück geben würde? Seine Tagebücher und eine Handvoll Fotos waren alles, was von ihm geblieben war. Würde Ole die wenigen Sachen von seinem Opa eines Tages behalten? Oder wären sie für ihn wertlos, wenn Frieke eines Tages nicht mehr war und er ihre Sachen ordnete?

»Du grübelst.«

Gewohnt lautlos war Bengt auf Wollsocken ins Schlafzimmer geschlichen und stand hinter ihr. Er legte die Hände auf ihre Schultern.

»Ja, ach.«

»Ich habe dir schon mal gesagt, dass es keine gute Idee ist, gerade jetzt die Tagebücher deines Vaters zu lesen. Jedenfalls nicht, wenn du ohnehin müde und empfänglich für Angst bist.«

Er hatte recht. Frieke wollte es nur nicht hören.

»Ich habe keine Angst«, behauptete sie.

»Sprach die Angsthäsin und verkroch sich in ihrem Bett«, murmelte er. Zugleich massierte er beruhigend ihre Schultern.

»Ist das Essen schon fertig?«

»Kommt drauf an. Wenn du halbgare Nudeln magst, weil Oles Geduld nur für fünf Minuten Kochzeit reicht, ja. Wenn du deine Gemüsesauce am liebsten kalt magst, weil er behauptet, das werde schon gut schmecken, wenn man sie nicht warm macht, auch. Einzig der vegane Streukäse ist schon fertig, aber den mache ich ja gern auf Vorrat.«

»Ich nehme einfach veganen Parmesan ohne alles.«

Er beugte sich vor und gab ihr einen Kuss auf die Wange. »Kommst du mit runter?«

Sie räumte Ole Hansens Tagebücher weg und ging mit Bengt nach unten. Als sie wenig später mit ihm und Ole am Esstisch saß und zusah, wie sich Ole den veganen Käse auf die halbgaren Nudeln schaufelte, während Bengt die restlichen Nudeln noch mal aufkochte, quoll ihr Herz über von so viel Liebe. Wie es wohl erst sein würde, wenn das Baby da war? Sie konnte sich gar nicht vorstellen, wie es sich mit noch einem Kind anfühlte. Wie sie das alles schaffen sollten! Aber irgendwie, dachte sie, würde es gehen.

Das Schild, auf dem »Isländerhof« stand, zeigte einen kurzen Anstieg hinauf, und dahinter erstreckten sich mehrere Gebäude, die um den Innenhof angeordnet waren. Smilla blieb stehen und musste noch mal kurz durchschnaufen.

Sie hatte sich selten so unfit gefühlt! Warum noch mal ging sie regelmäßig ins Fitnessstudio? Also, außer um einen Ausgleich zu ihrer Arbeit als Künstlerin zu haben, den sie an manchen Tagen komplett sitzend ausübte. Ihre Kondition hatte sie dadurch offensichtlich nicht im ausreichenden Maß gestärkt.

Sie seufzte, strich eine Strähne aus der Stirn und zerrte den störrischen Rollkoffer hinter sich her. Wenn sie ihn ausgepackt hatte, würde sie ihn definitiv in den nächste Müllcontainer stopfen, dieses Scheißding!

Es tat gut, ein bisschen in Gedanken zu fluchen. Zumal sie vermutlich doch versuchen würde, die blockierte Rolle zu reparieren. Aber erst mal musste sie ankommen, brauchte ein Dach über dem Kopf und Zeit für sich.

Vor dem niedrigen, langgestreckten Stallgebäude standen ein halbes Dutzend Islandpferde angebunden an einem langen Zaun. Genauso viele junge Frauen sattelten die Pferde gerade und redeten dabei fröhlich durcheinander. Smilla blieb stehen und sah sich suchend um.

»Moin.« Eine schmale, kleine Frau mit langen, dunklen Haaren und einem offenen Blick kam ihr entgegen. »Bist du Smilla?«

»Ja, genau. Du bist Conny?« Wie angenehm, dachte Smilla. Sie kam hier an und wurde sofort geduzt. Das Siezen fand sie oft anstrengend, beugte sich aber häufig dem Wunsch ihres Gegenübers. Sie wollte ja nicht unhöflich sein.

»Willkommen auf dem Isländerhof.« Conny schüttelte ihr die Hand. »Sanne ist gerade unterwegs, aber ich zeige dir die kleine Wohnung. Ist das alles, was du an Gepäck hast?«

Smilla nickte. Sie folgte Conny zum Haupthaus. Auf der Rückseite gab es einen zweiten Eingang. Über eine Treppe gelangten sie zu einem kleinen Flur, von dem drei Wohnungen abgingen.

»Es ist klein, aber fein.« Conny schloss die Tür auf und legte den Schlüssel in dem winzigen Flur auf ein Tischchen. Die Einrichtung gefiel Smilla. Die Wände waren rosa gestrichen, die Möbel waren weiß oder aus Eichenholz. Überall gab es kleine Rosenornamente, sowohl auf den Gardinen vor den kleinen Fenstern der Wohnküche als auch an der Wand im Bad. Sie schob die Gardine beiseite und blickte hinaus auf die Dünen. In der Ferne sah sie den breiten Turm der Kirche, über die sie vorhin gelesen hatte.

Während sie das Schlafzimmer, die Wohnküche und das Badezimmer inspizierte, erklärte Conny die Abläufe. »Wenn du auch reiten willst, kannst du dich vormittags im Büro melden. Ansonsten gibt's drüben am Westerloog einen Frischemarkt, da kannst du dich selbst versorgen. Die Pizzeria am alten Inselbahnhof kann ich auch empfehlen.«

Smilla nickte. Sie wünschte, Conny würde sie alleinlassen, damit sie endlich zur Ruhe kommen konnte.

»Wenn du noch Fragen hast, melde dich am besten unten im Stall, Sanne kommt bald zurück. Ich muss jetzt los und die Reitgruppe begleiten.«

Dann war sie allein. Smilla seufzte. Sie schob den Koffer ins Schlafzimmer und setzte sich aufs Bett. Wippte probeweise zwei-, dreimal auf der Matratze und ließ sich dann nach hinten sinken. Sie schloss die Augen.

Der Wind rüttelte an dem Fenster, sie hörte die Rufe der Reiterinnen. Als sie aufstand und aus dem Fenster sah, entdeckte sie die Reitgruppe, die zwischen den Dünen verschwand. Smilla lächelte. Sie stellte sich vor, wie toll es sein musste, am Strand entlang zu galoppieren. War sie schon mal geritten? *Hell, no!* Aber allein die Vorstellung vertrieb ein bisschen ihre düsteren Gedanken.

Sie packte aus, drehte den Rollkoffer auf den Kopf und inspizierte die kaputte Rolle. Ob man die noch mal reparieren konnte? Oder konnte sie eine neue bestellen und austauschen, ohne dass sie zu viele Nerven dabei ließ? Jonas hatte sie immer bewundert, weil sie so praktisch dachte. Sie war in ihrer Ehe diejenige mit dem Ixo, dem Dremel und dem gut bestückten Werkzeugkasten gewesen. Sie hatte auch mal Steckdosen repariert oder die Klospülung wieder flottgemacht, nachdem die Sperre nicht mehr funktionierte. Irgendwie machte es nur noch halb so viel Spaß, die Dinge zu reparieren, wenn niemand da war, der im Anschluss applaudierte und ihr erklärte, er mit seinen Klarinettistenhänden könnte das niemals so gut wie sie. Sie hatte ihn dann immer einen verrückten Kerl genannt, und er hatte sie geküsst und manchmal landeten sie direkt im Bett, ohne Rücksicht darauf, dass ihre Hände noch ganz dreckig waren nach dem Abschleifen und neu Lackieren des Nachtkästchens, das sie an der Straße gefunden und mit nach Hause genommen hatte.

»Du fehlst mir so«, flüsterte Smilla in die Stille des Schlafzimmers.

Ihr Handy brummte. Smilla zuckte zusammen. Auf dem Display erschien der Name der Person, die sie jetzt auf keinen Fall sprechen wollte. Sie drückte Richard weg.

Da sie das Handy schon in der Hand hatte, versuchte sie, herauszufinden, ob es Ersatzrollen für den Koffer gab. Leider klingelte das Telefon schon wieder, und weil sie gerade in einem Onlineshop scrollte, der sich auf Rollen aller Art spezialisiert hatte, geriet sie auf den grünen Hörerknopf und nahm das Gespräch aus Versehen an.

»Smilla?! Wo steckst du, verdammt nochmal?«

Seufzend schaltete sie Richard auf Lautsprecher. Auf keinen Fall wollte sie sich von ihm ins Ohr brüllen lassen, wie unverantwortlich es von ihr war, Berlin so fluchtartig zu verlassen.

»Hi, Richard. Ich bin hier.«

»Wo ist hier? Ich stehe vor deiner Wohnung, aber du machst nicht auf. Geht es dir gut?« Er klang ehrlich besorgt. »Hör mal, was ich gestern gesagt habe, tut mir leid. Ich will nicht sagen, dass ich es nicht so gemeint habe«, er lachte verlegen, und sie konnte sich gut vorstellen, wie dieser große, gut aussehende Mann im Hausflur vor ihrer

Wohnung an der Wand lehnte und mit den Fingern auf die Wand trommelte, »aber ich habe ja an deiner Reaktion gemerkt, dass du noch nicht soweit bist.«

Smilla ließ sich auf dem Bett nach hinten sinken. »Ich werde nie soweit sein, Richard«, sagte sie leise. »Das habe ich schon gestern versucht, dir zu erklären.«

»Ja, wie auch immer. Also, wo steckst du? Können wir uns heute Abend sehen? Oder musst du arbeiten?«

Sie schüttelte den Kopf. »Ich bin auf Spiekeroog«, sagte sie dann.

»Wie bitte?«

»Auf Spiekeroog. Einer Nordseeinsel.«

»Ich weiß, wo Spiekeroog ist. Ich dachte nur, ich hätte mich verhört.«

Sie wussten beide, dass Spiekeroog – jede Insel, die nur per Schiff erreichbar war – eine bewusste Entscheidung war. Damit Richard ihr nicht dorthin folgen konnte.

Smilla schwieg, und auch Richard schien es für einen Moment die Sprache verschlagen zu haben. Schließlich fragte er leise: »So schlimm?« Und sie seufzte, denn ja, gestern hatte es sich so angefühlt, auch heute auf dem Weg hatte sie das Gefühl, möglichst viel Abstand und einen Wasserweg zwischen Richard und sich bringen zu müssen. Aber jetzt in dieser rosigen Ferienwohnungshöhle nach nur zehn Minuten, in denen sie der Stille und ihrem Herzschlag gelauscht hatte, kam sie sich albern vor.

»Schon«, sagte sie.

»Das tut mir leid.«

Sie nickte. Wenigstens entschuldigte er sich.

»Wann kommst du wieder?«

»Ich weiß es noch nicht.« *Frag mich nicht. Ich brauche Zeit. Selbst wenn ich bald zurück bin, will ich dich nicht sehen. Noch nicht.*

»Soll ich deine Blumen gießen?«

Smilla kicherte. »Ich fürchte, dafür ist es schon zu spät.«

»Ich könnte deinen Briefkasten leeren. Sowas.«

»Ja klar.« Er hatte einen Schlüssel zu ihrer Wohnung, seit sie damals nach Jonas' Tod in ein so tiefes Loch gefallen war, dass es ihr an manchen Tagen sogar zu viel wurde, aus dem Bett zu kriechen, um ihm die Tür aufzumachen. Kein Wunder, dass er in Panik geraten war, nachdem sie ihm heute nicht die Tür öffnete. Aber irgendwie auch beruhigend, dass er nicht sofort in ihre Wohnung gegangen war.

»Okay, dann … melde dich, wenn du was brauchst. Ja?«

»Ja.« *Auf gar keinen Fall*, dachte sie. Richard konnte ihr hier nicht helfen.

»Und noch was, Smilla. Es tut mir leid. Ich wollte dich nicht …«

Doch, wolltest du.

Sie ließen den unvollendeten Satz zwischen sich stehen.

»Ich geh jetzt erst mal an den Strand«, sagte sie munter. Sie verabschiedeten sich, und Smilla blieb auf dem Bett liegen. Das Handy auf die Brust gedrückt lag sie da und versuchte, ihr rasendes Herz zu beruhigen.

Sie brauchte *dringend* Abstand von Richard, wenn schon ein Telefonat sie so sehr aufregte.

KAPITEL 4

Pia rümpfte die Nase und blickte sich in dem winzigen Tiny House um. »Und das reicht dir?«, fragte sie.

Onno lachte. »Muss ja. Außerdem bin ich die meiste Zeit ohnehin drüben in der Schule.«

»Ich weiß nicht.« Sie öffnete einen Schrank über der kleinen, zweckmäßigen Küchenzeile und inspizierte die wenigen Teller und zwei Becher darin. »Das ist doch alles sehr spartanisch. Dieses Internat scheint keinen gesteigerten Wert darauf zu legen, dass die Lehrer angemessen wohnen.«

»Wohnraum ist auch auf der Insel knapp«, sagte Onno. Er räumte seine Kleidungsstücke vom Koffer in die Fächer neben dem Bett. Ihm reichte der Platz. Aber wenn er das allzu offensiv kundtat, fing Pia gleich wieder eine Diskussion an, und darauf hatte er heute Abend wirklich keine Lust. Die letzten Stunden mit ihr wollte er sich nicht durch einen neuerlichen Streit verderben lassen.

»Und überhaupt, hier ist doch nichts los. Ich dachte, die Schule wäre näher am Dorf. Ich meine, da ist auch *wenig* los, aber das hier? Ein Internat und ein Museum. Toll.« Ihre Stimme triefte vor Sarkasmus.

»Ach, Pia.« Onno trat zu ihr und nahm sie in die Arme. Er spürte, wie sie in dieser Umarmung ganz langsam weich wurde und sich an ihn schmiegte.

»Ich mag nicht allein sein«, sagte sie leise an seiner Brust.

»Ich mag auch nicht, dass wir jetzt länger getrennt sind. Aber wir können uns trotzdem oft genug sehen. Du kannst jederzeit übers Wochenende herkommen.«

Pia schnaufte. Sie drückte sich von ihm weg. Ihr Blick erfasste das Tiny House, das mit seinen gut zwanzig Quadratmetern in ihren Augen offenbar nicht gerade dazu einlud, es sich gemütlich zu machen. »Um dann was zu tun? Vor den Augen aller Sex haben?« Anklagend zeigte sie auf die große Fensterfront, die einen atemberaubenden Ausblick auf die Dünen bot. »Ich verzichte. Wenn ich dich besuche, nehme ich mir ein Hotelzimmer im Dorf.«

Onno verkniff sich die Bemerkung, dass im Winter viele Hotels auf der Insel geschlossen hatten.

»Ich weiß wirklich nicht, wie ich die nächsten Wochen durchstehen soll«, flüsterte sie. Er schloss sie wieder in die Arme. »Warum hast du nur ...«

Sie sprach nicht weiter. Musste sie auch gar nicht. Für Pia war Onno an allem Schuld. Daran, dass sie unglücklich war. Dass er jetzt auf der Insel strandete und für alle Zeiten gefangen in einem Tiny House ein unwürdiges Dasein fristete. Dabei hätte er so viel Potenzial gehabt, wie sie nie müde wurde zu betonen ...

Sie durfte niemals erfahren, dass er sich schon vor dieser unglückseligen Situation mit Milena, die von allen Seiten falsch interpretiert worden war, im Inselinternat auf die Stelle beworben hatte.

»Komm, wir machen einen Spaziergang ans Meer«, schlug er vor.

Widerstrebend folgte Pia ihm nach draußen. Sie vergrub

ihr Gesicht bis zur Nasenspitze in dem dicken Schal, den er ihr letztes Jahr zum Geburtstag geschenkt hatte. Onno bot ihr seine Hand, doch sie stopfte die Hände in ihre Manteltaschen und stapfte mit trotzig hochgezogenen Schultern Richtung Dünen. Leise seufzend folgte er ihr. Hatte er ernsthaft geglaubt, Abstand würde ihrer Beziehung guttun? Im Moment schien eher das Gegenteil zuzutreffen.

Sie schlugen den Pfad ein, der in nördlicher Richtung zwischen Dünen zum Meer führte. Als sie den letzten Dünenkamm erklommen, blieb Pia nicht stehen, sondern marschierte ungerührt weiter. Onno konnte das nicht. Er musste erst diese unendliche Weite in sich aufnehmen. Links und rechts erstreckte sich bis zum Horizont das weiße Band des Strands, auf dem zu dieser Jahreszeit nur wenige Spaziergänger unterwegs waren. Voraus war in weiter Ferne das dunkelblaue Meer zu sehen. Dorthin lief Pia, und er folgte ihr. Die Sonne strebte bereits dem Horizont zu, nicht mehr lange, bis es dunkel wurde. Onno schlug den Kragen seiner Jacke hoch und schob die Hände in die Jackentaschen. Nächstes Mal würde er an Mütze und Handschuhe denken. Aber auf keinen Fall würde er zugeben, dass er fror, das wäre für Pia eine willkommene Entschuldigung, sich auf den Rückweg zu machen.

Er erreichte das Wasser. Es schwappte ganz ruhig an den Strand, der feuchte Sand knirschte ganz leise unter seinen Füßen. Ebbe. Die wellenförmigen Rippen aus Sand wurden nur gelegentlich von Muscheln unterbrochen, und hier sah er ein goldenes Funkeln im Abendlicht …

Onno blieb stehen und bückte sich danach. Er hatte damit gerechnet, im nächsten Moment Plastikmüll in der

Hand zu halten, doch mit dem kleinen Bernsteinsplitter hatte er nicht gerechnet. Oder war das Meerglas, abgeschliffen von Jahrzehnten im Wasser? Er drehte das kleine Stück ratlos hin und her. Kaum größer als ein Marienkäfer. Federleicht. Fühlte sich nicht wie Glas an. Bevor Pia seinen Fund bemerkte, ließ er ihn in seine Jackentasche gleiten und folgte ihr. Sie stand etwa hundert Meter entfernt, die Arme vor der Brust verschränkt, gleichermaßen trotzig und frierend.

Er umarmte sie von hinten. »Es sind ja nur acht Wochen bis zu den Weihnachtsferien«, versuchte er, sie zu trösten. »Du kommst mindestens einmal übers Wochenende, und wenn du willst, fliegen wir in den Ferien irgendwo ins Warme.«

Onno spürte, wie Pia in seinen Armen weich wurde. Sie legte den Kopf in den Nacken, lehnte sich an seine Schulter und seufzte. »Warum machst du es mir nur immer so schwer?«, hörte er sie flüstern.

Er hielt sie einfach fest, bis sie in seinen Armen nicht mehr zitterte. Dann drehten sie um und gingen in der hereinbrechenden Dunkelheit zurück.

Der Frischemarkt bot alles, was Smilla brauchte, um ihren Kühlschrank zu füllen. Sie schleppte zwei Leinenbeutel voll mit Lebensmittel nach Hause, verstaute alles und machte sich dann auf den Weg zum Strand. Sie wollte das Meer sehen, bevor es dunkel wurde.

Natürlich hatte sie es auf dem Weg hierher schon gesehen. Also, die Fahrrinne und das Watt ringsum. Aber im Norden der Insel sollte es einen wunderschönen Sandstrand geben. Und den wollte sie sehen. Sie wollte am Wasser entlang laufen und ihre Gedanken ordnen. Vor allem wollte sie, dass dieses Gefühl wegging, das sie nun schon seit Stunden nicht loswurde. So ein kribbeliges, unruhiges Beben, als müsste sie jeden Moment wie ein Flummi durch die Gegend hüpfen.

Wenn die Zeit der Trauer nach Jonas' Tod ihr eines gezeigt hatte, dann wohl dies: Gefühle gingen nicht weg, wenn man sie nur konsequent genug ignorierte. Sie blieben, und wenn man sich immer darauf trainiert hatte, sie wegzudrücken, waren die Gefühle wie ein übervoller Müllsack. Irgendwann waren zu viele in ihr, die sie zusammendrückte und wenn sie dann noch ein weiteres Gefühl hineinstopfte, riss der Müllsack, und es gab eine riesige Sauerei.

Das war der Punkt gewesen, an dem sie nicht mal mehr aus dem Bett aufstehen konnte. Als Richard sie anrief, sie aber nicht ans Telefon ging. Als er ihr schrieb, dass er die Polizei rufen müsste, wenn sie sich nicht endlich meldete. Er stand vor ihrer Wohnungstür, klopfte und klingelte, aber sie war so gelähmt von ihren Gefühlen, die sie nun *geballt* aushalten musste und nicht konnte, weil es zu viel wurde, viel zu viel …

Smilla schluckte. Selbst nach so langer Zeit war allein die Erinnerung an jene Wochen schmerzhaft. Es hatte lange gedauert, bis sie aus diesem tiefen Tal wieder hatte auftauchen können. Bis sie ihr Leben wieder in die Hand nehmen konnte. Und bis heute stellte sich bei ihr beim Anflug von Gefühlen sofort eine Überforderung ein. Sie blieb stehen. Die Kirche hatte sie hinter sich gelassen, und vor ihr wand sich der Weg Richtung Strand über die steilen Dünenwege zur Strandhalle. Sie kam an ein paar verlassenen Strandkörben vorbei, die wie vergessen auf der letzten Anhöhe standen, bevor der Bohlenweg zum Strand herunterführte.

Dort war sie ganz für sich. Smilla tastete in der Jackentasche nach ihren Kopfhörern. Sie wollte die Gefühle, die sie gerade zu überwältigen drohten, nicht länger von sich fernhalten, und Musik hatte sich als sehr nützliches Instrument erwiesen, sie dabei zu begleiten.

Die ersten, melancholischen Klänge von Merz' Album »Loveheart« ließen ihr recht zuverlässig die Tränen in die Augen steigen. Vielleicht war's auch der scharfe Ostwind, der ihre Wangen kniff. Smilla atmete zum ersten Mal bewusst und ganz tief durch. Darauf bereitete einen niemand vor. Da lernte man jemanden kennen und lieben, man heiratete, stellte sich die gemeinsame Zukunft vor, lebte vielleicht auch ein paar Jahre in diese Zukunft hinein und wurde dann von den Füßen gerissen, weil der andere von einem Moment auf den nächsten nicht mehr da war.

Sie fühlte sich wund. Als wäre ihr Herz auf links gedreht worden. Warum jetzt? Trauer verlief in Wellen, und offenbar hatte sich in den letzten Monaten unbemerkt eine größere Welle aufgetürmt, so ein Kawentsmann von einer weißen Wand, und jetzt drohte sie, darunter zu ertrinken.

Nur weil Richard sie gefragt hatte, ob sie sich noch mal eine Ehe vorstellen könnte. Eventuell mit ihm.

»So ein Arsch«, murmelte sie. Der Wind frischte auf, sie marschierte weiter Richtung Westen, bis ihre Oberschenkel kribbelten und ihr Gesicht von der Kälte schmerzte. Sie merkte, wie gut ihr das tat. Erst als sie das westliche Ende der Insel erreicht hatte, drehte sie ab, nahm den nächstgelegenen Weg zwischen den Dünen ins Innere der Insel und machte sich auf den Rückweg. Zwischen den Salzwiesen entdeckte sie ein Gebäude, »Zeltplatzkiosk« stand auf einem Schild aus Treibholz, die Dünen waren leer, keine Saison für Camper. Der Weg Richtung Osten verlief in einem weiten Bogen. Sie ließ sich treiben, schaute nicht aufs Handy und hoffte, ihr Orientierungssinn würde sie einigermaßen nach Hause führen. Zum Glück gab es nicht viele Wege auf Spiekeroog, und die meisten führten zum Dorf. Als sie hinter einer gelben Villa auf einer Warf die Turmspitze der Kirche entdeckte, lächelte sie. Keinen halben Tag auf der Insel, und schon fühlte es sich ein bisschen an wie Heimkommen.

Auf dem Hof lief sie Conny über den Weg.

»Hast du dich gut eingerichtet?«, fragte diese.

»Ja, bestens. Ich habe überlegt, ob ich heute Abend im Dorf noch was zu essen bekomme?«

»Klar, ein paar Restaurants haben noch geöffnet. Ich kann die Combüse empfehlen. Etwas teurer, aber sehr lecker. Um diese Jahreszeit muss man auch nicht reservieren.«

»Danke für den Tipp!« Smilla winkte und umrundete das Haus. Sie wollte nur rasch Geld und ein Buch holen.

Allein in Restaurants gehen störte sie nicht. Meist beobachtete sie gern die Menschen um sich herum. Aber genauso gern las sie ein wenig, wenn sie länger warten musste.

Es gab nur ein Problem: Sie fand das Buch nicht, das sie auf dem Weg zur Fähre gelesen hatte. Auf der Fähre war ihr der Verlust gar nicht aufgefallen, weil sie erst mit dem Essen und dann mit ihren Gedanken beschäftigt gewesen war. Hektisch durchwühlte Smilla alle Sachen, doch das Buch blieb verschwunden.

Ob es im Dorf einen Buchladen gab? Wichtiger noch: Hatte der Buchladen noch geöffnet? Hoffentlich. Es war gerade halb sechs und bereits dunkel. Vielleicht hatte sie Glück.

Auf dem Weg den Westerloog hinunter und am Frischemarkt vorbei, schaute sie auf dem Handy nach. Tatsächlich; es gab am Norderloog eine kleine Buchhandlung. Hoffentlich hatten sie Smillas aktuelle Lektüre oder einen adäquaten Ersatz vorrätig.

Im Dorfkern gab es ein paar kleine Geschäfte und hübsche Restaurants, aber alles lag mehr oder weniger im Dornröschenschlaf. In der kleinen Buchhandlung unter den Kastanien brannte noch Licht. Smilla beschleunigte ihre Schritte. Sie trat durch die grün gestrichene Tür ein und stand direkt vor einem langen Kassentisch. »Moin«, begrüßte die Rothaarige sie mit einem offenen Lächeln.

»Moin«, erwiderte Smilla. »Ich suche ein Buch.«

»Da kann ich sicher helfen. Welches suchst du?«

»›Einige Herren sagten etwas dazu‹. Die Autorin habe ich leider vergessen.«

»Kein Problem, ich schaue nach, ob wir ein Exemplar haben. Ich hab's auch gelesen. Stark, oder?«

Smilla nickte. »Bin leider noch nicht so weit«, sagte sie. »Das Kapitel über Ingeborg Bachmann hat mich zu sehr aufgeregt.«

»Oh, das kann ich nachvollziehen.« Die Buchhändlerin lachte und verschwand im hinteren Teil des Ladens. Smilla folgte ihr etwas langsamer. Der Laden war hübsch eingerichtet, hell und freundlich. Neben Büchern gab es auch thematisch passende Geschenkartikel, zwei Postkartenständer flankierten den Eingang. Auf Holzschildern, die wie Strandgut aussahen, standen die einzelnen Themenbereiche: Krimis, Regionalliteratur, Kinderbuch, Jugendbuch, Sachbuch und so weiter.

»Ich hab's leider nicht mehr da. Wenn ich es heute bestelle, ist es frühestens übermorgen hier. Reicht das?«

»Mhm, aber dann brauche ich bis dahin was anderes zu lesen.«

»Okay! Etwas in der Art? Oder ganz was anderes?«

»Am liebsten wäre mir irgendwas, das sich gut lesen lässt, ohne dass es mich komplett überfordert.«

»Da habe ich was für dich.« Die Buchhändlerin zog ein gelbes Buch aus dem Regal. »›Yellowface‹ befasst sich auch mit dem Literaturbetrieb, aber hier stiehlt eine Autorin das Manuskript ihrer toten Kollegin und geht so weit, es unter einem Pseudonym zu veröffentlichen, weil sie selbst auch mal erfolgreich sein möchte. Das Buch hat mich *sehr* beeindruckt.«

»Gekauft.« Wenn Smilla eins wusste, dann, dass Buchhändlerinnen, wenn sie ein Buch empfahlen, auch dahinter standen. Und dies hier klang gerade so, als könnte es sie für die nächsten zwei Tage gut unterhalten.

Sie bezahlte und steckte die Geldbörse ein. »Lohnt sich das überhaupt, den Buchladen im Winter offen zu halten?«, fragte sie.

»Ach, es würde sich noch viel weniger lohnen, wenn wir ihn zusperren«, meinte die Buchhändlerin. »Ich mag's, wenn es im Winter ruhiger wird. Man kann durchatmen. Und kein Ort ist dafür besser geeignet, wenn zu Hause drei Teenager mit ihren Bedürfnissen warten.«

»Das stimmt.« Smilla lachte.

»Bist du länger hier?«

»Weiß ich noch nicht. Ich wohne drüben auf dem Isländerhof.«

»Bei Conny, ah!« Die Buchhändlerin schob das Buch über den Kassentisch. »Reiterferien?«

»Bestimmt nicht!«, wehrte Smilla ab. »Nein, meine Freundin Sanne hat gesagt, ich könnte dort eine Weile unterkommen. Schönen Abend noch.«

»Dir auch.«

Sie verließ den Buchladen und schlenderte weiter zu dem Restaurant, das Conny ihr empfohlen hatte. Die Speisekarte – fischlastig, aber sehr vielversprechend – sagte ihr zu, und sie betrat den Gastraum und fragte, ob noch ein Tisch für eine Person frei sei.

»Natürlich!«, sagte der Kellner fröhlich und führte sie zu einem Tisch direkt am Fenster. Smilla setzte sich mit dem Rücken zum Fenster, mit Blick auf den Gastraum. Das gab ihr immer eine gewisse Sicherheit. Sie vertiefte sich in die Speisekarte und blickte erst auf, als erneut Bewegung am Eingang entstand.

Die hübsche Blonde starrte Smilla quer durch den Raum an, als wäre sie ein Geist. Onno drängte hinter ihr nach und sah Smilla ebenfalls an – allerdings mit einem Lächeln.

»Lass uns gehen«, sagte seine Freundin.

Doch Onno widersprach. »Wieso denn?«

Seine Freundin antwortete nicht, und Onno nahm ihren Ellenbogen und führte sie zu einem Tisch an der Wandseite. Sie setzte sich so hin, dass sie Smilla permanent beobachten konnte und Onno ihr gegenüber eben nicht.

Unangenehm.

Man könnte meinen, sie und Onno hätten eine heiße Affäre gehabt, weshalb seine Partnerin ihn jetzt permanent vor einem weiteren Fehltritt beschützen und zugleich Smilla im Auge behalten musste.

Als ob.

Sie bestellte den Pannfisch mit Dillsenfsauce und Rosmarinkartoffeln und ließ sich dazu einen passenden Wein empfehlen. Die Wartezeit vertrieb sie sich mit dem Buch, das wirklich sehr gut geschrieben war und sie sofort in seinen Bann schlug. Derweil wurde am Nebentisch unterdrückt gestritten. Das war so unangenehm, dass Smilla irgendwann wieder ihre Kopfhörer hervorholte. Es ging sie schlicht nichts an, was die beiden für Probleme hatten.

»So, der Pannfisch.« Der Kellner servierte ihr den Teller mit den Fischvariationen, ein Pfännchen mit Rosmarinkartoffeln und die Sauce. »Möchten Sie noch etwas zu trinken?«

»Ein Glas Rosé, bitte.«

Das hier hätte Jonas gefallen, dachte Smilla. Er liebte gutes Essen, und sie hatten sich viel zu selten dafür Zeit genommen.

Irgendwann ist später jetzt. Oder nie.

Sie schluckte.

Seit Jonas' Tod hatte sie Berlin kaum mehr verlassen. Zweimal war sie zu dem Postkartenverlag gefahren, mit dem sie zusammenarbeitete, weil sie gemeinsam neue Projekte besprechen wollten und der persönliche Kontakt doch etwas anderes war, als wenn man sich in der Videokonferenz gegenüber saß. Aber jetzt merkte sie, wie sehr der vergangene Tag sie gefordert hatte. Vielleicht war der Wein doch keine so gute Idee. Der würde sie müde machen, und dann fand sie den Weg zurück zum Isländerhof nicht oder wurde unterwegs von einem wilden Fasan angegriffen …

Sie musste lächeln, aber zugleich stahl sich eine Träne in ihren Augenwinkel.

So ganz auf sich allein gestellt sein, das tat ihr nicht gut. Oder nein, es war schwer. Vielleicht noch zu schwer. So vieles musste sie erst wieder für sich lernen. Allein essen gehen an einem fremden Ort. Alleinsein. Obwohl, davon hatte sie in den letzten zwei Jahren schon mehr als genug bekommen. Das hatte sie einigermaßen hinbekommen.

Der Streit am Nebentisch wurde lauter. Sie zischte, er beschwichtigte. Sie warf wütende Blicke in Smillas Richtung, als sei sie an diesem Streit schuld. Vielleicht war sie der Auslöser für einen Konflikt, der seit Langem schwelte und sich an diesem Abend Bahn brach. Es hatte in jedem Fall nichts mit ihr zu tun.

Sie aß auf, trank den Wein, spürte, wie sie ruhiger wurde. Am Nebentisch flog eine Serviette auf den Teller, beide verließen den Gastraum, sie stritten draußen weiter. Smilla zog das Buch wieder heran und las weiter. Nichts war mehr um sie herum. Sie versank in dieser anderen Realität. Erst als der Kellner abräumte, merkte sie, dass sie nicht mehr allein war. Onno und seine Freundin waren zurück, sie saßen nun beide mit dem Rücken zu ihr, sie schmiegte sich an ihn. Es sah sehr harmonisch aus, und Smilla gönnte es ihnen von Herzen.

Sie gönnte jedem so ein großes Glück, wie Jonas und sie es einst erlebt hatten.

KAPITEL 5

Früher hatte Smilla den Winter geliebt. Den sanften Übergang, die kürzer werdenden Tage, Lichterglanz und Winterzauber … Weihnachten. Doch seit zwei Jahren lag sie ab November nachts wach und fürchtete sich. Sie fürchtete die langanhaltende Dunkelheit. Sie fürchtete, dass man Menschen nicht sah. Dass sie unsichtbar wurden. Sie vermied es, abends oder nachts vor die Tür zu gehen. Im Winter wurde ihre Welt nun sehr klein, und sie konnte sich noch so oft sagen, dass sie ja aufpassen konnte, dass sie reflektierende Kleidung trug und alles tat, damit niemand sie übersah. Trotzdem war es für sie jedes Mal mit einer Panikattacke verbunden, wenn sie gezwungen war, spätabends oder frühmorgens vor die Tür zu gehen.

Als sie an diesem Morgen aufwachte und sich mit einem frisch aufgebrühten Kaffee auf das Sofa in ihrer kleinen, pinken Ferienwohnungshöhle setzte, versuchte sie, gute Argumente für ein Überwintern auf der Insel zu suchen. Das war gar nicht schwer.

Spiekeroog war autofrei. Das hatte sie bei ihrer Reiseplanung übersehen, und es hatte sie positiv überrascht. Nur Elektrokarren fuhren beinahe lautlos durch die Straßen, und auf dem Weg vom Frischemarkt zum Isländerhof war sie an der Post vorbeigekommen, im Hof stand ein Elektro-Postauto. Die meisten Menschen waren zu Fuß oder mit dem Rad unterwegs. Ein paar auch auf dem Pferderücken. Wie angenehm. Das Leben war hier auf die Bremse gestiegen.

Berlin im Winter erinnerte sie an das, was sie verloren hatte. Im Moment hatte sie wenig zu tun, es wäre also durchaus möglich, sich eine Auszeit zu gönnen. Ganz bewusst und nicht, weil sie mal wieder in einem Wellental ihrer Trauer abgestürzt war und sich tagelang nicht aus dem Bett bewegte. Sie hatte die verpasste Arbeitszeit immer wieder reingeholt, na klar. Sie war Profi. Trotzdem hatten diese intensiven Arbeitsphasen, die mit beängstigender Regelmäßigkeit von Wochen der Tatenlosigkeit abgelöst wurden, auf eine andere Art ihren Tribut gefordert.

Smilla arbeitete als Künstlerin. Ihren größten Erfolg hatte sie in den letzten Jahren mit einer Postkartenserie gefeiert, auf der ein wuscheliges Meerschweinchen und ein hoppelndes Häschen, die auf die Namen Murmel und Hupsi hörten, einander zuckrig süße Sprüche reinwürgten. Smilla hatte die beiden Tierchen in ein pastellfarbenes Auenland versetzt, das sich an den kleinen Puppenhausfiguren von *Sylvanian Families* orientierte. Murmel und Hupsi tranken Tee aus Porzellantässchen mit Rosenmuster und Goldrand, saßen mit einer Tom-Sawyer-Hose am Flussufer und angelten, der eine Pummel legte ein unglaublich kurzes Ärmchen um den anderen und sie versicherten einander die unverbrüchliche Freundschaft. Was Smilla eher ironisch aus purer Verzweiflung entworfen hatte, weil ihre künstlerischen Kinderbuchillustrationen so wenig Geld einbrachten, dass Jonas einen Gutteil der Lebenshaltungskosten tragen musste – und ein Klarinettist verdiente auch kein Vermögen –, war zu einem Verkaufsschlager geworden, und der Lizenznehmer hatte in den vergangenen Jahren die ganze Bandbreite des Merchandising ausgeschöpft und damit einen steten Geldfluss ausgelöst. Es gab nun Murmel und Hupsi als Kuscheltiere, Schlüsselanhänger, Wärmekissen, man konnte Stickeralben, Teetassen, Gummibärchen und Pflaster mit Murmel und Hupsi kaufen. Und noch viel mehr. Inzwischen bestand ein Großteil ihrer Arbeit darin, für diese Lizenzprodukte zu zeichnen. Und manchmal nervte es sie, wie wenig von ihr übrig geblieben war.

Aber dann schaute sie auf ihren Kontostand, und dann ging es wieder. Wirtschaftliche Unsicherheit hatte sie allzu oft während und nach ihrem Kunststudium begleitet. Sie war nicht bereit, sich noch einmal in diesen Abgrund zu begeben. Murmel und Hupsi finanzierten ihr Leben, und dafür wollte sie dankbar sein.

Eventuell ermöglichten das Häschen und das Meerschweinchen ihr jetzt eine längere Auszeit auf der Insel. Und wer wusste schon, ob ihr hier nicht ein paar neue Ideen zuflogen?

Smilla schaltete in ihrem Mailkonto eine Abwesenheitsnotiz ein und überflog die letzten E-Mails. Nichts Weltbewegendes. Sie konnte es ruhig angehen lassen.

Zum zweiten Kaffee frühstückte sie und vertiefte sich in das Buch. Himmel, war das gut! Sie tat sich oft schwer, das richtige Buch zu finden, aber dieses hier war bissig, es griff den Literaturbetrieb an. Sie kannte sich zwar nur am Rande damit aus – bisher hatte es nicht für einen Verlagsvertrag gereicht, obwohl sie wirklich gern Kinderbücher illustrieren wollte –, aber das, was sie wusste, deckte sich mit dem, was sie las. Ein großer Spaß, und so verschlang sie ein Kapitel und noch ein Kapitel, ehe sie zur Mittagszeit zu einem Spaziergang aufbrach.

Sie wollte das Inseldorf umrunden und ein bisschen die Umgebung erkunden. Für den dritten Kaffee wollte sie im Inselcafé einkehren. Das Internet behauptete, dort gebe es hervorragende Sahnetorten. Das klang gerade so aufregend, wie Smilla es heute haben wollte.

Bevor sie die Wohnung verließ, steckte sie das Buch in den Rucksack. Auf dem Hof musste sie kurz innehalten, denn mindestens fünfzehn Islandpferde und dazugehörende Reiterinnen versuchten gerade, sich für den anstehenden Ausritt zu sortieren. Conny saß bereits im Sattel eines kleinen, kompakten Schecken und zählte offenbar die Pferde durch. Als sie Smilla sah, winkte sie.

Smilla schob sich am Rand zu Conny durch.

»Ich habe Sanne noch gar nicht gesehen«, meinte Smilla. Gestern war sie beschäftigt gewesen und hatte abends nicht noch bei Conny und Sanne stören wollen. Sie hatte Sanne lediglich eine etwas weinselige Nachricht mit einem Foto von ihrem rosa Wohnzimmer geschickt. *Alles so rosé hier – hicks! Hatte Wein in der Combüse.*

»Sie ist schon wieder unterwegs. Heute Nachmittag ist sie aber länger da.« Conny bemerkte, dass eine der jungen Reiterinnen Probleme mit dem gemütlichen Apfelschimmel hatte, bei dem sie den Sattelgurt festziehen wollte.

»Hat der Dicke schon wieder keine Lust? Mach den Sattelgurt ein paar Löcher lockerer, die Luft lässt er gleich ab, sobald wir unterwegs sind«, riet Conny ihr.

»Ich bekomme den Gurt nicht mal ins erste Loch!« Die junge Frau mit braunen Augen und einem dunkelblonden Pferdeschwanz unter der Reitkappe lachte. Conny schwang sich aus dem Sattel und kam ihr zur Hilfe. Dann wandte sie sich wieder an Smilla. »Willst du auch mal mitreiten?«

»Ich kann nicht reiten.«

»Das macht nichts. Wir machen nur eine gemütliche Runde um die Insel, unterwegs teilen wir die Gruppe in zwei auf, und die erfahrenen Reiterinnen machen eine größere Schleife mit schnelleren Gangarten.«

»Ich überleg's mir.«

Sie fühlte sich zu Fuß deutlich wohler.

»Falls du mal schnell wo hinmusst, kannst du dir auch ein Fahrrad bei uns leihen.«

Smillas Lächeln gefror. »Sicher nicht«, murmelte sie, schlang die Arme um ihren Oberkörper und lief los. Sie rannte fast, den Weg hinunter und dann rechts, bloß weg von den Islandpferden und von Conny, weg von allem.

Fahrrad.

Niemals.

Auch nicht auf einer autofreien Insel.

Zum Abschied hielt Onno Pia fest, und sie schloss die Augen und klammerte sich an ihn. So standen sie am Fähranleger, die SPIEKEROOG I füllte sich langsam mit ein paar Leuten, die meisten waren Insulaner, die tagsüber auf dem Festland etwas erledigen wollten. Er merkte, dass Pia nicht gehen wollte, dass sie aber zugleich schleunigst die Insel verlassen wollte, sie war ihr nach nicht mal vierundzwanzig Stunden schon zu viel.

Zu viel Stille.

Der Streit gestern Abend war das reinigende Gewitter gewesen, das sie wohl gebraucht hatten, um nach vorne zu blicken. Als Pia das Restaurant verließ, weil sie es »keine Sekunde länger« ertrug, dass er mit anderen Frauen flirtete, hatte er nicht gezögert. Er war ihr nachgelaufen, hatte sie umarmt, hatte ihr versichert, es gebe keine andere Frau in seinem Leben, es würde nie eine andere geben. Viel hätte nicht gefehlt, und er hätte ihr auf dem kleinen Friedhof der Inselkirche, da im Dunkeln zwischen den halb umgekippten Grabsteinen, einen Heiratsantrag gemacht.

Aber er hatte es nicht getan. Er hatte sich vorgenommen, nichts zu überstürzen. Sie mussten diese Krise als Paar überstehen, bevor sie den nächsten Schritt gehen konnten. Und Pia hatte sich an ihn geschmiegt, als sie zurück ins Restaurant gingen. »Wir gehören zusammen«, hatte sie geflüstert, wie eine Beschwörungsformel. »Nichts kann uns trennen«, das klang fast schon wie eine Drohung, aber er hatte ihre Hand genommen, hatte jede Fingerspitze einzeln geküsst. »Niemand kann uns trennen«, hatte er ihr versprochen.

Für ihn begann der Unterricht nächste Woche. Bis dahin war ihm die Stille recht.

Pia seufzte und drückte sich noch fester an ihn. »Ich mag nicht«, flüsterte sie. »Ohne dich. Zu Hause.«

»Du kannst mich ja besuchen kommen.«

»Oder du kommst mich besuchen?« Hoffnungsvoll hob sie den Kopf.

Er schüttelte lächelnd den Kopf. »Das schaffe ich nicht vor den Weihnachtsferien. Samstags ist auch Unterricht.«

Pia stöhnte und lehnte die Stirn an seine Schulter. »Das habe ich verdrängt. Entschuldige, dass ich in den letzten zwei Tagen so eklig zu dir war«, flüsterte sie.

»Schon gut. Ich weiß, dass dich alles überfordert.« Er küsste sie. Pia legte die Arme um seinen Hals, und da war auf einmal die Leidenschaft der ersten Jahre zurück. Er umfasste ihr Gesicht mit beiden Händen, sie schmiegte sich an ihn. »Vergiss mich nicht«, flüsterte sie.

»Niemals.«

Sie nahm die Tasche und lief die Gangway hoch. Onno winkte, dann drehte er sich um und machte sich auf den Rückweg. Die Schule hatte ihm ein Fahrrad zur Verfügung gestellt, das er auf dem Hinweg geschoben hatte. Damit würde er schnell zurück sein. Er trat kräftig in die Pedale und fuhr im Dorf schwungvoll rechts in den Norderloog ein – und direkt in eine Fußgängerin, die noch versuchte, ihm auszuweichen.

Onno segelte über den Lenker des Hollandrads und schaffte es irgendwie, sich abzurollen. Leider kam er trotzdem unglücklich mit der rechten Schulter auf und blieb mitten in der einzigen Pfütze weit und breit liegen.

Die Fußgängerin beugte sich über ihn. »Geht's dir gut?« Da erkannte er sie. »Alles super«, stammelte er, wollte sich aufrichten und gleichzeitig nach dem Fahrradlenker greifen, doch er merkte im selben Moment, dass gar nichts gut war, denn sein Arm hing nutzlos an seiner Seite herunter und ließ sich nicht so richtig bewegen. Und der einzige Versuch endete damit, dass ihm vor Schmerz schwarz vor Augen wurde. Onno plumpste auf den Hintern zurück in die Pfütze.

Smilla hockte sich zu ihm. Sie sah sehr blass aus und ihre Unterlippe zitterte. Sie steht unter Schock, dachte er, und dann erkannte er, dass er auch gerade nicht in Bestform war. »Ich wollte das nicht«, stammelte sie. »Ich stand doch nur da an der Ecke und …« Sie runzelte die Stirn. »Hier darf man überhaupt nicht mit dem Rad fahren!«, offenbar gewann nun die Empörung die Oberhand. Wie reizend, eine kleine Regelfetischistin. Er grinste, doch das brachte sie nur noch mehr in Rage. »Du hättest sterben können!«

»Ganz so schlimm war's nicht.« Obwohl sich sein Arm schon ein bisschen danach anfühlte. Er versuchte noch mal, ihn zu bewegen, doch das ließ er dann lieber bleiben, der Schmerz in der Schulter brachte ihn sonst wirklich noch um. »Ich bräuchte aber einen Arzt.«

»Was du brauchst, ist ein Krankenhaus«, entschied sie.

»Ein Arzt reicht«, erwiderte er. »Die Schulter ist nur ausgekugelt, das passiert mir nicht zum ersten Mal. Wenn er sie mir wieder einrenkt, ist in drei Tagen alles wieder okay.«

»Du hättest sterben können«, wiederholte sie. Ihr Blick war starr auf einen Punkt irgendwo hinter seiner linken Schulter gerichtet. Onno neigte den Kopf. Irgendwas stimmte nicht mit ihr. Das war keine normale Schockreaktion. Sie schien in einer Gedankenschleife gefangen zu sein. »Du hättest sterben können …«, flüsterte sie.

Vorsichtig hob er die linke Hand und legte sie auf Smillas Unterarm. »Hey«, sagte er leise. »Hörst du mich?«

Ihr Blick richtete sich auf sein Gesicht.

»Du hättest sterben können.«

»Ich bin nicht gestorben. Ich bin hier. Siehst du? Quicklebendig. Und jetzt rufen wir den Inselarzt, der sich hoffentlich mit luxierten Schultern ähnlich gut auskennt wie ich. Schulter einrenken, alles gut. Ja?«

Sie schüttelte den Kopf. Tränen schossen aus ihren Augen, und Onno spürte, da war mehr als diese ausgekugelte Schulter. Es ging nicht um ihn. Sie blieben einfach einen Moment lang so sitzen, er mit nasser Hose, sie mit nassem Gesicht. Er strich behutsam über ihren Mantelärmel, und irgendwann lehnte sie sich ganz leicht gegen seine linke Schulter und weinte, wie er noch nie einen Menschen hatte weinen sehen. Als hätte sich in ihr irgendwas so lange angesammelt, bis sein kleiner Abgang über den Fahrradlenker zu einem Dammbruch führte.

Es dauerte, bis sie nicht mehr haltlos schluchzte und das Telefon aus der Manteltasche ziehen konnte. Inzwischen hatten mehrere Passanten gefragt, ob sie helfen könnten, aber bis auf den ersten, den Onno bat, sein Fahrrad an die Hauswand zu lehnen, hatte er immer nur dankend abgelehnt und hatte irgendwann begonnen, ihren Unterarm zu streicheln. Sie mochte das normalerweise nicht. Zu viele Berührungen fühlten sich schlicht unangenehm an. Onno ließ sie die ganze Zeit nicht aus den Augen, und sie redete sich ein, solange er ihren Arm streichelte, war er nicht tot.

Schließlich ebbte die Panik ab, und sie konnte wieder etwas tun. Sie suchte über Google die Nummer des Inselarztes heraus und rief dort an. Die MTA sagte, sie könnten direkt vorbeikommen. »Dr. Tossens richtet gern luxierte Schultern«, erklärte sie fröhlich. Als wäre das ein Hobby.

Jetzt musste sie nur noch Onno zum Arzt bringen. Es waren zwar nur ein paar hundert Meter, aber Smilla konnte sich vorstellen, wie unangenehm selbst die kurze Strecke für ihn sein musste.

»Ich kann laufen«, behauptete Onno. »Schiebst du das Fahrrad?«

Sie nickte und half ihm auf. Onno stützte den rechten Arm und verzog das Gesicht. Er humpelte sichtlich gerupft neben ihr her.

»Geht's?«, fragte sie mitfühlend.

»Ehrlich gesagt ist der nasse Hosenboden erniedrigender als die kaputte Schulter. Die habe ich mir schon zum dritten Mal ausgekugelt.«

»Autsch.« Smilla konnte den Schmerz förmlich spüren.

Schritt für Schritt ging es voran. Die Praxis lag in einem einstöckigen Ziegelbau. Man betrat einen Raum, der zugleich als Wartezimmer und Empfangsbereich diente. Die ältere Frau mit kurzen Haaren hinter dem Tresen stand auf, als sie hereinkamen.

»Sie sind die ausgekugelte Schulter?«

»Genau.« Onno trat vor. Die MTA stellte ihm ein paar Fragen, er bekam ein Klemmbrett mit einem Zettel, den er ausfüllen musste. Smilla setzte sich auf einen der Stühle. Sie blieb, denn irgendwer musste später auch sein Fahrrad wieder hier wegbringen, oder?

»Kannst du mir helfen?«

Er hielt ihr das Klemmbrett hin und hob etwas hilflos den rechten Arm. »Bin leider Rechtshänder.«

»Klar.« Sie nahm das Klemmbrett auf die Knie, und Onno setzte sich neben sie.

»Name?«

»Onno Richter.«

»Anschrift?«

»Gute Frage.« Er grinste. »Aktuell die Schule im Osten der Insel, aber da weiß ich die Adresse nicht auswendig.«

»Finde ich raus.« Sie hatte das Handy in der Hand. Es tat gut, irgendwas tun zu können. Der Schock ließ nach und ihre Finger zitterten. Das Smartphone fiel ihr aus der Hand. Als sie sich vorbeugte, spürte sie wieder Onnos Hand, diesmal auf ihrer Schulter.

»Ganz ruhig«, murmelte er.

Das sagte sich so leicht. Er hatte keine Ahnung, wie sehr sie dieser Zusammenstoß erschüttert hatte. Auf einmal waren alle Bilder wieder vor ihrem inneren Auge aufgestiegen, die sie so mühsam und bis zu diesem Moment erfolgreich verdrängt hatte.

Sie lächelte zittrig. »Geht gleich wieder. Ich hab nur …«

Ein Problem mit verunglückten Radfahrern.

Aber das sagte sie nicht laut. Es käme ihr merkwürdig vor. Zumal er ja in sie reingerauscht war, und sie war auch hingefallen. Jetzt, als sie zur Ruhe kam, merkte sie, dass ihr Knie pochte. Sie war offensichtlich draufgefallen.

»Also, Krankenversicherung?«, fragte sie betont munter.

Er akzeptierte ihr Ablenkungsmanöver, und sie füllten das Formular aus.

Der Arzt kam fünf Minuten später und rief Onno auf. Smilla blieb sitzen. Sie suchte in ihrem Handy nach Musik, mit der sie sich ablenken konnte.

Bloß nicht darüber nachdenken, wie sie mal vor zwei Jahren in der Notaufnahme gesessen und auf Nachricht gewartet hatte.

Aber das war unmöglich. Sie versank in der Musik, und die Bilder stürzten auf sie ein, als würde es zum zweiten Mal passieren.

Der Anruf kam am frühen Abend.

Gerade hatte Smilla die letzten Korrekturen an einem Kontrollabzug für ihre neue Murmel-und-Hupsi-Kollektion vorgenommen. Sie überlegte, ob sie zur Feier des Tages beim Thailänder bestellen sollten. Jonas war noch unterwegs; vormittags hatte er Orchesterprobe, nachmittags dann noch mehrere Privatschüler.

Als ihr Handy klingelte, dachte sie, er sei dran.

Sie schaute nicht aufs Display.

»Hey, Jonas. Wann kommst du nach Hause?«

Niemals. Er würde niemals nach Hause kommen.

»Guten Abend, spreche ich mit Smilla Berggrün?«

»Wer will das wissen?« Sie klemmte sich das Smartphone zwischen Ohr und Schulter und sammelte die Kaffeetassen ein, die sich im Laufe dieses arbeitsreichen Tags rings um ihren Zeichentisch gesammelt hatten. Vier. Plus zwei Espressotassen. Kein Wunder, dass sie so übermütig und aufgedreht war. Aber es tat auch gut, ein Projekt abschließen zu können.

»Mein Name ist Thomas Werder. Ich rufe aus der Charité an.«

»Oh?« Sie lief barfuß in die Küche. Jonas würde schimpfen. Dezember, und sie lief barfuß über den kühlen Holzfußboden.

»Es geht um Ihren Partner, Jonas Berggrün.«

»Ja? Was ist mit ihm?« Sie blieb in der Küche stehen.

Das war der Moment, in dem sie das erste Mal ein gewisses Unwohlsein anflog. Das Gefühl, dass irgendwas ganz und gar nicht stimmte.

»Er hatte einen Unfall.«

Manchmal reißt dir das Leben die Füße unter dem Körper weg, und du weißt gar nicht, wie das sein kann oder wie es ein Leben davor geben konnte. Smilla spürte, wie ihr alles entglitt. Die Tassen glitten ihr aus den Händen und zerschellten auf dem Fußboden. Kaffeereste und weiße Scherben in allen Richtungen, zugleich diese Stimme aus weiter Ferne, die kaum ihren Kopf erreichte, ihr Herz sowieso nicht, obwohl das schon begriff, dass etwas so unfassbar falsch lief.

Aber genau das war es: unfassbar.

»Was ist passiert?« Auch ihre Stimme klang fremd. Fern. Nicht ihre Stimme. Sie hatte sich selbst nicht mehr im Griff, sie reagierte nur noch. Ein Programm, das abgespult wurde.

»Ein abbiegender Lkw hat ihn übersehen. Hören Sie, Frau Berggrün, es ist so … Sie sollten herkommen. So schnell wie möglich. Jemand muss für Ihren Partner Entscheidungen treffen.«

Smilla nickte. »Ja«, sagte sie. »Muss ich … was …« Sie fand nicht die richtigen Worte, sie fielen übereinander, in ihrem Kopf war eine tiefe, klaffende Leere. Smilla schluckte. »Ich komme.«

Sie legte auf und starrte auf die Scherben am Boden. Dann holte sie das Kehrblech und den Handbesen unter der Küchenspüle hervor und begann, die Scherben aufzufegen.

Ein Irrtum, dachte sie. Das passierte doch nicht ihr. Nicht Jonas. Sie könnte ihn anrufen, und dann fiele er aus allen Wolken, weil er natürlich quicklebendig durch Berlin sauste, den Rucksack mit der Klarinette und den Noten auf dem Rücken, alles wie immer. Er würde lachen, weil sie dachte, ihm könnte etwas passiert sein.

Da lag jemand anderes in der Charité und wartete, dass einer seiner Liebsten kam und Entscheidungen traf.

Und überhaupt. Was sollten das für Entscheidungen sein, die getroffen werden sollten?

Eine Stunde später klingelte ihr Handy erneut. Dieselbe Nummer. Smilla ging nicht dran. Sie zog Jacke und Schuhe an und verließ das Haus.

Jetzt bestand wohl kein Zweifel mehr, dass sie gemeint war.

Sie fuhr in die Charité. Dort saß sie lange in der Notaufnahme, bis sich ein Arzt zu ihr setzte. Er drückte mitfühlend ihre Schulter, aber kein Mitgefühl dieser Welt konnte seinen Worten die Schärfe nehmen. Worte wie klinisch tot und Organspender. Smilla hörte zu. Sie fragte nicht, sondern tat das Einzige, was in dieser Situation noch getan werden konnte. Sie traf für Jonas Entscheidungen.

In guten wie in schlechten Zeiten.

Danach begann die schlimmste Zeit, denn niemand hatte ihr gesagt, dass es auch ein Leben nach den guten und den schlechten Zeiten gab und was für ein Abgrund sich dort auftat, wenn man allein zurückblieb.

KAPITEL 6

»Na, zum Glück habe ich Erfahrung mit luxierten Schultern.« Dr. Tossens gehörte zu den Ärzten aus der Kategorie »zupackend« und während er Jonas untersuchte und beifällig murmelte, das sei ja ein Fall wie aus dem Lehrbuch, war Jonas auf der Hut. Er hatte nämlich auch Erfahrung mit luxierten Schultern und kannte die Ablenkungsmanöver, bevor der Arzt mit einem beherzten Zug am Arm das Gelenk wieder in die Gelenkpfanne zog.

»Wie ist das passiert?«

»Ich hab eine Fußgängerin überfahren. Also fast. Bin ihr ausgewichen und hab den Abgang über den Lenker gemacht. Ich habe noch versucht, mich abzurollen, aber …« Das Schulterzucken verkniff er sich.

Dr. Tossens nickte. »Verstehe. Sie sind erstaunlich ruhig.«

»Sie werden mir schon Schm… ahhhh.«

Zack, da war er, der Moment der Unaufmerksamkeit.

»Das hätten wir.« Dr. Tossens betastete noch mal die Schulter. »Ich gebe Ihnen Schmerzmittel mit. Das wird noch eine Weile wehtun. In der Apotheke bekommen Sie auch eine Schlinge. Sie sollten den Arm mindestens zwei Wochen ruhig halten.«

»Danke.«

»Sie sollten die Schulter eventuell operieren lassen, wenn das häufiger vorkommt.«

»Kein Interesse.«

»Dachte ich mir.«

Die beiden nickten einander zu, und fünf Minuten später stand Onno mit einem Rezept in der Hand im Wartebereich. Smilla blickte zu ihm auf. »Alles okay?«, fragte sie.

Nein, nichts war okay. Seine Beziehung war kompliziert, wie man so schön sagte, auch wenn Pia sich das nicht eingestehen wollte und er zu harmoniebedürftig war, um über eine Trennung nicht nur nachzudenken, sondern sie auch durchzuziehen. Sie waren ja irgendwie noch verliebt ineinander, doch er merkte, dass er Pia nichts von der Schulter erzählen wollte, aus Sorge, sie könnte daraus direkt mehr Drama machen als es war. Okay, er hatte Schmerzen vom Einrenken der Schulter und keine Ahnung, wie er mit dem Fahrrad und der kaputten Schulter ans andere Ende der Insel gelangen sollte. Aber das würde sich schon finden. Übermorgen fing seine Arbeit als Lehrer an, und er hatte keinen Schimmer, wie das ohne rechte Hand funktionieren sollte. Er hätte um eine Krankschreibung bitten können, aber unterrichten ging ja, irgendwie.

»Ja logisch«, antwortete er. »Das war ein Klacks.«

»Wo musst du jetzt hin?«

Sie verließen die Praxis.

»Erst zur Apotheke, dann zur Schule.«

Smilla hatte schon das Handy in der Hand. »Apotheke ist kein Problem. Schule … na ja.«

»Ja.« Er ließ den Kopf hängen. »Mit dem Fahrrad wird das wohl nichts.«

»Jedenfalls nicht, wenn du selbst radeln willst.« Sie holte sein Fahrrad und schlenderte neben ihm her.

»Das wird wohl noch eine ganze Weile dauern.« Und damit wäre er wohl bis auf Weiteres auf die Schule und die nähere Umgebung beschränkt. Essig war's mit seiner Vorstellung davon, wie er in den kommenden Wochen die Insel erkundete.

»Kannst du Hilfe annehmen?«, fragte sie.

Gute Frage. Er verzog das Gesicht.

»Leider nicht so gut.«

»Dachte ich mir.« Smilla lachte. »Ich werde dir trotzdem helfen, ja? Ich habe ein unendlich schlechtes Gewissen, weil du mich umgefahren hast.«

»Du weißt aber schon, dass *ich dich* umgefahren habe und nicht umgekehrt?«

Sie zuckte mit den Schultern. »Willst du dich jetzt mit meinem Dickschädel anlegen?«

»Auf gar keinen Fall. Ich fürchte, da ziehe ich definitiv den Kürzeren.«

»Könnte sein.«

Sie erreichten die Apotheke. Smilla wartete draußen, während Onno Schmerzmittel und Schlinge kaufte. »Mit dem Medikament dürfen Sie aber keine schweren Maschinen führen«, klärte ihn die Apothekerin auf.

»Zeigen Sie mir eine schwere Maschine auf Spiekeroog, dann kann ich Ihnen nichts versprechen.« Er grinste.

»Ach, du lebst hier?«

Sofort war er aufgenommen in die Dorfgemeinschaft. Faszinierend. »Ich bin Onno Richter, der neue Mathelehrer drüben im Internat.«

»Dann lernst du sicher bald meine Tochter Finja kennen.« Die Apothekerin packte noch ein Päckchen Taschentücher extra in die Papiertüte. »Ich bin Helen.«

»Hi, Helen. Freut mich, dich kennenzulernen.«

»Wenn du was brauchst, sag Bescheid. Wir halten zusammen hier auf der Insel.«

»Werde ich machen, versprochen.«

Onno verließ die Apotheke. Hatte Pia nicht gemeint, er würde auf der Insel komplett vereinsamen? Das Gegenteil war der Fall. Sie hatte vor einer Stunde die Insel verlassen, und er war schon mit dem Arzt und der Apothekerin bekannt. Gut, eventuell war das nicht erstrebenswert, was kam als nächstes? Angeblich gab es einen Rettungshubschrauber, der Schwerkranke im Notfall von der Insel holte. Auf diese Erfahrung konnte er gut verzichten.

Smilla hatte vor der Tür auf einer kleinen Holzbank gewartet.

»Wollen wir?« Sie schob das Fahrrad auf die Straße.

»Was genau?«

»Na, dich zur Schule bringen. Oder willst du nicht?«

Er seufzte ergeben. »Ich kann dich nicht davon abbringen, mir zu helfen?«

»Du kannst es versuchen. Aber ich bin sehr hartnäckig. Einfacher wäre es, wenn du nachgibst.«

Wieder dieses Lächeln. Er mochte es.

»Also gut«, gab er nach.

War sie zu aufdringlich? Zu nervig? Anstrengend? Smilla zerbrach sich darüber den Kopf, als sie sich eine gute Stunde später auf den Heimweg machte.

Unterwegs zur Inselschule hatten Onno und sie sich nett unterhalten, aber sie merkte, wie sehr ihn alles anstrengte. Trotz Schmerzmittel, das er zwischendurch nahm. Sobald sie ihn an seinem Tiny House abgeliefert hatte, verabschiedete sie sich deshalb rasch.

Der erste Tag auf der Insel war irgendwie komplett anders verlaufen als gedacht. Der Unfall hatte die Erinnerungen an Jonas' Tod wachgerufen, so lebendig, dass sie während der Zeit im Wartebereich fast in eine Panikattacke gestürzt wäre. Zum Glück hatte sie schon wenige Wochen nach seinem Tod über eine Notfallhotline einen Termin bei einer Psychotherapeutin bekommen, die mit ihr seit zwei Jahren daran arbeitete, die Panikattacken zu bewältigen.

Mit Onno zu reden, hatte sie daran erinnert, was sie verloren hatte. Und das machte sie traurig.

Vor allem war es so absurd. Sie hatte Jonas geliebt, und seit seinem Tod hatte sie keinen Gedanken mehr an eine neue Liebe verschwendet. Dann war ein Mann nett zu ihr, und sie merkte, wie sich alles in ihr gegen Gefühle wehrte. Für die war in ihrem Leben nun wirklich kein Platz. Nicht wahr?

Außerdem hatte er eine Freundin. Es stand ihr nicht zu, darüber zu urteilen, ob sie glücklich waren. Und unabhängig davon wollte sie sich auf gar keinen Fall in die Beziehung reindrängen.

Sie selbst war nicht glücklich. Und das machte ihr Herz schwer.

»Scheißidee mit Spiekeroog«, flüsterte sie.

Die ersten Häuser vom Inseldorf kamen hinter der nächsten Düne in Sicht. Als sie auf dem Rückweg am Buchladen vorbeikam, ging sie hinein – weil sie irgendwie so ein Gefühl hatte, dass sie sich schon bald wieder einigeln würde.

Diesmal stand hinter dem Kassentresen eine sehr schwangere Frau, etwas älter als Smilla. Sie hatte ein zauberhaftes Lächeln und kurze Locken, die sich um ihr Gesicht ringelten. Ihre sturmgrauen Augen waren so hell und aufmerksam, als könnte sie bis auf den Grund von Smillas müder Seele blicken.

Smilla erkannte sie sofort. Das war die Frau, die gestern mit dem Thermosbecher auf die Fähre gewartet und sie so nachsichtig angelächelt hatte, als die Möwen ihr das Fischbrötchen geklaut hatten. Am liebsten wäre sie sofort wieder aus dem Laden gestürzt, dass hier jeder jeden kannte und man am zweiten Tag schon wiedererkannt wurde, war ihr dann doch zu viel. Ganz anders als Berlin.

»Ich brauche ein Buch gegen Liebeskummer«, platzte es trotzdem aus ihr heraus. Obwohl sie ja noch ein Buch bestellt und bereits zu Hause eins zum Lesen liegen hatte. Sie brauchte jetzt etwas anderes. Etwas, das diese Schwere aus ihrem Herz herauslöste und sie wieder atmen ließ.

»Das sehe ich«, sagte die Buchhändlerin ruhig.

Da fing Smilla an zu weinen.

Einfach so.

Und die Buchhändlerin? Sie umrundete den Kassentisch und drückte Smilla ein Taschentuch in die Hand. »Möchtest du dich hinsetzen?«, fragte sie. Smilla nickte unter Tränen, die Frau führte sie zu dem Rondell, auf dem viele Bücherstapel lagen, daneben stand ein kleiner, bequemer Sessel. Während Smilla sich in dem Sessel einrollte, machte sich die Buchhändlerin an der Siebträgermaschine zu schaffen. Sie drückte Smilla einen Espresso in die andere Hand. »Zucker?«

»Immer.«

»Keks?«

»Ich geh hier nicht mehr weg, wenn ihr eure Kundinnen so verwöhnt.«

Die Buchhändlerin zuckte mit den Schultern. »Ich finde, Liebeskummer ist immer ein Grund, erst mal mit einem guten Kaffee und einer Schüssel Kekse gegenzusteuern. Ehrlich gesagt habe ich nach einer Ausrede für meinen dritten heute gesucht.« Sie stellte ein Schälchen mit dänischen Butterplätzchen neben Smilla ab. »Ich bin übrigens Frieke, und ich werde herausfinden, welches Buch dir gegen Liebeskummer ganz hervorragend helfen wird. Aber ich rede zu viel.«

Smilla lachte. Sie fühlte sich tatsächlich gerade etwas überrollt. »Ich wollte doch nur ein Buch.«

»Aber du *brauchst* mehr als ›nur ein Buch‹«, erklärte Frieke rigoros.

»Du bist sehr klug«, sagte Smilla leise und nippte am Espresso. Stark, süß und mit einem Hauch Schokolade. So perfekt, dass ihr neue Tränen in die Augen traten. »Ich bin so eine Heulsuse, sorry.«

»Entschuldige dich niemals dafür, so zu sein, wie du bist. Gefühle sind wichtig, und wenn wir die Gefühle immer wegdrücken, tun wir uns keinen Gefallen.«

Smilla nickte tapfer. Hier gab es nicht nur Bücher und Espresso, sondern Lebensweisheiten obendrauf.

»So, und ich schau jetzt nach dem richtigen Buch, einverstanden?«

Frieke trat an das Regal, legte den Kopf schief und ließ die Finger über die Buchrücken tanzen. Als würde sie mit den Büchern sprechen, dachte Smilla.

»Vielleicht ist das hier etwas für dich.« Frieke legte ein schmales Bändchen in Smillas Schoß. Ein angedeuteter blauer Baum vor Blöcken in Rosa, Grün, Gelb und Rot. »Eventuell ist das zu harter Stoff.«

»›Die Zeit der Verluste‹?«

»Nicht gut?«

»Zu viele Verluste«, murmelte Smilla.

»Dann vielleicht etwas Heiteres?«

Sie legte ein rosa Buch auf das bunte. »Alles, was ich weiß über die Liebe«, las Smilla vor. »Na ja, über die Liebe weiß ich ungefähr gar nichts, habe ich das Gefühl.«

»Hm, also von welcher Art von Liebeskummer reden wir hier?«, hakte Frieke behutsam nach.

»Es ist … Ich habe jemanden verloren. Und zwar für immer.« Smilla starrte auf ihre Hände, die die Espressotasse umschlossen. »Er ist … gestorben. Und seitdem …«

»Verstehe«, sagte Frieke leise. »Dann nichts über Verluste lesen, nichts über die Liebe. Dein Kummer braucht vor allem Trost. Warte.«

Sie trat ans Regal. Ihre Finger glitten über die Buchrücken, sie summte leise. Einmal schloss sie kurz die Augen, als müsste sie in sich hineinhorchen. Dann zog sie ein Buch hervor, wog es hin und her, nickte dann aber, als müsste sie sich selbst Mut machen.

Sie drückte Smilla das Buch in die Hand.

»Okay. Vertraust du mir?«

»Ich kenne dich gar nicht.« Sie lachten beide, aber es

war ein angenehmes, ruhiges Lachen, und dann sahen sie sich an, und Smilla nickte leicht. Ja, sie konnte dieser fremden Frau vertrauen, dass sie das richtige Buch auswählte.

»Dann nimm das hier. ›Der Zauber der Welt‹ von Katherine May. Es ist ein Trostbuch. Unsere Welt wird immer komplizierter, und dasselbe passiert mit unseren Gefühlen. Sie gibt dir den Raum, dass du zu dir zurückfindest.«

»Hm.« Smilla wusste kurz nicht, wohin mit der Espressotasse, aber Frieke nahm sie ihr ab, damit sie in dem Buch blättern konnte. Frieke bemerkte ihr Zögern.

»Wenn es nicht klappt, darfst du es zurückbringen.«

»Okay.« Smilla nickte. »Dann versuche ich das mal. Darf ich noch ein bisschen hier sitzen und den Espresso austrinken?«

Frieke verstand, dass Smilla allein sein wollte und zog sich zurück. Smilla hörte sie vorne kramen, das Telefon klingelte, das helle Lachen der Buchhändlerin, das Klappern der Tastatur. Geräusche, die nicht ihr galten, aber das Gefühl der Einsamkeit von ihr nahmen. Sie nippte weiter am Espresso und las in die Bücher rein, die Frieke um sie herum verteilt hatte.

»Ich nehme das hier«, sagte sie und gab Frieke das letzte der drei Bücher. »Eins kommt morgen noch, aber dafür komme ich noch mal vorbei.«

»Sehr schön. Bleibst du länger auf Spiekeroog?«

»Sind Urlauber zu dieser Jahreszeit so ungewöhnlich?«

Frieke grinste, während sie das Buch einscannte. »Gar nicht. Viele mögen die Stille im November, die sich mit den ersten Herbststürmen abwechselt. Nein, Conny hat erzählt, dass eine Freundin von Sanne für eine Weile bei ihnen auf dem Isländerhof wohnst. Das bist du doch, oder?«

»Ja, stimmt. Womit habe ich mich verraten?«

»Mit dem traurigen Blick«, sagte Frieke leise. »Ich habe dich gestern am Fähranleger gesehen.«

»Ja, ich dich auch.«

»Du wirktest da schon traurig. Und das nicht nur, weil die dreisten Möwen dich beklaut haben.«

»Das war mir so peinlich.«

»Muss es nicht. Wem noch nie von den Möwen was geklaut wurde, der ist auf Spiekeroog noch nicht angekommen. Schön, dass du hier bist. Ich hoffe, du kannst ein bisschen heil werden bei uns.«

Smilla schwieg.

»Entschuldige. Ich wollte dir nicht zu nahe treten.«

»Nein, schon in Ordnung. Ich denke nur, irgendwann sollte es doch vorbei sein. Dass man mir das so ansieht.«

Smilla packte das Buch in einen Leinenbeutel und verabschiedete sich. Auf dem Weg zurück in die Wohnung versuchte sie, sich nur an den schönen Dingen zu erfreuen. Gar nicht so schwierig, stellte sie fest. So amüsierte sie sich sehr über zwei Stockenten, die das letzte, karge Gras am Wegesrand rupften, und auf dem Weg zum Isländerhof hoch schreckte sie ein Fasanenpaar auf, das laut schreiend vor ihr weglief.

Die Insel war wunderschön. Nicht nur die Einsamkeit hier tat ihr gut. Auch dass sie aus der Tür treten konnte und direkt in der Natur stand. Der Blick weitete sich und prallte nicht auf der anderen Straßenseite an einer Häuserwand ab. Und sie kam schnell mit den Menschen ins Gespräch. Was sollte das Gerede darüber, Ostfriesen und besonders die Insulaner seien so verschlossen? Vielleicht lag es daran, dass sie als Freundin von Sanne quasi Teil der Insulanerfamilie war.

Als sie den Innenhof überquerte, sah sie Sanne, die mit einer jungen Fuchsstute am Zügel vom Reitplatz kam. Smilla winkte ihr. »Hey, sehe ich dich auch mal, du Rumtreiberin!«

»Selber Rumtreiberin.« Sanne band die Isländerstute an den Zaun vor dem Stall und begann sie abzusatteln. Sofort drehte sich die Stute zu ihr um und knabberte spielerisch an Sannes Hosenboden. »Lass das, Frekja.« Sanne schob den Pferdekopf weg. Smilla bemerkte eine gewisse Unruhe bei ihrer Freundin, konnte aber nicht so richtig den Finger drauf legen, woher sie kam. »Hast du unser Mittagessen vergessen?«

»Oje.« Hatte sie tatsächlich. »Ich musste ein Leben retten, tut mir leid. Warum hast du nicht angerufen?«

Sanne zuckte mit den Schultern. »Ich dachte, du hast was Besseres vor. Da bin ich reiten gegangen. Diese junge Dame hier muss noch ein paar Dinge lernen, bevor sie auch von unseren Gästen geritten werden kann.«

Wie zur Bestätigung schnaubte Frekja und tänzelte neben Sanne, als hätte sie durchaus Lust, noch eine Runde auf dem Reitplatz zu drehen.

»Außerdem muss ich nachdenken«, fügte Sanne leise hinzu.

Smilla horchte auf. »Worüber denn?«, fragte sie.

»Das alles hier. Ob es mich noch glücklich macht.«

Sie machte eine weit ausholende Armbewegung, mit dem sie Frekja, den Isländerhof, ja, die ganze Insel umfasste.

»Aber was soll dich daran nicht glücklich machen? Es ist wunderschön hier.«

»Ja, leider ist es aber nicht mein Hof. Und zwischen Conny und mir … das ist kompliziert, um es mal vorsichtig auszudrücken. Wir haben unterschiedliche Auffassungen darüber, wie wir zusammenleben wollen.«

»Oh«, sagte Smilla. Das schlechte Gewissen kniff sie jetzt schon etwas nachdrücklicher. Wenn es zwischen Sanne und Conny kriselte, war es umso bedauerlicher, dass sie es nicht zu der Verabredung geschafft hatte. »Magst du heute Abend zu mir kommen? Ich hole uns ein paar Leckereien im Frischemarkt.«

»Einverstanden.« Sanne nickte. Smilla trat zu ihr und umarmte die Freundin.

»Tut mir leid, dass ich nicht da war«, flüsterte sie.

»Schon gut.« Sanne schniefte. Ihre Augen wirkten verquollen, als hätte sie geweint.

Schien ziemlich ernst zu sein. Aber bevor Smilla noch etwas sagen konnte, hörten sie den Hufschlag von Ponys, und kurz darauf tauchten hinter den Heckenrosen die ersten Islandpferde mit ihren fröhlich quatschenden und lachenden Reiterinnen auf. Die Gruppe kehrte vom Ausritt an den Strand zurück, und nun war der Moment vorbei, dass Smilla Sanne etwas Tröstendes sagen konnte.

Sie ging ums Wohnhaus herum und betrat den Hausflur. Oben in ihrer Wohnung legte sie das Buch auf den Couchtisch zum anderen und kochte eine Kanne Tee. Im Frischemarkt hatte sie bei ihrer ersten Einkaufstour eine Packung

Ingwerkekse erstanden. Die gönnte sie sich zu dem Ostfriesentee.

Woher kam es, dass der Tee so viel besser schmeckte als zu Hause? Lag das an der Teesorte, am Wasser, an der guten Seeluft? Smilla hinterfragte es nicht, sondern freute sich einfach. Sie hatte Tee, Kekse, einen kleinen Stapel Bücher und alle Zeit der Welt.

Warum fühlte sie sich trotzdem so verloren?

KAPITEL 7

»Frieke! Das hab ich jetzt nicht gesehen!«

Emma stand vor dem Kassentisch im Buchladen, ihre schlafende Tochter im Tuch vor der Brust. Sie blickte tadelnd zu Frieke hoch, die auf einer wackeligen Trittleiter balancierend versuchte, eine Tannengirlande an dem Regal dahinter zu befestigen.

»Außerdem haben wir November! Das ist doch nicht etwa Weihnachtsschmuck? Vor Totensonntag?«

Frieke verdrehte die Augen. »Meine Mutter ist nichts gegen dich.«

»Deine Mutter würde einen Herzinfarkt bekommen, wenn sie wüsste, dass du hochschwanger auf irgendwelchen Regalen herumkraxelst.«

Die kleine Mika meckerte im Tragetuch, und Emma hob sie heraus. Gar nicht mehr so klein, dachte Frieke. Inzwischen war Emmas Tochter sechs Monate alt, und es würde nicht mehr lange dauern, bis sie durch den Buchladen krabbelte und anfing, sich an den Regalen hochzuziehen.

»Aber ich will dekorieren, bevor ich gar nichts mehr kann.« Beinahe anklagend zeigte Frieke auf die Murmel unter ihrem Pullover.

»Na, das Baby wird ja wohl kaum vor Weihnachten kommen«, brummelte Emma. »Du hättest doch nur was sagen brauchen, dann hätten Sonja oder ich geholfen.«

»Wollte mir halt diesen Totensonntag-Kommentar ersparen.«

»Den hättest du so oder so zu hören bekommen.«

Frieke verdrehte die Augen. Stimmte wohl. »Kaffee?«

»Ich dachte schon, du fragst nicht. Ich komme nur für den Kaffee.«

»Ach. Und ich dachte, um mich zu maßregeln und dich davon zu überzeugen, dass wir ohne dich verloren sind.«

»Du weißt es doch schon. Muss ich gar nicht aussprechen.«

Beide grinsten, und Frieke machte sich daran, zwei Cappuccino zuzubereiten. Emmas mit doppeltem Espresso. Die konnte es brauchen, denn Mika war leider eins der Babys, die Nachtschlaf komplett für überbewertet hielten.

»Hast du irgendwas Leichtes für mich?«

»Seit wann hast du Zeit zum Lesen?«

Emma zuckte mit den Schultern. »Habe ich nicht. Ich gebe mich nur gern der Illusion hin, ich könnte ja lesen, wenn Mika schläft. Die Realität sieht anders aus. Wenn sie schläft, machen die Jungs Krawall.« Ihre Zwillinge gingen inzwischen in die kleine Inselschule und kamen mittags nach Hause. Frieke hatte es bisher nicht ausgesprochen, aber sie rechnete aktuell nicht damit, dass Emma in naher Zukunft als Vollzeitkraft in den Buchladen zurückkehrte. Und das bekümmerte sie, denn sie wäre ja auch bald raus.

Bisher hatte sie den Gedanken an die nächste Saison erfolgreich verdrängt. Im November kamen nur wenige Kunden in den Laden; Urlauber, die auf der Insel neben Wanderungen vor allem viele Teestunden zelebrierten, waren selten, doch sie lasen viel und kauften entsprechend.

Trotzdem war das Wintergeschäft nichts, verglichen mit dem sommerlichen Ansturm. Das Winter schaffte sie auch ganz gut alleine.

Emma setzte sich in den Sessel, den Frieke letztes Jahr in einem Anflug von »Wir haben Platz für so was!« gekauft hatte. Es hatte sich herausgestellt, dass sie den Platz in ihrem Buchladen heillos überschätzt hatte, und nun klemmte das Sitzmöbel zwischen zwei Regalen und unter einem dritten Regal, in dem die New-Adult-Romane mit den hübschen farbigen Buchschnitten auf junge Leserinnen warteten. Das Regal hatte sie seit einer Weile, und es erfreute sich großer Beliebtheit. Nur Bengt knurrte gelegentlich, was für eine Verschwendung von Ressourcen es doch sei, Bücher noch extra zu bedrucken. Das ließ Frieke nicht gelten, denn die Bücher flogen förmlich von den Regalbrettern, und was gab es Schöneres als eine junge Generation, die das Lesen wieder mehr für sich entdeckte?

Als Frieke ihr den extra starken Cappuccino kredenzte, hob Emma ihr Mika entgegen. Mika krähte vergnügt, sie mochte es, im Buchladen zu sein. Auf Friekes Arm ging sie auf Entdeckungstour, und da Frieke bei den Kinderbüchern konsequent jede Altersgruppe bediente, hatte sie natürlich auch ein Leporello-Badebuch da. Mika quietschte in den höchsten Tönen.

»Das macht sie gerade ständig«, seufzte Emma. Aber dabei lächelte sie. Natürlich waren kleine Kinder anstrengend. Zu sehen, wie sie sich entwickelten, war trotzdem schön. Jeden Tag aufs Neue.

»Nicht mehr lange, und sie quatscht euch die Ohren ab.« Frieke kitzelte Mika am Kinn, und die Kleine lachte.

»Und dann kannst du mit Baby Gerjets eure großen Brüder aufmischen.«

»Ach, Lasse und Timo sind eh komplett verknallt in Mika. Wenn sie nicht gerade türenknallend in ihren Kinderzimmern verschwinden. Ehrlich, ich habe gedacht, nach der Wackelzahnpubertät kann nichts mehr kommen, was mich schockt. Oder dass wir ein paar Jahre Ruhe haben. Aber manchmal möchte ich die jungen Herren auf den Mond schießen.«

»Mach das nicht«, sagte Frieke friedlich.

»Nee. Ich hab sie ja auch lieb, die kleinen Kröten. Und wenn sie Mika ein Bilderbuch vorlesen …« Emma seufzte wieder. Sie schlürfte genüsslich den Cappuccino. »Ich will auch gar nicht unken«, sagte sie. »Aber wenn wir gerade so schön beisammensitzen und uns niemand stört … Also, meine Elternzeit geht bis April, und Swantje sagt, Mika kann frühestens im August in die Kita kommen.«

Frieke hielt inne. »Dachte mir schon, dass wir darüber irgendwann sprechen müssen«, sagte sie leise. Zu gut erinnerte sie sich an das Babyjahr mit Ole vor vier Jahren.

»Macht ihr euch Gedanken?«

»Ich ja, Sonja – keine Ahnung. Wir sichten schon Bewerbungen, aber so richtig überzeugt uns keine. Vielleicht sind wir zu anspruchsvoll. Keine Ahnung, wie das weitergehen soll. Ich fühle mich so nutzlos, wenn ich die Saison ausfalle, verstehst du?«

»Würdest du deine Hälfte verkaufen wollen?«

Auf keinen Fall. Damals war ihr die kleine Buchhandlung in den Schoß gefallen, auch weil Ebba und Willem, die Vorbesitzer, unbedingt Frieke als Nachfolgerin wollten. Das konnte sie kaum nach wenigen Jahren weggeben. Schon als sie Sonja letzten Sommer als Teilhaberin reinholte, hatte sie sich gefragt, ob das in Ebbas Augen kein Verrat war. Doch Ebba, mit der sie immer noch Kontakt pflegte, hatte sie beruhigt. Es war Friekes Buchladen, und das würde er immer bleiben.

Schon letztes Jahr im Sommer hatte sie mehr Saisonkräfte gebraucht, weil es ihr nach einer Fehlgeburt nicht gut ging. Aber wie würde es diesmal laufen? Sie brauchte jemand Festes. Zumal da noch ihr kleines Buchprojekt war …

»Der Buchladen bleibt meiner. Aber ich … schreibe. Die Tagebücher vom Ollen Hansen. Ich versuche, sie in Form zu bringen.«

Nun hatte Frieke Emmas volle Aufmerksamkeit. »Und wie läuft es?«, fragte sie und richtete sich auf.

»Ach, du weißt schon. Es ist eine elende Quälerei mit dem Schreiben. Ich kenne das ja von früher, als ich tagelang um meine Artikel herumgeschlichen bin, bevor ich sie in der Nacht vor der Abgabe dann in einem Rutsch runtergetippt habe.«

Emma nickte. Frieke war als Journalistin sehr akribisch gewesen, aber wenn man hinter ihre Arbeitsweise schaute, entdeckte man nicht nur unzählige Notizbücher, sondern auch ein organisiertes Chaos.

»Ich merke auch, wie ähnlich wir uns waren. Mein Vater und ich«, fuhr Frieke leise fort. »Er hat in verschiedenen Notizbüchern parallel Tagebuch geführt, je nachdem, welches gerade zur Hand war. Seine Geschichten zusammentragen und in eine sinnvolle Reihenfolge bringen … puh.«

»Schreibt er auch über dich?«, fragte Emma.

»Nein.« Frieke runzelte die Stirn. »Es ist, als hätte es für ihn kein Leben auf dem Festland gegeben. Nur das Meer.«

Unausgesprochen hing die Frage in der Luft, ob Frieke sich daran störte. Sie war bei ihrem Adoptivvater Martin und ihrer Mutter Ute aufgewachsen, und so richtig gefehlt hatte der Olle Hansen ihr nie. Bis sie auf die Insel kam und ihm begegnete. Kurz darauf starb er und vermachte ihr das Kapitänshaus.

»Ich begreife erst, was er für mich war, seit er nicht mehr da ist«, fügte Frieke hinzu. »Schon fies. Aber ich schlage seine Bücher auf und höre seine Stimme hier.« Sie tippte mit der freien Hand gegen ihre Schläfe. »Komisch, oder? So wenig Zeit blieb uns, und er prägt mich bis heute. Vor allem bin ich sauer, weil er so chaotisch war.« Sie lachte. »Okay, da dient er quasi als Stellvertreter, kann ja kaum auf mich sauer sein.« Sie tänzelte mit Mika zum Kassentisch und zog ein paar der bunten Christbaumkugeln aus dem Karton, den sie dort deponiert hatte. Mikas Augen leuchteten auf, als sie die Hände danach ausstreckte. »Aber da werde ich mich nicht mehr ändern. Unser Haus ist bis in den letzten Winkel vollgestopft mit Büchern, Kram und Spielzeug. Bengt bekommt regelmäßig eine Krise, weil ich mich weigere, mal anständig auszumisten und Dinge zu verkaufen.« Sie zuckte mit den Schultern. »Wir kaufen schon vieles gebraucht, und manches mag ich eben behalten.«

»Aber Bücher? Liest du die irgendwann ein zweites Mal?«

»Manche schon. Vielleicht.« Frieke runzelte die Stirn.

Die Frage führte tatsächlich auf dünnes Eis. Frieke trug regelmäßig kleine und nicht ganz so kleine Bücherstapel aus der Buchhandlung nach Hause. Bekam Leseexemplare, die meisten zum Glück inzwischen digital auf ihrem Lesegerät. Aber vor allem hatte sie viele Bücher im Haus, die sie nicht gelesen hatte. Oder *noch* nicht, wie sie gern trotzig behauptete.

Bengt zog sie damit auf. »Wann willst du die lesen? Wenn du in Rente gehst?«

»Sobald ich tagelang unter einem Säugling liege und intellektuell verkümmere, wenn ich das Stillhirn nicht füttere«, war ihre Antwort gewesen. Er hatte gelacht. »Da schläfst du doch regelmäßig ein.«

Auch wieder wahr. Manches hatte sie verdrängt. Das Babyjahr war eines der härtesten der Elternschaft.

»Was hast du mit dem Buch über deinen Vater vor, wenn es fertig ist? Einen Verlag suchen?«

Frieke wusste, dass diese Seite des Buchmarkts eine hart umkämpfte war, sicher noch härter als der tägliche Kampf in einem kleinen Buchladen, in dem jeder Kunde durch unschlagbaren Service und persönliche Ansprache davon abgehalten werden musste, sich den Lesestoff über einen der zahlreichen, unkomplizierten Onlinehändler zu besorgen.

»Keine Ahnung. Vielleicht versuche ich das. Oder ich mache eine Kleinauflage draus und lege sie in unseren Laden. Er war auf Spiekeroog verwurzelt. Weißt du, wie oft mir das die Türen geöffnet hat in den letzten Jahren? Die Lütte vom Ollen Hansen, so nennen mich einige alte Insulaner.« Sie lachte. »So klein auch wieder nicht.«

»Inzwischen bist du aber mehr«, wandte Emma ein. Mika fing an zu quengeln, und weil gerade eine alte Dame mit winzigen Löckchen und einer schwarzen Queen-Elizabeth-Handtasche den Laden betrat, gab Frieke sie an Emma weiter.

»Du kannst die Lütte auch gern bei mir abgeben.«

»Das weiß ich, Johanne. Aber ich vermute, du bist nicht zum Kinderwippen hergekommen, sondern weil du Lesenachschub brauchst.«

»Ist schon wieder viel zu lange her.« Johanne Kruse stieß ihren Gehstock in den Holzfußboden, den sie natürlich nur aus Eitelkeit benutzte und nicht, weil sie mit über achtzig Jahren inzwischen schon ein wenig langsamer und gebrechlich wurde. Sie schloss die Augen und sog genüsslich das destillierte Aroma ein, das von den Bücherregalen ausging. Papier, Druckerschwärze, Buchleim. »Ich hoffe, du hast etwas für mich, min Deern. Ich lege ja Vorräte an wie so ein Eichhörnchen, für die Zeit, die ich ohne dich auskommen muss.«

Frieke holte unter dem Kassentisch ein paar Bücher hervor, die sie dort bereits für Johannes nächsten Besuch hinterlegt hatte. »Ich bin vorbereitet.«

Johannes vom Alter und von den Gezeiten verwittertes Gesicht glättete sich beim Anblick dieses Stapels. »Bist die Beste, min Deern. Will auch gar nicht stören.«

Johanne widmete sich den einzelnen Büchern, während Frieke sich daran erinnerte, dass sie Emma ja ein Buch raussuchen wollte. Sie brauchte dafür nicht lange.

»›Cleopatra und Frankenstein‹? Komischer Titel.«

»Für ein hervorragendes Buch. Eine herzzerreißende

Liebesgeschichte in New York. Geistreich und dramatisch, ich konnte es nicht aus der Hand legen.«

»Gekauft. Wenn du sagst, es ist was für mich.«

»Ist es. Ich spüre es.« Frieke legte die Hand auf die Brust, und beide mussten lachen. Es war eine selbstironische Geste, die Frieke sich angewöhnt hatte. Sie hatte immer noch die Gabe, die Ebba damals bei ihr gesehen hatte, als sie Frieke den Buchladen anbot. Sie wusste, welches Buch für welchen Leser, welche Leserin das richtige war. Aber es war eine Fähigkeit, die Frieke nicht allzu offensiv ausspielte.

»Dann machen Mika und ich uns mal wieder auf den Weg. Heute kommen die Jungs nach der Vierten heim und ich habe ihnen Ofenpfannkuchen versprochen.«

Emma bezahlte, und Frieke winkte ihr nach. Johanne hatte die Auswahl ihrer Lektüre beendet und schob Frieke drei Bücher hin. »Die brauche ich.«

»Wie geht's Oltmanns?«, erkundigte Frieke sich, während sie kassierte.

»Ach, der hat weiter das Reißen in den Knochen, aber wir sind glücklich wie am ersten Tag. Manchmal nehmen wir das Golfcart statt zu Fuß zu gehen. Das ist ein großer Spaß.«

Frieke lächelte. »Klingt schön«, sagte sie.

»Und bei euch?«

»Alles bestens.«

Johanne winkte zum Abschied, nicht ohne Frieke das Versprechen abzunehmen, bei Gelegenheit auf Waffeln mit heißen Kirschen und Vanilleeis bei ihr vorbeizukommen. Seit Johanne und Oltmanns Kruse sich vor einigen

Jahren auf der Insel wiedergetroffen und geheiratet hatten, lebten sie zusammen in einer Penthousewohnung im Hotel *Spiekerooger Liebe*, das Oltmanns gehörte. Da konnten sie jederzeit die besten Leckereien in der Hotelküche bestellen.

Frieke versprach es. Ole liebte es, mit Oltmanns Mühle oder Schach zu spielen. Natürlich beherrschte der Vierjährige die Regeln nicht, aber der alte Herr ließ Ole einfach machen und genoss die Zeit »mit der Jugend«, wie er gern sagte. Von dem einst so verschlossenen Kinderfeind war nicht mehr viel übrig.

Frieke war dankbar, wenn sie die Nachmittage mit ein paar schönen Aktivitäten füllen konnte. Sie winkte Johanne nach, dann stieg sie wieder auf die Leiter und befestigte das Tannengrün über der Kasse.

Auf Totensonntag warten, das wäre ja noch schöner!

»Willst du mit?«

Smilla erschrak. Sie wollte gerade einen Strandspaziergang machen, einmal bis in den Osten der Insel und zurück, zwei Stunden stramm marschieren. Den Kopf freibekommen. Heute war sie mit mehreren Nachrichten von Richard aufgewacht, der ihr schrieb, wie sehr er sie vermisste und ob sie sich melden könne. Sie hatte nicht geantwortet.

Er sollte sie endlich in Ruhe lassen. So langsam wurde es anstrengend, und es tat ihr leid, dass sie so dachte. Sie könnte ihn auch blockieren, doch sie wollte auch nicht die jahrelange Freundschaft wegwerfen, nur weil er sich in etwas verrannt hatte. Irgendwie hoffte sie immer noch, er würde sich wieder beruhigen. Dass es einen Weg zurück gab und sie dort weitermachen konnten, wo sie vor seinem Antrag aufgehört hatten. Als Freunde.

Auch wenn sie ahnte, wie unwahrscheinlich das war.

Aber zugleich war es auch nicht ihre Aufgabe, ihn zu trösten. Zu schnell rutschte sie dann wieder auf eine emotionale Ebene. Sie brauchte Abstand. Hoffentlich kapierte er bald, dass sie nicht nur die räumliche Distanz meinte.

Und nun rief ihr Sanne nach, als sie gerade den Hof überquerte. Sanne stand mit zwei gesattelten Pferden am Stall, als hätte sie auf jemanden gewartet.

»Wohin denn?«, fragte Smilla. Sie trat näher. Reiten sollte sie aber nicht, oder?

»Nur ans andere Ende der Insel und zurück. Bist du schon mal geritten?«

Also doch reiten. »Ich habe noch nie auf einem Pferd gesessen«, gestand sie.

»Dann wird's Zeit. Drüben in der Sattelkammer gibt's Helme, da passt dir bestimmt einer.«

Smilla guckte an sich herunter. »Ich habe auch keine Reithose.« Sie trug eine Leggings und darüber einen langen Norwegerpulli, den ihr mal vor Urzeiten ihre Mutter gestrickt hatte. Vor allem bequem.

»Du hast eine Hose an, das genügt mir.«

»Die Schuhe?« Letzte Chance, der Sache irgendwie zu entkommen.

Sanne legte den Kopf schief. »Sieht für mich wie festes Schuhwerk aus. Lasse ich gelten. Ab aufs Pferd mit dir. Es sei denn, du willst nicht.«

»Ich weiß nicht. Vielleicht. Ich habe da noch gar nicht

drüber nachgedacht.« Also irgendwie, tief in ihr drin, da hatte sie schon darüber nachgedacht. Hatte es sich vorgestellt. Aber sie wäre nie auf die Idee gekommen zu fragen. Gerade weil sie noch nie auf einem Pferderücken gesessen hatte.

»Dann hopp! Bjarni ist ein tiefenentspannter Wallach, der schaukelt dich bis ans Ende der Welt.«

»Na gut.« Smilla gab sich einen Ruck. Eventuell war es gut, wenn sie auf andere Gedanken kam und sich nicht beständig um den Seelenfrieden anderer Leute sorgte. Außerdem hatten Sanne und sie bisher noch nicht viel Zeit zum Reden gehabt. Meist war Sanne beschäftigt oder Smilla hatte sich in ihren Gedanken vergraben. Der gemeinsame Abend war ins Wasser gefallen, Sanne schrieb ihr nur, es sei etwas dazwischen gekommen, und Smilla hatte heute Früh nicht noch mal nachgehakt. Eine schöne Freundin war sie, erst organisierte Sanne ihr eine Wohnung auf der Insel, und dann hatte Smilla nicht mal Zeit für einen Ausritt.

Sanne zeigte ihr, wie sie sich in Bjarnis Sattel ziehen konnte. »Lass dich nicht auf seinen Rücken plumpsen. Das mag wirklich kein Pferd.« Also ließ Smilla sich ganz langsam nach unten gleiten, sobald sie sich auf den Rücken gehievt hatte. Mit den Füßen tastete sie nach den Steigbügeln. Sanne zeigte ihr, wie sie die Zügel aufnehmen sollte und wie sie sich gerade hielt. Dann nickte sie zufrieden. »Dachte ich mir. Du bist ein Naturtalent.«

Sie hatte für sich Frekja gesattelt. Die fuchsfarbene Stute tänzelte, als Sanne in den Sattel stieg. Aber Bjarni brummte, als wollte er sie beruhigen. »Das wird Frekjas erster Ausritt ans Meer mit einem anderen Pferd«, sagte Sanne. »Wenn ich sie zwischendrin galoppieren lasse, könnt ihr zurückbleiben. Bjarni hat nichts dagegen, gemütlich vor sich hin zu zockeln. Mir geht's vor allem darum, dass Frekja lernt, mit anderen Pferden unterwegs zu sein.«

»Okay.« Galoppieren würde sie auf keinen Fall, beschloss Smilla.

Sie ritten vom Hof und schlugen den Dünenweg ein, der über die Wittdün zum Hauptstrand führte. Frekja lief voran und Bjarni trottete hinterher. Der Wind riss an Smillas Haaren, als würde sie nicht anderthalb Meter über dem Boden sitzen, sondern eher fünfzehn Meter. Aber sie genoss schon dieses kurze Stück im Sattel sehr, und ließ den Blick über die Dünen schweifen. Sie entdeckte ein paar Hasen, die sich von den Pferden überhaupt nicht stören ließen. Sanne ließ Frekja nun neben Bjarni gehen; außer ihnen war niemand unterwegs. Sie blickte in dieselbe Richtung wie Smilla und lächelte, als sie die Feldhasen entdeckte. »Schon erstaunlich, wie die Natur sich gänzlich unbeeindruckt zeigt, sobald man auf dem Pferderücken unterwegs ist. Ich sehe nie so viele Wildtiere wie bei meinen Ausritten mit den Islandpferden.«

»Schön«, sagte Smilla.

»Geht's dir schon besser?«, fragte Sanne irgendwann.

Smilla sah sie von der Seite an. Irgendwie wirkte ihre Freundin ganz anders als sonst. Sanne war ein fröhlicher Mensch, sie wusste für jedes Problem sofort eine Lösung. Sie war der Inbegriff von pragmatisch, praktisch, gut. Deshalb war es für Sanne selbstverständlich gewesen, als

Smilla ihr schrieb, dass sie sich mit Richard wegen seines Antrags gestritten hatte, Smilla anzurufen. »Komm zu uns«, hatte sie spontan angeboten. Und Smilla hatte, was sonst nicht ihre Art war, ebenso spontan zugesagt. Und es seither keine Minute bereut.

Aber seit ihrer Ankunft beschlich Smilla immer häufiger das Gefühl, dass Sanne etwas bedrückte. Ob sie Smilla vielleicht nicht nur eingeladen hatte, ein paar Wochen auf dem Isländerhof zu wohnen, damit sie zur Ruhe kam – sondern weil sie jemanden zum Reden brauchte?

»Hast du vorhin auf mich gewartet?«, fragte sie unvermittelt. »Mit den beiden Pferden, meine ich.«

»War das so auffällig?« Sanne lächelte. Dann sagte sie leise: »Könnte sein. Ich konnte gestern nicht kommen, weil …« Sie schüttelte den Kopf. »Tut mir leid, aber ich fühle mich hier irgendwie … verloren. Spiekeroog ist nicht das, was ich mir erhofft habe.«

»Oh?« Smilla erinnerte sich so gut daran, wie begeistert Sanne vor gut zwei Jahren gewesen war, als sie in Berlin alle Zelte abbrach und sich auf den Weg auf die kleine Insel machte. Die Liebe hatte sie auf den Isländerhof geführt. Und wann immer Sanne von ihrem Zusammenleben mit Conny erzählte, wirkte sie so *glücklich*. »Was ist passiert?«

»Das Leben ist passiert.« Sanne seufzte. »Conny und ich haben unterschiedliche Vorstellungen davon, wie unsere Zukunft aussehen soll.«

Smilla schwieg. Sie war offensichtlich Expertin für Zukünfte, die anders aussahen als man es sich ausgemalt hatte. Erst war ihre Zukunft mit Jonas in sich zusammengefallen, dann hatte sie Richard klarmachen müssen, dass sie ganz sicher keine gemeinsame Zukunft hatten. Und nun stand Sanne vor den Scherben ihres Lebens und wollte sich bei ihr aussprechen.

»Sie will Kinder.« Sanne sagte das, als wäre es ein Verbrechen. »Und ich verstehe das nicht. Wir haben ein gutes Leben, aber jetzt denkt sie darüber nach, Kinder ins Haus zu holen. Pflegekinder. Weil sie meint, wir wären zu alt, um … sind wir gar nicht, aber wenn ich mir vorstelle, wie sie schwanger ist …« Sanne schüttelte den Kopf. Sie schien komplett überfordert mit dem Thema zu sein. »Am liebsten zwei oder drei. Kinder, die eine Geschichte mit sich herumschleppen, verstehst du? Ich fühle mich bei dem Gedanken überhaupt nicht wohl. Das habe ich ihr gesagt. Okay, meinte sie, dann lass uns darüber reden. Das war gestern Abend. Dabei hieß das für sie nur, dass wir andere Möglichkeiten durchgehen, wie wir Kinder bekommen. Sie meinte, wir könnten in Dänemark über eine Samenspende Kinder bekommen. Sie kam die ganze Zeit nicht auf die Idee, dass ich gar keine Kinder will. Sie hat nicht mal gefragt.« Atemlos hielt Sanne inne.

»Und hast du es ihr gesagt?«, fragte Smilla, nachdem sie eine Weile schweigend nebeneinander geritten waren. Sanne schüttelte den Kopf. »Das ist sinnlos«, meinte sie. »Conny ist so überzeugt davon, dass Kinder dazugehören. Wir lieben uns. Mit dem Isländerhof hat sie etwas ganz Besonderes geschaffen. Aber Kinder? Wie soll das werden? Sollen wir uns dann mit der Arbeit abwechseln? Mit den Kindern? Oder muss ich mich dann kümmern, weil ich die Jüngere bin? Soll ich das Kind austragen? Geht es darum?«

Sanne klang frustriert. Wütend. Smilla hätte sie gern umarmt, aber sie wollte ihre Reitkünste nicht schon am ersten Tag überstrapazieren.

Sie erreichten den Dünenkamm. Die Pferdehufe klapperten auf den Holzbohlen, und Bjarni spitzte die Ohren. Frekja tänzelte unter dem Sattel und ließ sich kaum bändigen.

»Die junge Dame hier braucht mal etwas mehr Tempo.« Sanne wischte mit dem Reithandschuh über ihre Augen. »Bjarni wird einfach weitergehen, okay? Wir kommen gleich zurück. Reite am besten direkt am Wasser, das mag er.«

»Okay«, sagte Smilla. Sie packte die Zügel fester und blickte Sanne nach. Frekja verfiel erst in einen schnellen Trab und steuerte auf das Wasser zu. Dann gab Sanne ihr den Kopf frei, und die Stute galoppierte an. Bjarni schien sich daran nicht zu stören. Er trottete gemütlich weiter auf das Wasser zu, und sobald die kleinen Wellen um seine Hufe schwappten, wandte er sich nach Osten. Smilla atmete auf. Offenbar kannte der Rappe den Weg und ließ sich von der quirligen Fuchsstute nicht aus der Ruhe bringen.

Allmählich konnte auch Smilla den Ausritt genießen. Sie entspannte sich, atmete die salzige Meerluft ein und konnte ihre Gedanken schweifen lassen. Der Wind zerrte an ihren schwarzen Haaren, aber nicht mal das brachte sie aus der Ruhe. Niemand war überraschter als sie selbst, dass sie diesen ersten Ausritt außerordentlich genoss.

Etwa zwei Kilometer weiter wartete Sanne mit Frekja. Die Wangen ihrer Freundin waren gerötet, sie konnte sogar wieder lächeln.

»Ihr wart so schnell weg, ich habe nur noch den roten Schweif aufblitzen gesehen!«, rief Smilla ihnen entgegen.

»Hat Bjarni sich gut benommen?«

»Er hat mich wie der perfekte Gentleman über den Strand getragen.«

»Komm, wir reiten zum Nationalpark-Haus, dort können wir was trinken, und die Pferde können sich ausruhen.«

Bjarni machte auf Smilla nicht den Eindruck, als müsste er sich ausruhen. Sie machten sich über den Strand auf den Weg zu den Dünen. So weit im Osten dehnte sich die Sandfläche fast bis zum Horizont aus, und Smilla verstand auf einmal, warum es so viele Menschen auf die Insel zog.

»Und das soll ich alles hinter mir lassen?«, murmelte Sanne. »Es tut echt weh.«

»Gibt es keine Chance, dass ihr euch noch mal einigt?«, fragte Smilla. Sanne schüttelte den Kopf und strich sich die braunen Strähnen aus dem Gesicht.

»Für Conny kann es nur ein Leben mit Kindern geben«, sagte sie, und dabei klang ihre Stimme so grabesschwer, als wäre jemand gestorben.

Smilla antwortete nicht, denn das Gespräch über Kinder kriegen und Kinder haben tat ihr nur bedingt gut. Das wollte sie Sanne aber nicht vor den Kopf knallen, denn die steckte ganz tief in ihrer Gefühlswelt.

Jonas und sie hatten über Kinder nachgedacht. Mehr als das. Sie hatten schon beschlossen, dass sie es gern versuchen wollten. Nachdem Smillas Zukunft dank Murmel und Hupsi auf so sicheren Füßen stand, hatte sie sich dafür bereit gefühlt. Sie hatte einen Zwanzigerpack Streifentests gekauft und die Verhütung abgesetzt.

Das war im Oktober gewesen. Vor zwei Jahren.

Und dann starb Jonas. Eine Woche später wusste sie, dass auch der zweite Übungszyklus nicht erfolgreich war. Sie hatte damals so viele unterschiedliche Gefühle durchlebt. Neben der Trauer um Jonas, die *alles* überschattete und erdrückte, war da auch die Trauer gewesen, dass nichts von ihm geblieben war. Es wäre ihr wie ein makabrer Scherz des Universums erschienen, wenn sie schwanger gewesen wäre. Aber zugleich war mit dieser nicht eingetretenen Schwangerschaft auch das letzte Bisschen von Jonas aus ihrem Leben verschwunden. An jenem Nachmittag hatte sie in einem Anfall von Wut begonnen, seine Seite vom Kleiderschrank auszuräumen und brachte bis auf wenige Sachen alles zur Kleiderspende.

Trauer verlief in Wellen. So viel hatte sie in den letzten zwei Jahren begriffen. Jedes Mal, wenn sie sich ganz tief in einem Tal befand, wusste sie, es würde wieder aufwärts gehen. Ihre Freundinnen, ihre Arbeit und die Erinnerung an die guten Zeiten, so schmerzlich diese auch war, retteten sie. Wieder und wieder.

Hätte Sanne sie um Rat gefragt, was sie nun tun sollte, hätte Smillas Antwort gelautet: Du liebst Conny, oder? Wenn die Liebe so groß ist, hält sie auch eine unterschiedliche Sichtweise bei einem so großen Thema aus. Aber sie verstand, wenn Sanne nicht bereit war, ihr Leben diesem Wunsch unterzuordnen.

Die Frage war nun, ob Sanne bereit wäre, die Konsequenz zu tragen. Wenn Connys Wunsch nach Kindern größer war als ihre Liebe zu Sanne, dann stimmte es. Dann wäre Sannes Zeit auf dem Isländerhof vorbei.

KAPITEL 8

Die sechs Tiny Houses, die etwas abseits von dem ausgedehnten und verschachtelten Schulgebäude auf einer Streuobstwiese mit Blick auf die Dünen standen, wurden zur Hälfte von Lehrkräften und zur Hälfte von Schülerinnen der Oberstufe bewohnt, wobei sich zwei Schülerinnen ein Tiny House teilten und die Lehrkräfte jeweils ihr eigenes Reich hatten. Onno hatte das letzte bekommen, das hinter einem Pflaumenbaum etwas versteckt stand und den Blick auf die Dünen freigab. Er hatte sich gefreut, ein wenig ungestört zu sein, aber mit der kaputten Schulter lernte er, seine Unabhängigkeit zu verfluchen.

Da er die neuen Kollegen noch nicht so gut kannte, fiel es ihm schwer, um Hilfe zu bitten. Er hatte sich nachträglich dann doch für die nächsten Tage krankschreiben lassen, was vermutlich auch besser war, denn seine Schulter schmerzte noch ordentlich. Wenigstens half das Schmerzmittel, aber offensichtlich neigte er zu Halluzinationen. Anders konnte er sich nicht erklären, dass er gerade ein schwarzes, kleines Pferd unter dem Pflaumenbaum stehen sah. Es war gesattelt und gezäumt und graste friedlich. Ein weiteres, fuchsfarbenes Pferd stand etwas entfernt ebenfalls auf der Wiese.

Onno stand auf und trat an das große Panoramafenster. Er blinzelte. Eindeutig Halluzinationen, dachte er. Anders konnte er sich nicht erklären, dass seine schwarzhaarige

Unfallgegnerin von vorgestern mit einem Kaffeebecher in der einen und einem halben Apfel in der anderen Hand auf den Rappen zuging und den Apfel verfütterte.

Er trat aus dem Tiny House und rief: »Ist der Kaffee für mich?«

Smilla blickte auf. Ein Lächeln erhellte ihr Gesicht, sie schaute von ihrem Becher zu ihm. »Hast du keine Kaffeemaschine?«

»Traurige Geschichte, aber nein.«

Sie kam näher. »Da ist Zucker drin«, sagte sie.

»Macht mir nichts.«

»Eigentlich gehört noch ein Stück Kuchen dazu, das steht da hinten irgendwo.« Sie zeigte hinter sich zum Nationalpark-Haus. In dem Museum gab es auch ein Café. Dort hatte Onno sich heute früh schon einen Kaffee geholt, um halbwegs wach zu werden.

»Ich beneide dich.«

Smilla lachte. Sie zeigte auf seine Schulter. »Wie geht's mit der Genesung voran?«

»Beschissen«, gab Onno zu. »Ich fürchte, ich werde noch ein paar Tage was davon haben.«

»Tut mir leid das zu hören. Darf ich dich auf einen Kaffee und ein Stück Torte einladen? Immerhin ist es meine Schuld, dass du so einen Abgang gemacht hast.«

»Oh, das wäre …«

Lieb, hätte er fast gesagt, doch er kniff den Mund zusammen. Er wollte alles vermeiden, was irgendwie den Eindruck erweckte, dass er ihre Freundschaft suchte. Pias Eifersucht stand ihm da auch aus der Ferne im Weg. »… toll«, vollendete er den Satz lahm.

»Na, dann!«

Er folgte Smilla über die Obstwiese.

»Du reitest?«

»Seit heute.«

»Und dann gleich so weit.«

»Sanne meint, ich werde es spätestens morgen bitter bereuen, weil ich jeden Muskel spüre und mich kein Stück bewegen kann. Aber das war's so was von wert. Ich werde morgen einfach auf dem Sofa bleiben und lesen.«

»Klingt nach einem traumhaften Urlaub.«

Sie erreichten das Museum und gingen hinein. Onno bestellte ein Stück Käsekuchen und einen Milchkaffee, und Smilla bezahlte, obwohl er protestieren wollte.

»Keine Widerworte. Deine Schulter ist kaputt, du kriegst Kuchen spendiert.«

»Okay, also ... Danke.«

»Siehst du, geht doch.« Sie lächelte. Ihr Lächeln war ansteckend, merkte Onno. So herzlich und warm. Es machte direkt ein kribbeliges Gefühl im Bauch.

Lass das, dachte er. Du willst Pia doch keinen Grund für ihre Eifersucht geben, oder?

Andererseits: Wenn er sogar jedes freundliche Wort einer anderen Frau gegenüber vermied, war das armselig. Smilla flirtete nicht mit ihm, sondern war einfach nett, weil sie sich an seinem Unfall schuldig fühlte.

Er atmete tief durch. Ganz schön viele Gefühle, die da gerade auf ihn einstürzten. Und keines hatte damit zu tun, dass er beim Gedanken an Pia wehmütig wurde, weil er sie vermisste.

Das sollte ihm wohl auch etwas sagen, aber im Moment

war er zu sehr mit anderen Dingen beschäftigt, um genauer darüber nachzudenken. Zum Beispiel damit, hinter Smilla von der Kuchenausgabe in den Gastraum herzugehen. Sie trug sein Tablett mit Kaffee und Kuchen in den Cafébereich. Niemand war da, nur auf einem Tisch standen zwei Teller Kuchen und ein Kaffeebecher.

»Du gönnst dir aber was«, meinte Onno.

»Sieht so aus, nicht wahr? Aber das zweite Pferd und der zweite Kuchen gehören meiner Freundin Sanne. Keine Ahnung, wo sie steckt.«

»Ich habe mich schon gefragt, wie du auf beiden gleichzeitig reiten willst.«

»Sag Bescheid, wenn du es herausfindest. Bis heute hätte ich nicht gedacht, dass ich mich länger als zehn Sekunden auf einem Pferderücken halten kann.«

Onno nahm den ersten Bissen vom Käsekuchen, weshalb Smillas nächste Frage ihn unaufmerksam und mit vollem Mund erwischte. »Mimitte?«, nuschelte er.

»Ich fragte, welche Fächer du unterrichtest.«

»Mathe und Physik.«

»Oh, also beides Themen, bei denen ich überhaupt nicht mitreden kann.«

»Die meisten hassen Mathe, ich weiß.« Er hob resigniert die Schultern und verzog schmerzlich das Gesicht, weil die rechte Schulter ihm deutlich zeigte, was für eine Scheißidee das war. »Ich habe mich daran gewöhnt.«

»Wenn du Kunst gesagt hättest. Da könnte ich mitreden.«

»Ich kann Kunst nicht mal von einer Muschel am Strand unterscheiden, ehrlich gesagt.«

»Auch eine Muschel am Strand kann Kunst sein.«

»Ach?« Er hob fragend die Augenbrauen. Der Kuchen war wirklich köstlich. Es gab Käsekuchen und es gab *diesen Käsekuchen*. Er überlegte, ob er sich ein zweites Stück gönnen sollte, quasi als vorgezogenes Abendessen.

»Ich arbeite als Illustratorin«, erklärte Smilla. »Kennst du diese kitschigen Postkarten mit dem Kaninchen und dem Meerschweinchen?«

»Wer kennt sie nicht.«

Sie legte den Kopf schief.

»Meine Freundin schenkt mir gelegentlich eine. Sie meint, ich sei das Meerschweinchen, und ich weiß ehrlich gesagt nie, ob sie mich damit disst, weil das so pummelig ist und einen Plüschhintern hat.«

Smilla lachte. »Murmel ist wirklich ein lieber Kerl«, sagte sie.

»Die haben Namen?« Onno riss die Augen auf. »Erzähl mir mehr. Gibt es eine Story hinter diesen beiden puscheligen Gesellen? Pia wird entzückt sein, wenn ich ihr davon erzähle.«

Würde sie nicht, denn sie würde gleich nachfragen, wer diese Illustratorin war, die er auf der Insel getroffen hatte, und wenn er ihr dann die Wahrheit sagte – »die dunkelhaarige, hübsche Frau, mit der ich am Fähranleger drei Sätze gewechselt habe, bevor du wie eine Furie dazwischengegangen bist« – wäre sie sauer. Aber das musste er Smilla ja nicht erzählen.

»Murmel und Hupsi leben in einer WG. Alles fing damit an, dass das Meerschweinchen Murmel dem Hasen Hupsi im Supermarkt die letzte Möhre weggeschnappt hat. Danach haben sie sich gestritten wie die Kesselflicker, nur um kurz darauf festzustellen, dass sie die beiden neuen Mieter derselben Wohnung sind.«

»Sehr realistisch«, bemerkte Onno trocken. »Wieso ziehen die zusammen, wenn sie sich nicht leiden können?«

Smilla zuckte mit den Schultern. »Berliner Mietmarkt?«

»Auch wieder wahr. Und was passiert dann?«

»Sie streiten sich weiter. Also, die Hälfte der Postkarten mit den beiden dreht sich um Streit, Versöhnung, Freundschaft. Irgendwann kam noch eine dritte Figur dazu, ein Chinchilla namens Amelie, das bekam dann ein Baby und hat geheiratet, damit man alle möglichen anderen Themen wie Geburtstag, Hochzeit und Familienzuwachs, Schule und so weiter aufgreifen konnte. Aber ich mag Amelie nicht, sie ist mir ein bisschen zu künstlich.«

Onno grinste. »Und die hast du dir ausgedacht? Ich dachte, da setzt sich jemand im Postkartenverlag hin und sagt ›Okay, wir brauchen ein maximal merkwürdiges Tierduo, das wir komplett vermenschlichen können, und davon werfen wir hundert Motive auf den Markt, damit die Leute sich dumm und dusselig kaufen, weil es so *süß* ist‹. Nicht?«

»Ich habe die beiden aus Trotz gemalt. Weil niemand meine Bilderbuchgeschichten wollte. Kunst kann weg, aber Kitsch läuft immer.«

»Bitter. Oder?«

Sie zuckte mit den Schultern. »Das bezahlt immerhin meine Farben, die Wohnung und das hier.« Sie nahm noch eine Gabelvoll Käsekuchen. »Kann ich jetzt nichts Bitteres dran finden.«

»Entschuldige, ich will dir auch gar nicht zu nahe treten. Ich dachte nur, wenn jemand Künstlerin ist, dann möchte sie eben genau das machen. Gemälde oder Bilderbücher statt Kitsch.«

»Wenn ich mit Murmel und Hupsi Geld verdiene, habe ich aber auch Zeit, weiterhin die Kunst zu machen, die ich machen will. Ohne müsste ich an der Supermarktkasse sitzen und wäre abends zu k. o. für meine Sachen. Da male ich lieber hundertelfmal einen Hasen und ein Meerschweinchen, wie sie sich gegenseitig das Fell kraulen.«

»Guter Punkt.« So hatte Onno darüber noch nicht nachgedacht. Er hatte wenig Ahnung von Kunst, musste er zugeben. Als er das nun sagte, wiegte Smilla mit dem Kopf. »Sag das nicht. Klar, für Kunst, echte Kunst muss man etwas können. Kreativ sein. Aber das kann auch ein Bild sein, das du am Meer in den Sand kratzt. Wenn die nächste Flut es mit sich reißt, sehe ich auch da Kunst. Denn du sagst damit etwas über die Endlichkeit der Dinge.«

Auf so etwas Kluges wäre er nie gekommen. »Ich berechne lieber die Aktivierungsenergie einzelner Elektronen in einem Atommodell. Das kommt mir verglichen damit eher öde vor.«

»Ist aber sicher auch spannend. Also vielleicht für Atomphysiker. Oder solche, die es werden wollen.«

»Das ist das Problem mit Schule. Wir klammern uns allzu oft an Themen, die später im Alltag keine so große Relevanz mehr haben.«

»Kunst hat auch wenig bis keine Relevanz. Man verbringt sein Leben in der Bedeutungslosigkeit und vergisst die Dinge, die wirklich zählen.« Smilla starrte auf ihre Hände. »Verbindung zum Beispiel.«

»Du meinst, Verbindung mit Menschen?«

Sie nickte, ohne den Blick zu heben. Auf einmal wirkte Smilla auf ihn sehr bedrückt, und er hätte gern etwas Tröstendes gesagt. Doch er wusste nicht was.

»Ich glaube, da kommt meine Freundin.« Smilla sprang auf und räumte ihr Tablett mit dem halb aufgegessenen Kuchen ab. »Wir müssen los.«

»Will deine Freundin nicht ihren Kuchen essen?«

Doch Smilla war schon durch die Tür verschwunden, sie winkte noch mal von draußen und hakte sich bei ihrer Freundin unter, die erst die Stirn runzelte, dann aber lächelte und mit Smilla Richtung Streuobstwiese davonging. Verwirrt starrte Onno auf den unberührten Kuchen.

»Verkommen lass ich den nicht«, murmelte er. Zwei Stück Käsekuchen waren wirklich ein adäquater Ersatz fürs Abendbrot. Aber für morgen musste er sich was überlegen. Er brauchte ein paar Lebensmittel und vor allem eine Kaffeemaschine, damit er nicht ständig ins Lehrerzimmer schleichen musste, um dort die indiskutable Brühe zu schlürfen.

Irgendwie hatte er sich den Start auf der Insel etwas leichter vorgestellt.

»Wer war das?«, fragte Sanne.

»Ach, der Radfahrer, der mich gestern umgefahren hat.«

»Der wohnt hier?«

»Er ist Lehrer.«

Sanne nickte, als wäre das Erklärung genug. In der Zwischenzeit hatten sich Frekja und Bjarni ordentlich den Bauch vollgeschlagen und ließen sich nur widerwillig von der Wiese führen. Smilla blickte zu den Tiny Houses. So zu leben stellte sie sich schön vor. Wäre doch auch was für Murmel und Hupsi, oder? Bisher lebten die beiden in einer an Paris erinnernden Altbauwohnung mit antik angehauchten Möbeln und einem kleinen Balkon, auf dem sie Croissants frühstückten. Ein Tapetenwechsel und eine sanfte Modernisierung könnte den Postkartenmotiven nicht schaden.

Sie merkte, dass es sie in den Fingern kribbelte – nicht wörtlich, eher im übertragenen Sinne. Sie hatte bei ihrem überstürzten Aufbruch ganz vergessen, wenigstens ein paar Malsachen einzupacken. Und jetzt, nach drei Tagen auf der Insel, bekam sie schon unbändige Lust, wieder kreativ zu werden.

Auf dem Rückweg ritten sie wieder am Strand entlang, und Sanne zeigte ihr, wie sie Bjarni zum Traben bringen konnte. Der Rappe beschleunigte missmutig sein Tempo, als zweifelte er an der Sinnhaftigkeit dieses Unterfangens. Frekja preschte voraus. Sie war noch lange nicht müde.

Smilla verstand Bjarni. Sie war nach dem Reiten ziemlich erschöpft. Trotzdem half sie Sanne beim Absatteln und ließ sich zeigen, wie sie Bjarnis Hufe kontrollierte, ihm noch mal mit einem weichen Tuch das Fell abrieb und sein Sattelzeug verstaute.

»Nächstes Mal zeige ich dir, wie du ihn putzen und allein satteln kannst.«

Smilla wusste nicht, ob es ein nächstes Mal geben würde. Sie war froh, dass sie dieses Mal nicht aus dem Sattel geplumpst war. Aber sie lächelte tapfer. Die Stunden auf dem Pferderücken hatten ihr tatsächlich gefallen.

»Vielleicht gehe ich morgen lieber spazieren«, murmelte sie und zauste Bjarnis Schopf.

Zurück in der Ferienwohnung plumpste sie auf das Sofa und schloss die Augen. Jetzt schlafen, dachte sie. Das wär's. Trotz Käsekuchen hatte sie aber schon wieder Hunger. Half ja nichts, sie raffte sich noch mal auf und bereitete einen Gemüseeintopf mit weißen Bohnen und Tomate zu. Den konnte sie zwei Tage essen, und dazu backte sie Baguette auf.

Nach dem frühen Abendessen fielen ihr aber wirklich die Augen zu, und als sie nachts aufwachte, war sie viel zu wach, um wieder einzuschlafen. Sie machte es sich mit Tee und den Büchern gemütlich und versank für ein paar Stunden in anderen Welten. Sie wusste aus früheren Phasen der Schlaflosigkeit, wie wenig es ihr brachte, wenn sie versuchte, sich in den Schlaf zu zwingen.

Die letzte und schlimmste Zeit der nächtlichen Wachheit hatte sie nach Jonas' Tod erlebt. Monatelang hatte sie nachts im Flur das Licht brennen lassen, und wenn sie zwischen zwei und drei aufwachte, dachte sie manchmal, ein Fremder sei in die Wohnung eingedrungen. Sie musste alle Räume ablaufen, alle Lichter einschalten, Geister aus den Ecken vertreiben, bevor sie sich an den Zeichentisch setzte. Es war im Grunde egal, wann sie wach war, wann sie schlief. Sie musste morgens nicht bei einem Bürojob auftauchen, sie konnte arbeiten, wann sie wollte. In diesen dunklen Nächten entstanden die fröhlichsten Hasen und Meerschweinchen. Rückblickend erschien das beinahe absurd. Sie hatte die nächtliche Angst mit Murmel und Hupsi niedergerungen. Hatte sich die Panikattacken damit ausgetrieben, dass sie zuckrige Häschen und puschelige Meerschweinchen zeichnete, die ihr jede wirtschaftliche Sorge nahmen, die sie kurz nach Jonas' Tod fast erstickt hatte.

Damals hatte sie gelernt, wie stark sie war. Wie sie selbst in der größten Dunkelheit für sich selbst ein Licht sein konnte. Das hatte die Trauer nicht endgültig von ihr genommen. Aber es hatte ihr gezeigt, dass es einen Weg gab, der aus der Trauer herausführte.

Und nun? Warum konnte sie jetzt nicht durchschlafen, obwohl es doch immer hieß, dass Seeluft ordentlich müde machte? Raubte ihr ernsthaft die Auseinandersetzung mit Richard den Schlaf?

Er war in den letzten zwei Jahren ihr bester Freund gewesen. Kein Wunder, dass sie jetzt eine Art Abschiedsschmerz empfand. Aber deshalb die halbe Nacht wach sein? Hatte er ihr denn so viel bedeutet, dass sie deshalb so intensiv trauerte?

Sie horchte in sich hinein. Dachte über den zurückliegenden Tag nach, an dem sie so viel erlebt hatte. Das erste Mal auf einem Pferderücken. Die Begegnung mit Onno, die sie als sehr angenehm empfunden hatte. Sie lächelte bei der Erinnerung daran. Auch kein Grund, schlaflos auf Spiekeroog zu sein. Oder doch?

»Er hat eine Freundin«, flüsterte sie. Und sie sollte auf keinen Fall die Freundlichkeit eines Fremden mit einem Flirt verwechseln. Überhaupt. Sie war bis vor wenigen Tagen fest davon ausgegangen, in ihrem Leben sei kein Platz mehr für romantische Gefühle. Wieso hatte heute ihr Herz so doll gehüpft, als sie Onno auf der Veranda des Tiny

Houses entdeckte? Warum war sie zu ihm gegangen? Und er hatte sie angesprochen, seine Worte waren so freundlich, er ging auf ihre Einladung ein …

Sie seufzte, legte das Buch auf ihre Brust und dachte nach. Aber schnell stießen ihre Gedanken an eine unsichtbare Grenze. Er war nicht allein. Ende aller Überlegungen über romantische Gefühle.

Aber sich wieder zu spüren, das war ein gutes Zeichen.

Dumm nur, dass sie Gefühle für einen Unerreichbaren entwickeln wollte. Oder auch nicht. Das schützte sie gewissermaßen vor einer Enttäuschung, denn niemals, niemals, nie, nie, nie würde sie sich in eine Beziehung drängen.

Es hieß aber leider auch, dass sie sich bei der nächsten Begegnung mit Onno zurückhalten musste. Keine Einladung zu irgendwas. Kein Raum für Romantik hieß auch, dass kein Raum für Freundschaft war, denn wohin das führte, hatte sie mit Richard gerade schmerzlich erfahren müssen.

Als sie wenig später wieder müde wurde und sich ins Bett kuschelte, schlief Smilla mit einem Lächeln ein. Sich wieder spüren. Das war es, worauf sie so lange hatte verzichten müssen. Die Insel schenkte ihr ein bisschen von der alten Leichtigkeit und Lebendigkeit, die sie so lange vermisst und bitter nötig hatte, wenn sie die kommenden Monate heil überstehen wollte. Weihnachten rückte näher. Nur nicht darüber nachdenken, wie das war, mit Weihnachten und ihr.

KAPITEL 9

»Na, da haben sich aber zwei gefunden. Wollt ihr heute nur schmusen oder geht ihr auch reiten?«

»Lass mich schmusen.« Smilla vergrub das Gesicht in Bjarnis Mähne und schloss die Augen. Sie sog den Pferdeduft ein und spürte, wie der Rappe leise brummte und sich gegen sie drängte. Er genoss die Streicheleinheiten genauso wie Smilla. Erst war sie vorhin unsicher gewesen, als sie in den Stall kam. Gerade war Conny wieder mit einer fröhlichen Reiterinnengruppe im Hof, wo die Islandpferde für einen langen Ausritt gesattelt wurden. Doch Bjarni blieb in seiner Box zurück. Da war sie zu ihm geschlüpft, und er hatte sich sofort von ihr den Schopf kraulen lassen, als wären sie alte Freunde. Sie streifte ihm das Halfter über den Kopf und führte ihn auf die Stallgasse. Er wusste genau, was sie von ihm wollte.

Das tat ihr gut.

Sanne trat zu den beiden. »Du kannst auch ein anderes Pferd nehmen«, schlug sie vor. »Es muss nicht immer Bjarni sein.«

»Bjarni passt perfekt«, erklärte Smilla. »Er wäre bestimmt beleidigt, wenn ich jetzt umsteige. Nicht wahr, mein Bärchen?«

Das war schon merkwürdig. Nach dem ersten Ausritt hatte Smilla sich am nächsten Morgen kaum bewegen können vor lauter Muskelkater. Und sie hatte noch gedacht, sie sei doch ganz fit. Aber reiten beanspruchte offenbar Muskeln, da kam das Gym gar nicht hin. Sie war auf dem Hintern die Treppe runtergerutscht und war in den Stall gehumpelt. Aber als Sanne um die Ecke kam und ihr vorschlug, diesmal bis ans Ostende zu reiten, hatte sie begeistert zugestimmt.

Sie hatte die perfekte Ablenkung gefunden. In den letzten Tagen hatte sie immer seltener an Richard gedacht. Oder an ihr Leben in Berlin.

Das Einzige, was ihr fehlte, war das Zeichnen. Aber auch da hatte sie kurzerhand ihre Freundin Leyla angerufen und sie gebeten, ein Paket mit ihren Stiften, Farben und Blöcken zu packen und ihr auf die Insel zu schicken. Vor vier Tagen war es endlich angekommen, und als sie es am Abend auspackte, hatte sie Tränen in den Augen, so sehr hatte ihr das Zeichnen gefehlt.

Jetzt nervte nur noch die Müdigkeit. Die hatte die Schlaflosigkeit der ersten Nacht inzwischen abgelöst. Abends um neun ging Smilla ins Bett und konnte schlafen wie ein Murmeltier.

Vielleicht war's einfach nötig. Und dann sollte sie nicht genervt sein, sondern einfach froh, dass ihr Körper sich nun holte, was sie ihm – egal aus welchen Gründen – eine ganze Weile verwehrt hatte.

Conny kam in den Stall. Die kleine, energiegeladene Freundin von Sanne entdeckte Smilla und kam zu ihr. Sanne murmelte etwas davon, dass sie Frekja noch fertigmachen müsse und verschwand in einer Box. Smilla blickte ihr mit gerunzelter Stirn nach. Herrschte immer noch dicke Luft bei den beiden?

»Wie lange willst du eigentlich noch bleiben?«, fragte Conny. Sie lehnte sich gegen die Wand neben Bjarni und beobachtete, wie Smilla sein Fell striegelte. Smilla strich ihm über die dichte Mähne. Sie hätte nicht gedacht, dass sie sich so schnell daran gewöhnen würde, täglich mit einem Pferd auszureiten.

Bjarni war ein großartiger Gefährte. Mit ihm hatte sie einfach das Gefühl, alles sei leicht.

Connys Frage beunruhigte Smilla. Sie hatte ursprünglich geplant, für zwei Wochen zu bleiben. Aber die waren übermorgen um, und bisher hatte sie den Gedanken an ihre Heimreise weit von sich geschoben. In Berlin wartete Richard auf sie. Zumindest hatte er ihr das gestern Abend geschrieben.

Ich warte auf dich. Wann immer du bereit bist, dass wir unser Gespräch fortführen.

Was sich in ihren Ohren eher wie eine Drohung anhörte und nicht wie ein Angebot. Bestimmt meinte er es nicht so. Aber es zeigte ihr, wie wenig sie ihm im Moment vertraute. Dass so eine Frage ihr dermaßen den Boden unter den Füßen wegziehen konnte … erstaunlich.

Aber seit sie auf der Insel war, begriff sie einiges. Dass sie sich in den letzten zwei Jahren keine Zeit gelassen hatte, um angemessen zu trauern, zum Beispiel.

Connys Frage also. Sie blickte die junge Isländerhofbesitzerin über Bjarnis Widerrist hinweg an und fragte schließlich vorsichtig: »Wie lange kann ich denn noch bleiben?«

»Solange du willst.« Conny lächelte. »Ich muss es nur wissen. Im Winter ist ja nicht so viel bei uns los, aber ein bisschen müsste ich es schon planen.«

»Okay, also ...«

»Erst mal bis Weihnachten?«, schlug Conny vor, als Smilla nicht weitersprach.

Weihnachten. Smilla schluckte. Den Gedanken hatte sie in den letzten Tagen erfolgreich verdrängt. Sie spürte wieder dieses Brennen in den Augen und das Kitzeln in ihrer Nase. Zum Glück war Bjarni da, und seine schwarze Mähne war vorzüglich geeignet, um das Gesicht drin zu vergraben. »Ja«, krächzte sie.

»Okay! Viel Spaß beim Ausritt.« Conny hatte nichts bemerkt. Sie verließ beschwingt den Stallgang. Sanne kam aus der Sattelkammer, Bjarnis Sattel über dem Arm, die Trense über der Schulter. Auch sie sah ziemlich gebeutelt aus.

»Redet ihr immer noch nicht miteinander?«, fragte Smilla, vor allem, um von ihrer eigenen Misere abzulenken. Sie schniefte und wischte sich die Nase am Pullover ab.

»Nein«, sagte Sanne dumpf. »Und welche Laus ist dir über die Leber gelaufen?«

»Weihnachten«, erwiderte Smilla knapp.

»Oh.« Sanne verstand. Sie reichte Smilla den Sattel und hängte die Trense über einen Haken.

»In zehn Minuten auf dem Hof?«, fragte sie.

Smilla war dankbar über Sannes Rücksichtnahme. Sie atmete ein paarmal durch. Dann strich sie über Bjarnis Rücken, weil er das mochte, bevor sie den Sattel auflegte. Er drehte den Kopf in ihre Richtung und schnoberte an ihrer Hose. »Ich weiß, mein Bärchen«, flüsterte sie. »Ich weiß.«

Weihnachten war in sechs Wochen. Sie hatte keine Ahnung, wie sie das schaffen sollte.

Früher hatte sie Weihnachten geliebt. Sie gehörte vermutlich zu den wenigen Leuten, die schon Ende August im Supermarkt nicht an den Paletten mit Spekulatius und Lebkuchen vorbeikamen, ohne den Einkaufswagen vollzuladen. Falls jemand also entgeistert fragte, ob das denn so früh sein müsse – ja, musste es! Damit Smilla ein halbes Jahr Spekulatius futtern konnte.

Im September begannen Jonas und sie damit, die Weihnachtsfeiertage akribisch zu planen. Wann fuhren sie zu welchem Teil der Familie, wem schenkten sie was? Heiligabend waren sie meist bei Jonas' Eltern; seine beiden Schwestern kamen mit ihren Familien dazu, und es war jedes Jahr ein großes Fest.

Vorletztes Jahr hatte Smilla ihnen allen Weihnachten verdorben, denn sie hatte weinend neben dem Baum gesessen und konnte sich nicht mal an den leuchtenden Augen von Jonas' Nichten und Neffen erfreuen, als sie die Geschenke auspackten, die er mit so viel Bedacht noch wenige Tage vor seinem Tod ausgesucht hatte. Alle waren so verständnisvoll gewesen. Obwohl auch Jonas' Familie um ihn trauerte, hatte Smilla sich wie ein Fremdkörper gefühlt. Als gehörte sie nicht mehr dazu. Darum hatte sie letztes Jahr zu Heiligabend eine fadenscheinige Entschuldigung gefunden, weshalb sie nicht kommen konnte, und war mit Richard weggefahren. Da ging es ihr auch schlecht, aber er hatte sich verständnisvoll gezeigt. Wenn sie jetzt darüber nachdachte, war das schon sehr merkwürdig gewesen, vor allem in Anbetracht der Tatsache, dass er ihr vor zwei Wochen einen Antrag gemacht hatte. Mit den Worten »Wir haben schon viel miteinander erlebt«, ja genau, Richard, sie hatten ihren Ehemann und seinen besten Freund verloren, auf die Erfahrung hätte sie ruhig verzichten können. Sie machte Richard keinen Vorwurf. Er hatte es vermutlich gut gemeint und für sie nur noch schlimmer gemacht.

Und nun rückte Weihnachten wieder unaufhaltsam näher. Sie hatte sich bisher keine Gedanken darüber gemacht, mit wem und wo sie feiern wollte. Oder was sie dafür brauchte.

»Was machst du Weihnachten?«, fragte sie Sanne. Sie ritten gerade den Dünenweg hoch, und die Pferdehufe klapperten über die Holzbohlen.

Sanne verzog das Gesicht. »Wenn ich das wüsste … Ich weiß ja nicht mal, ob ich Weihnachten noch hier bin.«

Bäm, das saß. »Sorry«, sagte Smilla leise. Sie spürte, wie verletzt und traurig Sanne war. Ihre Beziehung mit Conny ging gerade den Bach runter, und Smilla dachte nur an Weihnachten.

»Nein, schon okay. Ich glaube, ich muss mich allmählich damit anfreunden, dass meine Zukunft nicht auf dem Isländerhof liegen wird. Bleibst du bis Weihnachten? Wir könnten einen Weihnachtsbaum in deine Wohnung stellen und die Pferde mit Möhren und Tannengrün füttern.«

»Mögen die das?«

»Aber hallo, mögen die das. Sie dürfen nur nicht zu viel davon haben.«

Smilla war immer noch nicht überzeugt. Inzwischen hatten sie den Strand erreicht. Sanne schlug vor, sie könnten direkt am Wasser Richtung Osten reiten. Frekja war inzwischen deutlich entspannter, und so konnten sie sogar nebeneinander reiten. »Du machst das gut«, stellte Sanne fest. »Also, was hältst du davon? Weihnachten bei dir?«

»Ich habe aber nichts zum Dekorieren«, wandte Smilla ein.

»Kein Problem. Zufällig weiß ich, wer große Mengen Weihnachtsdeko eingelagert hat. Sonja schmückt jedes Jahr die Ferienwohnungen ihres Vaters. Bestimmt ist da auch was für dich übrig. Wir können auf dem Rückweg am Buchladen Halt machen, nachmittags ist sie immer da.«

Smilla wollte widersprechen, aber sie merkte, wie der Gedanke an Weihnachten Sanne aufmunterte. Darum nickte sie.

»Was? Weihnachten ist schon in sechs Wochen?«

Das hatte Sonja nicht kommen sehen. Sie rechnete kurz nach, heute war der 11. November. Sechs Wochen und ein Tag. Das machte es nicht unbedingt besser, denn sofort fiel ihr all das ein, was sie bisher noch nicht vorbereitet hatte.

Sanne und ihre schwarzhaarige Freundin, die vor dem Kassentisch standen, sahen einander an. Beide waren ziemlich zerzaust vom Wind, die Wangen waren gerötet und sie waren atemlos, als wären sie den Weg zum Ostende und zurück gerannt und nicht auf den beiden Islandpferden geritten, die sie neben der Buchhandlung am Strandkorb festgebunden hatten.

»Wir brauchen Weihnachtsschmuck«, wiederholte Sanne. »Und du hast doch so viel, oder?«

»Ich habe eine ganze Menge davon schon an Frieke abgegeben.« Sonja zeigte auf die Girlande aus Tannengrün über dem Kassentisch. Jetzt dämmerte ihr, warum Frieke schon so früh angefangen hatte zu schmücken. Auf einmal galoppierte die Zeit davon.

»Und hast du noch mehr? Smilla bleibt über Weihnachten auf der Insel und hat nichts.«

»Ich will auch nicht irgendwas bestellen«, fügte die Schwarzhaarige hinzu.

»Bisschen was habe ich vielleicht noch.«

Sonja seufzte. Sie hatte den Gedanken an Weihnachten bisher konsequent verdrängt, merkte sie. Es gab einfach so viel zu tun.

»Ihr könnt gern mal vormittags bei mir vorbeikommen und die Sachen durchgucken.« Nachmittags ginge auch, aber dann wäre sie nicht zu Hause, und sie behielt lieber den Überblick. Nicht, dass Carl den kitschigen Glitzerhirsch weggab, den Frieke ihr vor ein paar Jahren entwendet hatte und den sie erst nach zähem Ringen wieder für ihren Vorgarten zurückerobert hatte.

»Passt dir morgen?« Sanne schien fest entschlossen zu sein, die Sache mit dem Weihnachtsschmuck *jetzt* anzugehen.

»Klar, wann immer ihr wollt.«

Sanne und Smilla liefen aus dem Buchladen, glücklich wie zwei Teenager, die die Kleiderschränke ihrer großen Schwester plündern durften. In der Tür wären sie fast mit Emma zusammengestoßen, die mit Baby Mika in der Trage in den Buchladen kam. »Hoppla!«, rief Emma, aber da waren die beiden schon weg.

»War das nicht Sanne?«, fragte Emma. Sie runzelte die Stirn.

»Ja, wieso?«

»Ach, sie hat mich gar nicht gegrüßt.«

»Oh?«

»Ach, schon okay. Conny und sie haben gerade irgendwie Streit, glaube ich. Hat Conny mal erwähnt, als sie neulich zum Babysitten da war.«

»Sanne will meine Weihnachtsdeko räubern.«

»Feiert sie nicht mit uns?«

»Das weiß ich nicht, du?«

»Geht mich ja auch nichts an. Raik und Conny machen das aus, ich muss nur die adretten Kindelein an Heiligabend bis zur Bescherung bespaßen und aufpassen, dass sie sich nicht einschmutzen.« Wie aufs Stichwort gab Mika in der Trage ein leises, rülpsendes Geräusch von sich. »Oh shit. Hast du mal ein Tuch?« Der saure Geruch von erbrochener Milch waberte durch den Buchladen. Sonja holte etwas Küchenkrepp aus der Teeküche. Während Emma notdürftig ihren Pullover reinigte, übernahm sie Mika und tanzte mit der Kleinen auf dem Arm zu den Kinderbüchern. »Aber dass du mir nicht das Hasenkind vollspuckst«, ermahnte sie die Kleine, die bereits wieder bester Laune war und fröhlich vor sich hin gluckste. Sonja kitzelte sie unter dem Kinn. Ach, mit Baby, das war früher schon schön gewesen zu Weihnachten. Wie sie damals tagelang das Fest vorbereitet hatte, immer an der Grenze zum Nervenzusammenbruch, weil die drei Kinder natürlich auch aufgeregt waren und ihr damals Noch-Ehemann Bosse durch Abwesenheit glänzte … Damals hatte sie an Heiligabend einfach nur erschöpft unterm Baum gelegen und sich mit Weihnachtspunsch in eine frühe Bettschwere getrunken. Trotzdem wollte sie die Erinnerung an strahlende Kinderaugen nicht missen.

»Ich bin noch gar nicht in Weihnachtsstimmung«, stellte sie fest.

»Na, ist doch super. Niemand braucht diesen Stress, der einige Wochen vor Weihnachten einsetzt.« Emma war gewohnt pragmatisch.

»Nein, ich meine so grundsätzlich. Jetzt, da die Kinder schon größer sind, ist Weihnachten irgendwie … nicht mehr so überwältigend. Gerade jetzt hätten wir doch die Gelegenheit, bleibende Erinnerungen zu schaffen. Mika wird sich an ihr erstes Weihnachtsfest kaum mehr erinnern. Verstehst du, was ich meine?«

Emma nickte geduldig. »Willst du damit andeuten, dass du Spiekeroog dieses Jahr in ein Weihnachtsdorf verwandeln möchtest?«, erkundigte sie sich. Sie kannte Sonjas Hang zu Großprojekten, aber das war selbst für Sonjas Verhältnisse eine Nummer zu groß. »Du weißt schon, wie viel Planung das erfordert?«

»Hmhmmm«, machte Sonja. »Früher hatten wir einen kleinen Adventsmarkt. Der ist in den letzten Jahren aber eingeschlafen. Wir hatten so kleine Holzhütten, Weihnachtsdeko, eine Bude mit Glühwein, eine mit Bratwürstchen und so weiter. Ich könnte ja das Orga-Team mal ansprechen, ob wir das als so eine Art Winterzauber wieder aufleben lassen können. Lust hätte ich schon«, hörte sie sich sagen.

»Worauf hast du Lust?«

Unbemerkt von den beiden war Frieke eingetreten, Ole an der Hand. Der riss sich sofort los und verschwand bei den Kinderbüchern. Sie zuckte hilflos mit den Schultern. »Wir haben zu Hause ja nichts mehr zu lesen«, meinte sie.

»Sonja hat gerade überlegt, ob sie uns zu Weihnachten nicht einen kleinen Wintermarkt auf den Rathausplatz organisieren möchte«, sagte Emma. Sie nahm Mika wieder entgegen und setzte sie auf die Hüfte.

»Habe ich?«, protestierte Sonja.

Emma hob die Augenbrauen. »Also, für mich klang ›früher war Weihnachten schön, wir brauchen heute bleibende Erinnerungen für unsere Kinder‹ und ›es gab mal einen Adventsmarkt, ich rede mit dem Orga-Team‹ schon ein bisschen danach?«

»Ich habe nur überlegt, wie schade es ist, dass ich früher die Weihnachtszeit nicht so genießen konnte wie ich es wollte, weil ich die ganze Arbeit an den Hacken hatte. Nicht, dass ich mir dieses Jahr noch mehr Arbeit aufladen möchte, um wieder zu erschöpft zu sein, um die Feiertage zu genießen.«

»Das wäre ja andere Arbeit«, bemerkte Frieke. Sie grinste, weil sie ganz genau wusste, wie Sonja war. Und Sonja wusste es selbst. Wenn sie so eine fixe Idee hatte, gab es wenig, das sie davon abhalten konnte, sie in die Tat umzusetzen.

»Verstehe.« Emma nickte. »Also machst du's?«

»Was? Ein Weihnachtsdorf?«

Frieke und Emma sahen sie aufmerksam an. Sonja musste gegen ihren Willen lachen, denn sie konnte es vor ihrem inneren Auge bereits sehen: Zwei Dutzend Buden rings um den weißen Pavillon auf dem Rathausplatz, der von Lichterketten illuminiert war; in den angrenzenden Straßen erstreckte sich der kleine Wintermarkt. Menschen mit Pudelmützen und dicken Schals, die sich die Hände am

Glühwein und am Punsch wärmten, Begegnungen, für die im Alltag wenig Zeit blieb. Sonja seufzte. Das wäre genau die Art Projekt, an der sie Spaß hätte. Aber das in nur wenigen Wochen auf die Beine stellen, ging das überhaupt …?

»Um deine Familienweihnacht kümmert sich ja jetzt Carl«, meinte Frieke. »Du hättest also Zeit.« Sie grinste Emma an. »Pass auf, gleich hat sie kein Argument mehr, das dagegenspricht.« Es war nur eine kleine Frotzelei unter Freundinnen, das *wusste* Sonja. Niemand würde sie darauf festnageln, dass sie einen Weihnachtsmarkt organisieren sollte, aber je länger sie darüber nachdachte …

»Alle könnten was beitragen«, überlegte Emma. »Johanne backt Plätzchen, Frieke bringt ein paar Weihnachtsbücher mit und liest vor, die Kinder basteln Strohsterne in der Kita …«

»Mir gefällt dein Ansatz, zuallererst Schwangere, Kinder und Alte zur Arbeit heranzuziehen«, murmelte Frieke.

»Die haben ja sonst nix zu tun. Ich nehme mich da nicht aus.« Emma übernahm Mika wieder von Sonja. »Ich bin allerdings raus, wie ihr seht, habe ich beide Hände voll.«

Sonja kicherte. Aber ihre Gedanken rasten, und sie stellte sich vor, wie der Rathausplatz rings um den Pavillon weihnachtlich geschmückt wurde. Ponyreiten mit Connys Islandpferden. Es gab einige begabte Kunsthandwerkerinnen auf der Insel, die ihre Arbeiten präsentieren könnten. Obwohl, das wäre dann schon eher für Inselgäste und nicht nur für die Insulaner, oder? Aber wenn sie Inselgäste dazuholten, würde es zu groß. Nichts für dieses Jahr. Sonja schüttelte den Kopf. Ihre Gedanken hatten es gerade sehr eilig, und sie zog einen Zettel heran und kramte nach einem Stift.

»Smilla könnte ihre Postkarten und Spiekeroog-Bilder anbieten«, diktierte Emma.

»Smilla? Wer ist das?« Sonja runzelte die Stirn.

»Die traurige Dunkelhaarige, die auf dem Isländerhof lebt und vorhin mit Sanne hier war.«

»Sie sieht wirklich sehr traurig aus«, sagte Frieke leise. »Sie hat ein paarmal Bücher bei mir gekauft, seit sie hier ist. Wisst ihr, was mit ihr los ist?«

Sonja schüttelte den Kopf, aber Emma wusste mehr. »Sie hat ihren Mann verloren, sagt Sanne. Ein Fahrradunfall. Er wurde von einem abbiegenden Lkw-Fahrer übersehen. Das ist zwei Jahre her, aber …« Sie verstummte.

»Uff«, machte Frieke. Sie umfasste unwillkürlich ihren Bauch, als müsste sie sich am Baby festhalten.

»Das ist hart«, sagte Sonja leise. Sie wollte sich nicht mal vorstellen, wie ein Leben ohne Carl aussah.

»Aber sie malt total süße Häschen und Meerschweinchen«, fügte Emma hinzu. »Murmel und Hupsi, kennt ihr doch. Frieke hat mir verboten, die einzukaufen, es wäre also keine Konkurrenz zu uns.«

»Entschuldige, aber dieser Kitsch kommt mir nicht in den Laden.«

»Man kann die auch ironisch betrachten«, erwiderte Emma. »Dann sind sie sehr witzig. Aber dein Buchladen, deine Entscheidung. Sonja, frag sie ruhig. Vielleicht macht sie mit.«

»Wir könnten auch die Schule fragen, ob sie was beitragen.« Sonja hatte einen Zettel auf den Kassentisch gelegt und machte *irgendwie* Notizen. Sie blickte auf. »Ich könnte meinen Bruder fragen, ob er einen Glühweinstand macht. Oder lieber das Inselcafé?«

»Frag alle«, sagte Emma. »Wenn einige nicht mitmachen, ist das nicht so schlimm.«

»Die wissen gar nicht, was sie verpassen.« Sonja nickte zufrieden.

»Ich muss wieder los«, sagte Frieke. Sie hatte es auf einmal eilig. Das Buch, in das Ole sich inzwischen in der Kinderecke vertieft hatte, notierte sie auf einem Zettel, den sie Sonja hinschob, damit sie es ausbuchte. Aber Sonja bekam das schon gar nicht mehr mit.

Sie war komplett gefangen von der Idee, im Dezember einen Winterzauber, Weihnachtszauber, wie auch immer sie es nennen wollte, auf Spiekeroog auszurichten.

Endlich hatte sie mal wieder ein richtig schönes Großprojekt, auf das sie ihre ganze Energie verschwenden konnte.

KAPITEL 10

»Bengt? Bist du da?«

Stille. Ole setzte sich auf die kleine Bank vor der Garderobe und streifte seine Winterstiefel ab. Frieke knallte ihre Stiefel neben das Schuhregal. Ihr Herz raste. Auf dem Heimweg hatte sie kaum einen klaren Gedanken fassen können, und während ihr Sohn fröhlich plappernd das Dino-Bilderbuch an die Brust gedrückt hatte und ohne Murren neben ihr hergelaufen war, hatte sie innerlich gesirrt wie eine gespannte Bogensehne.

Seit ein paar Tagen fühlte sie sich selbst für das Lastenrad zu schwerfällig, weshalb sie die meisten Wege auf der Insel nun zu Fuß bewältigen musste. Ole war zu groß für einen Buggy, und ein Bollerwagen wäre zu schwer gewesen, um ihn über die Insel zu ziehen. Deshalb brachte ihn nun Bengt morgens in die Kita, und heute Nachmittag hatte Frieke ihn mit einem Abstecher in den Buchladen locken können, damit er mit ihr zu Fuß ging. Morgen wollte sie ihm anbieten, dass er mit seinem Laufrad fahren konnte.

Sie lief auf Wollsocken die Treppe hoch. »Bengt?!«, rief sie, diesmal lauter. Sie schaute ins Schlafzimmer und ins angrenzende Bad. Dort war er nicht, ebenso in Oles Kinderzimmer. Die Tür zum zweiten Kinderzimmer, das sie noch fertigmachen mussten, war geschlossen. Sie spürte jetzt das Herz bis zum Hals klopfen. Wenn er nicht da drin war …

Sie stieß die Tür auf – und hätte mit dieser Aktion beinahe die Leiter zum Umkippen gebracht, die von innen viel zu dicht vor der Tür stand. Bengt konnte sich gerade so an der Wand abstützen. »Mensch, Frieke!«, rief er. »Was machst du denn?«

»Was machst *du* denn?«, erwiderte sie und schluchzte auf. »Ich habe überall nach dir gesucht!«

»Das ist kein Grund, mich mit der Tür von der Leiter zu hauen. Ich hätte mir den Hals brechen können!«

»Bengt, hör auf!«, schrie Frieke. Sie hatte auf dem Heimweg die ganze Zeit an Smilla und ihren Mann gedacht, daran, wie sehr allein der Gedanke sie quälte, sie könnte Bengt verlieren. Und dann hatte sie ihn beinahe von der Leiter geschubst, weil sie unbedingt sofort zu ihm wollte … Sie schluchzte und lachte, es war ja nichts passiert, außer dass sie mit ihren Schwangerschaftshormonen fast ihren Lieblingsmenschen umgebracht hatte.

Jetzt merkte Bengt, dass sie ganz außer sich war und stieg von der Leiter. Er legte den Schraubenzieher auf die Fensterbank, dann trat er zu ihr und schloss sie in die Arme. Er drückte sie ganz fest an sich. »Ich mache das zweite Kinderzimmer fertig«, flüsterte er in ihre Haare. »Ich dachte, ich kann dich damit überraschen.«

Sie schmiegte sich an ihn. Ole kam die Treppe hochgepoltert und verschwand türknallend in seinem Kinderzimmer. Der kuschelte sich jetzt erst mal aufs Bett und guckte gründlich das Bilderbuch an.

»Was ist passiert?«, fragte Bengt, nachdem Friekes Tränen versiegt waren. Sie schniefte, schnäuzte sich in das Stofftaschentuch, das Bengt ihr reichte und tupfte sich die Augen. »Möchtest du erzählen?«

Sie nickte. Dann erzählte sie ihm von der Begegnung im Buchladen. Über den Weihnachtszauber, den Sonja offensichtlich plante.

»Und deshalb bist du in Tränen ausgebrochen? Ach, Frieke.« Zärtlich drückte er ihre Schulter. »Die Hormone sind diesmal aber fies zu dir.«

»Nein, nein! Viel schlimmer war die Geschichte von Smilla. Sie ist seit zwei Wochen auf der Insel, und sie ist so …« Frieke atmete tief durch. »So traurig. Verstehst du? Also, sie ist nicht immer traurig, nur manchmal … Eigentlich ist sie in der letzten Zeit immer fröhlicher geworden. Ich glaube, die Insel tut ihr gut, so wie sie mir vor so vielen Jahren geholfen hat …«

»Die Insel?« Bengt zog die Brauen hoch. »Sag die Wahrheit!«

»Ja, ist die Wahrheit! Ehrlich!«

»Und das hat nicht zufällig damit zu tun, dass du vor all den Jahren einen jungen, idealistischen Ornithologen kennengelernt hast, der dein Herz im Sturm erobert hat?«

»Wenn du mit ›im Sturm erobert‹ meinst, dass er mir zuerst den letzten Nerv geraubt hat, könnte das hinkommen.«

»Ach, Frieke.« Er schloss sie fest in die Arme und küsste sie auf den Scheitel. Sie schmiegte sich an ihn. »Und was ist nun mit Smilla passiert, dass du so panisch hier reinstürmst?«

»Sie hat vor zwei Jahren ihren Mann verloren. Als ich

das hörte, musste ich sofort nach Hause, weil ich mir vorgestellt habe ...« Wieder kribbelte ihre Nase. »... wie das wäre, so ohne dich. Schrecklich wäre das, aber sobald der Gedanke in der Welt war, konnte ich nicht aufhören, darüber zu grübeln oder mir vorzustellen, was dir alles passieren könnte, und ich musste sofort zu dir, weil ...«

»Ich weiß.« Wieder umarmte er sie fest. »Arme Frieke.« Und er klang überhaupt nicht ironisch, sondern sehr ernsthaft. Er nahm ihre Sorgen ernst. Obwohl beide wussten, dass die Angst, dieses Gefühl von Vergänglichkeit und das dazugehörende schwere Herz bisher vor allem in ihren Schwangerschaften aufgetreten waren. Auch diese Gefühle brauchten Raum.

»Mama, kommst duuuu?«, unterbrach Ole den stillen, intimen Moment seiner Eltern. Er hing an der Türklinke vom neuen Kinderzimmer. »Papa, was machst du hier?!« Er kam ins Zimmer.

»Ich mache das Zimmer für dein Geschwisterchen hübsch.«

Ole runzelte die Stirn. »Aber das Baby braucht nicht so viel Platz.«

»Na, die Wette gehe ich ein.« Bengt hob Ole hoch. »Überleg mal, wenn das Baby von seinem großen Bruder besucht wird, dann braucht es schon etwas mehr Platz. Zum Beispiel, wenn du die Schienen deiner Holzeisenbahn durch alle Räume baust.«

»Au ja!« Ole wollte sofort los und die Kiste mit den Schienen holen. Bengt gab Frieke noch einen Kuss auf die Schläfe. »Na los, ab mit dir zum Ollen Hansen. Ole ist erst mal beschäftigt.«

»Und das stört dich nicht?« Sie sah sich im Kinderzimmer um. Der Boden war noch nicht aufgefrischt, die Tapeten hingen in Fetzen von den Wänden. Bengt hatte gerade die Steckdosen und die Deckenlampe abmontiert, als sie ihn aufgeschreckt hatte.

»Überhaupt nicht. Du siehst müde aus.« Da hatte er recht. Der Adrenalinschub hinterließ eine bleierne Müdigkeit, und Frieke beschloss, dass sie ihr nachgeben durfte.

»Ich leg mich hin«, sagte sie. »Ole wird ohnehin gleich ins Schlafzimmer poltern, aber bis dahin ist es schön, euch beim Spielen zuzuhören.«

Ein letztes Mal drückte Bengt sie an sich. Dann kam schon Ole an, er zog den Filzkorb mit der Holzeisenbahn hinter sich her.

Der Olle Hansen war morgen auch noch da, befand Frieke. Sie hatte Bengt noch nichts davon erzählt, aber im Moment haderte sie sehr mit dem Buchprojekt. Irgendwie fühlte es sich *falsch* an, ohne dass sie so genau sagen konnte, woran es lag.

Vielleicht fiel es ihr ja im Schlaf ein. Und wenn nicht? Dann hätte sie wenigstens ein bisschen geschlafen.

Allmählich fiel ihm die Decke auf den Kopf. Onno konnte ja nicht nur lesen, Serien bingen und schlafen. War er froh, wenn er nächste Woche endlich anfangen durfte zu arbeiten!

So hatte er sich den Start auf Spiekeroog jedenfalls nicht vorgestellt. Statt vor seinen Klassen zu stehen, lag oder saß er seit zwei Wochen herum und hatte in seiner Verzweiflung angefangen, noch mal alle Bände von »Das Lied von

Eis und Feuer« zu lesen. Die hatte er sich von Pia schicken lassen, ohne ihr zu verraten, warum. Als sie nachfragte, hatte er nur gemeint, abends sei's schon ganz schön öde in seinem Tiny House, und das hatte sie als Begründung klaglos geschluckt. Als wäre es in ihrem Sinne, dass er sich abends lieber durch dieses Fantasy-Epos fraß, statt mit den Kolleginnen und Kollegen etwas zu unternehmen. Von der Schulter hatte er ihr nichts erzählt. Sie hätte sofort darauf insistiert, ihn abzuholen. Das wollte er nicht.

Alle waren furchtbar nett zu ihm. Die Kolleginnen und Kollegen kamen vorbei, setzten sich zu ihm auf die kleine, überdachte Terrasse neben seinem Tiny House und erzählten vom Schulbetrieb. Die Schülerinnen von nebenan brachten ihm seine Einkäufe aus dem Frischemarkt mit. Gelegentlich ging er in das Café vom Haus Wittbülten und gönnte sich ein Stück Käsekuchen, aber es machte nicht halb so viel Spaß wie beim ersten Mal, als er sich so nett mit Smilla unterhalten hatte. Ob sie noch auf der Insel war?

Er beschloss, dass ein etwas längerer Ausflug ihm nicht schaden könnte und machte sich darum an diesem sonnigen, aber windig-kalten Novembermorgen auf den Weg Richtung Inseldorf. Schon nach achthundert Metern bereute er seinen Entschluss, denn die schmale Straße folgte dem Auf und Ab der Dünen und er hatte offenbar in den zwei Wochen gehörig Kondition eingebüßt.

Insgeheim hielt er Ausschau nach einem schwarzen Islandpferd mit ebenso schwarzhaariger Reiterin. Er hatte gehofft, sie würde noch mal beim Nationalpark-Haus vorbeischauen. Aber offensichtlich war nur er derjenige, der sich eine weitere Begegnung mit Smilla wünschte. Schade.

Der Ortskern des kleinen Inseldorfs war nicht geprägt von zahlreichen Souvenirshops, wie er es von anderen Urlaubsorten an der Küste kannte, die vom Tourismus lebten. Ein paar Geschäfte mit abwechslungsreichen und geschmackvollen Kleinigkeiten, ein Buchladen, ein paar Lebensmittelgeschäfte und Restaurants. Einige Leute mit Wanderschuhen und Rucksäcken kamen ihm entgegen. Er betrat den Buchladen. Vielleicht gab es hier eine Alternative zu seinen Streifzügen in Westeros.

»Moin.« Eine Rothaarige mit Lachfältchen begrüßte ihn. Sie klemmte sich ein Telefon zwischen Kinn und Schulter und redete leise und eindringlich auf ihren Gesprächspartner ein. »Aber das wird toll, Bosse! Ich weiß schon, du willst am liebsten gar nichts damit zu tun haben, aber lass uns doch mal was Neues versuchen. Ja, ich weiß wie kurzfristig das ist. Darum sage ich doch: Wir machen das vor allem für die Insulaner. Wenn Gäste hinzukommen, schön. Aber sie sind nicht diejenigen, auf die wir damit abzielen. Und wenn's uns allen Spaß macht, können wir daraus ab nächstem Jahr etwas Größeres machen. Spiekerooger Winterzauber oder so.«

Onno schlenderte durch den Buchladen. Er fand die Romanabteilung, wurde aber bei seiner Suche nach anderen Fantasyromanen enttäuscht. Die Auswahl beschränkte sich auf zwei Regalbretter, dort stand ziemlich viel Brandon Sanderson (den er nicht so sehr mochte), dazu viel Romantasy. Er hatte nichts gegen Romantasy, die war bestimmt gut. Sie interessierte ihn nur nicht.

Etwas enttäuscht schaute er weiter. Die kleinen Glöckchen über der Eingangstür tanzten und bimmelten, dann hörte er die Buchhändlerin sagen: »Hey, Smilla, hast du Bjarni wieder am Strandkorb geparkt?«

Sein Herz machte einen Satz und rutschte ihm sprichwörtlich in die Hose. Hastig nahm er irgendein Buch zur Hand und schlug es auf. Er tat so, als müsste er sehr konzentriert darin lesen, doch zugleich lauschte er, was die Buchhändlerin und Smilla redeten.

»Sind meine Bücher schon da?«

»Frisch eingetroffen. Zwei Bücher?«

»Ja, genau.«

»Du liest bald schneller als Johanne.«

»Wer ist Johanne?«

So ging es weiter, während die Buchhändlerin kassierte. Dann hörte Onno Smilla sagen »ein Buch habe ich hinten bei den Romanen vor ein paar Tagen gesehen, das muss auch mit«, und er konnte gar nicht so schnell aus der engen Ecke verschwinden, wie Smilla vor ihm stand.

Onno hielt das Buch vor seine Nase. Mit einer Hand nur, die andere hing weiterhin nutzlos in der Schlinge.

»Sorry, kann ich mal … oh, du bist's!« Sie hatte ihn natürlich erkannt.

Onno senkte verlegen das Buch. »Hi«, sagte er. »Wie geht's?«

»Gut. Und dir?« Sie zeigte auf die Schlinge. »Besser?«

»Langweilig«, entfuhr es ihm, und sie lächelte mitfühlend.

»Verstehe ich.« Sie nahm ein Exemplar von einem der Bücherstapel auf dem Rondell und blieb stehen. »Also, was ich sagen wollte …« Sie zuckte mit den Schultern. »Magst du dich mal mit mir zusammen langweilen? Im Teetied auf eine Waffel mit heißen Kirschen zum Beispiel?«

Eine zarte Röte überzog ihre hellen Wangen, und er dachte, dass sie hübsch aussah, mit diesen pinken Wangen und diesem offenen Blick. Sie hatte nichts Kokettes an sich, sondern war einfach eine Frau, die ihn fragte, ob er mit ihr Waffeln essen ging.

»Sehr gerne.«

»Gut! Heute?«

»Äh«, stotterte er. »Jetzt?«

Sie zuckte mit den Schultern. »Warum nicht? Ich habe nichts mehr vor, außer mit Bjarni über den Strand zu galoppieren. Das haben wir allerdings schon hinter uns.«

»Okay, also heute.« Er nickte tapfer, obwohl er sich nicht so fühlte. Die Vorstellung, mit Smilla Tee zu trinken, war so schön wie … na ja, merkwürdig.

»Ich muss nur kurz die Bücher bezahlen, dann können wir los.« Sie verschwand Richtung Kasse. Onno legte das Buch, das er sich vorhin vors Gesicht gehalten hatte, zurück. Er folgte ihr etwas langsamer.

»Hast du schon von unserem Winterzauber gehört?« Die Buchhändlerin plapperte fröhlich auf Smilla ein. »Am dritten Adventswochenende wollen wir so einen richtig schönen, kleinen Weihnachtsmarkt auf dem Platz vor dem Rathaus abhalten. Es wird ganz viele Leckereien, Buden mit Handgemachtem, Glühwein, Weihnachtsschmuck und so weiter geben.« Sie steckte einen Flyer in das oberste von Smillas Büchern. »Du bist herzlich eingeladen. Oh, oder willst du mitmachen? Emma hat erzählt, dass du so süße Ratten zeichnest, vielleicht möchtest du auch einen Stand machen?«

»Meerschweinchen«, sagte Smilla. »Es sind ein Meerschweinchen und ein Häschen.«

»Ach so! Noch besser. Also, bist du dabei?«

»Ich glaube nicht«, sagte Smilla leise.

Irgendwas stimmte hier nicht, dachte Onno. Auf einmal wirkte sie ganz still, und der fröhliche Eifer, mit dem sie ihn zum Waffeln essen eingeladen hatte, war komplett verflogen. Er folgte ihr nach draußen.

»Ach shit! Bjarni!«, entfuhr es ihr. Neben dem Strandkorb stand das schwarze Islandpferd angebunden und brummte zufrieden, als sie aus dem Laden kam.

»Du hast vergessen, dass du mit Pferd hier bist?«

Sie drehte sich zu ihm um. »Ja, echt! Ich war vorhin so *begeistert*, dass ich dich getroffen habe …« Sie verstummte und runzelte die Stirn. »Sorry, ich kann doch nicht. Fünf Minuten vor dem Buchladen warten ist okay, aber Bjarni war heute schon lange unterwegs. Ich sollte ihn zurückbringen.«

»Hm. Und wenn wir uns später treffen? In einer Stunde oder so?«

Sie hatte die Stirn immer noch gerunzelt, aber nicht, weil sie angestrengt nachdachte. Sie hatte den Flyer aus dem Buch gezogen, zerknüllte ihn und sah sich suchend nach einem Mülleimer um.

»Willst du lieber ein anderes Mal Waffeln essen?« Oder bereute sie die Einladung schon?

»Nein.« Sie gab sich einen Ruck. »Also gut, wenn du

warten magst, bringe ich Bjarni und die Bücher weg und wir treffen uns am Teetied.«

»Einverstanden.« Er war erleichtert.

»Bis später!« Sie nahm Bjarni am Zügel, klemmte sich die Bücher unter den Arm und schlug den Weg zum Isländerhof ein. Onno blickte ihr nach. Hätte er sie begleiten sollen?

Ach Quatsch. Er würde einfach ein wenig durchs Inseldorf bummeln, vielleicht noch mal im Buchladen stöbern und traf sie dann später im Teetied. Das klang sehr verlockend.

KAPITEL 11

Als Smilla sich dem Isländerhof näherte, sah sie jemanden auf dem Findling sitzen, der den Abzweig hoch zu den Ställen markierte. Beim Näherkommen erkannte sie Conny. Smilla verlangsamte ihre Schritte. Conny sah in die andere Richtung, der Wind zerrte an ihrem dunklen Pferdeschwanz und ihre schmalen Schultern wirkten irgendwie angespannt.

Smilla wollte sich ungern in die Beziehungsprobleme von Sanne und Conny hineinziehen lassen. Sanne redete davon, die Insel zu verlassen, weil sie unterschiedliche Vorstellungen von der Zukunft hatten. So schlimm war es. Smilla war Sannes Freundin, nicht die von Conny. Sie würde wohl kaum einen Rat geben können, der Conny half, oder?

Hör mit dem Gerede über Kinder auf, das käme wohl nicht so gut an. Aber so war es nun mal. Smilla brachte kein Verständnis dafür auf, dass die eine Partnerin in einer Beziehung, die bisher von beiden als glücklich empfunden worden war, die Parameter ändern wollte. Warum? Vor allem, wenn die andere Partnerin diese Veränderung nicht wollte. War Conny bereit, alles wegzuwerfen, nur weil ihr Wunsch nicht erfüllt wurde? War es das, was Smilla daran so nervte? Wie achtlos die Menschen mit Beziehungen umgingen, wie schnell sie bereit waren, alles infrage zu stellen? Smilla hatte erlebt, was passierte, wenn nichts mehr war wie früher. Von einem Tag auf den anderen war sie allein, und sie hatte sich bis heute nicht davon erholt. Es fiel ihr schwer, Menschen zu vertrauen, weil Menschen starben oder eben gingen, wenn es ihnen nicht mehr passte.

Wie sollte sie jemals wieder eine Beziehung führen?

Sie blieb stehen. Bjarni strebte zu dem Grünstreifen und begann, das karge und verdorrte Gras dort zu rupfen. Smilla musste erst mal tief durchatmen, denn die ganzen Gedanken, die gerade auf sie einstürzten, waren zu viel. Mit denen im Hinterkopf war sie für niemanden eine gute Gesprächspartnerin, weder für Conny noch später für Onno.

Conny sah unglücklich aus, wie sie da saß. Ganz in sich zusammengesunken. Vielleicht sollte Smilla sie gar nicht ansprechen.

Aber als sie näherkam, drehte sich Conny um. Sie hatte rot geweinte Augen. Mit dem Ärmel ihres Pullovers fuhr sie übers Gesicht. »Hey«, sagte sie mit brüchiger Stimme.

»Hi.« Smilla blieb stehen. Bjarni zog weiter. Trotzdem fragte sie: »Alles okay?«

Conny schüttelte den Kopf. »Ich glaube, Sanne braucht dich.« Sie atmete tief durch. »Sie ist im Stall.«

Smilla nickte und ging weiter. Conny hatte sie elegant abgewiesen. Geh mal zu Sanne, die braucht Trost. Dass Conny Trost mindestens genauso nötig hatte, war ja sichtbar, aber *nicht von ihr*.

Sie brachte Bjarni in den Stall. »Du bist ein verfressenes Fass auf vier Hufen«, schimpfte sie zärtlich, als der Rappe zielstrebig auf die Heuballen zusteuerte, die verlassen in einer Schubkarre lagen. Eine Heugabel steckte noch darin. Als hätte jemand alles stehen und liegen gelassen.

»Hallo?«, rief Smilla. Sie wollte Sanne nicht dabei ertappen, wie diese sich in der Sattelkammer die Augen ausheulte. Es blieb still. Smilla zog Bjarni vom Heu weg. »Du kriegst das Futter abgewogen«, schimpfte sie den gemütlichen Wallach. Sie band ihn in der Stallgasse an und sattelte ihn ab. Dabei lauschte sie, doch Sanne ließ sich weder hören noch blicken.

Erst als sie Bjarnis Hufe auskratzte, hörte sie Stiefel auf dem Steinboden. »Hey«, sagte Sanne. Ihre Stimme klang belegt.

»Hi! Ich habe mich schon gefragt, wo du steckst. Ich wollte nur schnell Bjarni zurückbringen, bevor ich …« Smilla blickte auf und quiekte. Bjarni neben ihr brummte und trat unruhig zwei Schritte beiseite. »Was ist denn mit dir passiert?«

Sannes Wange war knallrot.

»Das ist nichts«, erwiderte Sanne. »Nur ne Allergie.«

Es sah nicht nach *nichts* aus, und das sagte Smilla auch. »Allergie im November, willst du mich verarschen?«

Sanne verdrehte die Augen. »Ich sagte doch, da ist nichts«, erwiderte sie scharf.

Smilla sprach sie nicht darauf an, dass Conny ebenfalls eine rote Wange gehabt hatte. Dass die beiden sich so schlimm stritten, dass sie einander sogar eine Ohrfeige verpassten … Sie atmete tief durch, nahm Bjarni am Halfter und führte ihn wortlos an Sanne vorbei in seine Box. Der Wallach brummte enttäuscht, weil sein Heunetz noch leer war. Als sie wieder auf die Stallgasse trat, hatte Sanne sich neben den Putzkasten auf den Stallboden gesetzt, den Smilla dort abgestellt hatte.

»Siehst du? Mir geht's prima.«

Smilla sah vor allem zwei Frauen, die kreuzunglücklich waren, aber sie verkniff sich eine Antwort. Für manche Wahrheit war man nicht bereit, wenn man vor Schmerz nicht wusste, wohin mit sich.

Stattdessen setzte sie sich neben Sanne auf den Boden. »So schlimm.«

Sanne lachte auf.

»Ich habe Conny gesehen. Sie sitzt vor dem Isländerhof auf dem Findling.«

Sanne schwieg, deshalb tastete Smilla sich vor. »Ich will euch auch gar nichts einreden. Oder ausreden. Wenn du mich brauchst, bin ich hier.«

»Danke, Liebes.« Sanne drückte ihre Hand. »Ich möchte gerade nicht allein sein, glaube ich.« Sie schniefte und fuhr sich mit dem Handrücken über die Nase. Smilla hielt ihr ein Päckchen Taschentücher hin. Kurz dachte sie an Onno, der vermutlich schon im Teetied saß und auf sie wartete. Schade, dachte sie. Aber vielleicht war es besser so, denn sie wollte doch nicht … ja, was?

Ehrlich, was hatte sie sich dabei gedacht? Was hatte sie von Waffeln mit heißen Kirschen und Ostfriesentee mit einem gut aussehenden, intelligenten Mann erwartet? Einen Flirt? Oder sogar mehr? Beides kam nicht infrage. Sie wusste doch, dass Onno nicht allein war. Wer war sie denn, sich in eine Beziehung zu drängen? Wollte sie das überhaupt? Also, dieses *mehr*. Und wenn sie es nicht wollte, warum hatte sie Onno eingeladen? War sie denn überhaupt in der Lage, mit einem Mann auf rein freundschaftlicher Ebene einen Tee zu trinken? Konkret: mit diesem Mann?

Als sie mit ihren Überlegungen an diesem Punkt angelangt war, seufzte Smilla. Sanne sah sie von der Seite an. »Will ich wissen, was bei *dir* los ist?«

Smilla wollte schon abwinken, aber dann dachte sie, dass ein kleines bisschen Drama Sanne vielleicht ablenken könnte.

»Ich weiß nicht, wieso, aber ich habe mich irgendwie … verguckt.« Sie räusperte sich verlegen.

»Verguckt«, echote Sanne. Dann begriff sie. »So wie in verknallt, verliebt, der Himmel voller Geigen? So verguckt?« Sie wurde ganz aufgeregt. Ihre Augen funkelten fast ein bisschen. »Mensch, Smilla. Das ist doch toll!«

»Nein, so toll ist das nicht«, versuchte Smilla abzuwiegeln. Aber der Geist war aus der Flasche. Sanne strahlte, als wäre eine Liebesgeschichte genau das, was sie in dieser traurigen Stunde brauchte. Verflixt. »Also, nicht wirklich. Ich bin nur mit ihm verabredet, weil …«

»Und ihr habt schon ein Date.« Sanne schnurrte und schmiegte sich an Smilla. »Wann?«

»Kein Date.« Smilla schüttelte den Kopf. Sie musste dieses Missverständnis dringend aufklären. »Ich wollte mit ihm Waffeln essen gehen.«

»Oh. Oh! Er ist ein Insulaner?«

Jetzt wurde es wirklich unangenehm. Hätte sie mal die Klappe gehalten. Aber ihr ging so viel durch den Kopf, sie hatte sich irgendwem anvertrauen müssen. Sanne war die einzige Freundin, die sie auf Spiekeroog hatte.

»Und was ist dazwischengekommen?« Sanne ließ nicht locker.

Smilla zuckte unbestimmt mit den Schultern. Sie würde Sanne bestimmt nicht verraten, dass sie ihretwegen Onno versetzen musste. »Es ergibt sich bestimmt noch mal die Gelegenheit«, sagte sie, wie um sich selbst zu trösten.

»Erzähl doch mal. Kenne ich ihn? Wie hast du ihn kennengelernt?« Sanne rückte ein Stück näher. Au Backe. Da hatte Smilla ja was angefangen. Wenn sie nun Details verriet, würde Sanne bestimmt schnell drauf kommen, um wen es sich handelte. Sie betonte bei jeder sich bietenden Gelegenheit, wie klein die Spiekerooger Dorfgemeinschaft war. »Bestimmt kenne ich ihn.«

»Kann schon sein«, nuschelte Smilla.

»Du willst nicht darüber reden. Okay.« Sanne drückte mitfühlend Smillas Arm. »Verstehe ich. Wenn das noch so frisch ist … Aber du stellst ihn mir irgendwann vor, ja? Er muss jemand Besonderes sein, wenn er es schafft, dass du dich ihm öffnest. Ich freu mich für dich. Oh, und du kannst ihm schon mal ausrichten, falls er dir wehtut, bekommt er Ärger mit mir.«

Smilla nickte. Sanne stemmte sich hoch. »So, und ich gehe jetzt Conny suchen.«

»Warum?« Sofort war Smilla alarmiert.

»Mit ihr reden. Keine Sorge. Wir werden unsere Beziehung wie zwei erwachsene Menschen beenden, und dann werden wir eine Regelung finden, wie lange ich bleibe. Ich will sie nicht von heute auf morgen mit allem im Stich lassen, verstehst du?«

»Ach, Sanne.« Smillas Nase kribbelte, und sie ergriff die Hand ihrer Freundin und ließ sich hochziehen. »Sag mir nie wieder, ich sei ein toller Mensch. *Du* bist toll. Du hättest jedes Recht, jetzt einfach zu gehen.«

»Ich weiß. Aber ich laufe nicht vor der Verantwortung weg. Und wer weiß.« Sie zuckte mit den Schultern. »Vielleicht raufen wir uns ja auch wieder zusammen. Kinder wollen und Kinder bekommen, das sind ja zwei völlig unterschiedliche Dinge.« Sie schien von Smillas angedeuteter Romanze so beflügelt, dass sie aus dem Stall stapfte und dabei sehr entschlossen aussah.

Auweia, dachte Smilla. Hoffentlich ging das gut. Sie wollte später nicht diejenige sein, die schuld war, wenn Conny und Sanne sich etwas vormachten.

Andererseits: Wer war sie, dass sie dachte, sie könnte die Beziehung der beiden beurteilen?

Ihr war was dazwischengekommen. Ganz sicher.

Onno saß an einem der alten, etwas wackligen Holztische im Teetied. Nachdem er eine halbe Stunde vergebens gewartet hatte, bestellte er eine Kanne Ostfriesentee, an der er sich in den folgenden anderthalb Stunden festhielt. Zum Glück war er doch noch mal zum Buchladen zurückgegangen und hatte neue Lektüre mitgenommen, aber jedes Mal, wenn jemand durch den niedrigen Durchgang in den kleinen Gastraum kam, hob er hoffnungsvoll den Blick und wurde wieder enttäuscht.

Keine Smilla.

Er hätte sich gern mit ihr unterhalten. Weil es so leicht war. Sie war eine angenehme Gesprächspartnerin, und er hatte sich ja in den letzten Wochen mehr als einmal beim sehnsuchtsvollen Blick auf die Streuobstwiese bei dem Gedanken ertappt, ob sie wohl mal wieder auf ihrem Rappen vorbeigaloppiert kam. Wie er nun wusste, hätte er nur mal im Buchladen vorbeigucken müssen.

Nach zwei Stunden gab er's auf. Die letzte Teepfütze schmeckte schal, draußen wurde es allmählich dämmrig. Er würde wohl im Dunkeln zurück zur Schule stolpern.

Er hatte das Dorf gerade hinter sich gelassen, als sein Telefon brummte. Pia rief an.

Onno meldete sich. »Hey, Lieblingsmensch«, sagte er mit einem Lächeln.

»Ich musste gerade an dich denken.« Sie klang müde. »Wie geht es dir?«

»Oh, ich hatte einen echt langweiligen Nachmittag in einem Spiekerooger Teehaus. Ich habe gelesen und Leute beobachtet. Du hättest es gehasst.«

Sie lachte. »Ganz bestimmt.«

»Was gibt's bei dir Neues?« Sie rief meist an, wenn sie ihm etwas erzählen wollte. Sonst meldete er sich jeden zweiten Abend bei ihr, aber sie hatten gestern kurz gesprochen, und er hatte schon da das Gefühl gehabt, dass sie irgendwie kurz angebunden war.

Komischerweise hatte er das Gefühl schon seit Längerem. Als wäre nicht nur die Distanz in Form einiger hundert Kilometer zwischen ihnen. Als wäre da noch mehr. Und wenn er ganz genau darüber nachdachte, war es schon länger so. Es hatte vor seiner Abreise angefangen.

»Ich wollte nur deine Stimme hören.« Sie hielt inne, und einen Moment lang glaubte Onno, sie wollte noch etwas hinzufügen. »Hör mal, kann ich nächstes Wochenende vorbeikommen? Ich könnte Freitag freinehmen und würde dann bis Sonntagmittag bleiben.«

»Klar.« Er räusperte sich. »Weißt du doch. Mein Tiny House ist dein Tiny House.«

Sie lachte. »Spinner«, sagte sie zärtlich. Onno blieb stehen.

»Du klingst verändert«, stellte er fest. Keine gute Idee, mit Pia so etwas am Telefon zu besprechen. Oft wollte sie ihn falsch verstehen und fing wieder eine dieser fruchtlosen Diskussionen an, an deren Ende er mehr oder weniger feststellte, dass sein Kompliment nur als Angriff aufgefasst wurde.

»Ist das so?« Pia lachte atemlos. »Vielleicht, weil ich dich so sehr vermisse?«

»Ich vermisse dich auch«, sagte er.

»Dann sehen wir uns Freitag?«

»Ich freu mich.«

Sie legte zuerst auf. Onno ging langsam weiter. Das war wirklich merkwürdig, dachte er. Als Pia ihn auf der Insel zurückgelassen hatte, waren seine Gefühle im Aufruhr gewesen – und ihre sicher auch. Sonst hätten sie sich nicht am Vorabend ihres Abschieds so heftig gestritten und danach so leidenschaftlich versöhnt. Anschließend hatten sie beide nicht so recht gewusst, wie sie damit umgehen sollten. Der Streit hatte Spuren hinterlassen. Aber die Distanz hatte es offenbar auch ermöglicht, dass sie einander wieder näherkamen. Sie hatte Sehnsucht nach ihm und kam nach Spiekeroog, obwohl sie von vornherein angekündigt hatte, das auf gar keinen Fall zu tun.

Er sollte sich darauf freuen, dass er sie bald wiedersah. Und irgendwie war es ein schöner Gedanke, sie schon in wenigen Tagen vom Anleger abzuholen. Aber sie würde Fragen stellen. Warum trug er eine Schlinge? Wieso hatte er ihr nichts von dem Unfall erzählt? Hätte er sich nicht zu Hause auskurieren können?

Zu viele Fragen, auf die er keine vernünftige Antwort wusste.

Er sollte bis Freitag aber Antworten haben. Sonst würde es vermutlich Pias erster und letzter Besuch bei ihm im Tiny House sein.

KAPITEL 12

Frieke packte eine Blechdose voll mit Quarkrosinenbrötchen in den Leinenbeutel. »Mama soll nicht weggehen«, meckerte Ole, der auf Bengts Arm saß. »Mama soll mir vorlesen!«

Sie drückte ihrem kleinen Sohn einen dicken Kuss auf die Wange. »Mama muss einen Weihnachtsmarkt für uns alle organisieren. Das wird toll!«, versprach sie. »Und ich wette mit dir, wenn ich nicht da bin, guckt Papa heimlich mit dir noch ne Folge Maus.«

»Die über das müllfreie Leben?«, fragte Ole hoffnungsvoll. Als hätte er die nicht schon hundertmal gesehen.

»Meinetwegen die und noch eine zweite. Klingt das gut?«

Ole nickte, aber seine Unterlippe bebte verdächtig. Klar, für ihn sollte sich am abendlichen Ritual nichts ändern. Aber manchmal unternahm Frieke abends noch was mit ihren Freundinnen, und bisher hatte Bengt sie bei solchen Gelegenheiten mindestens so gut ersetzt. Vor allem, seit sie vor knapp anderthalb Jahren die Fehlgeburt hatte, war das Band zwischen den beiden noch ein bisschen enger geworden. Das hatte sie mehr mitgenommen als anfangs gedacht, und nach seiner Rückkehr aus Malmö, wo Bengt über den Sommer die Mauersegler beobachtet hatte, war er zu Hause viel präsenter gewesen. Er hatte seine Forschungsarbeit abgeschlossen und an seiner neuen Selbstständigkeit herumgeplant. Vor allem aber hatte er viel mit Ole unternommen, damit Frieke sich weiter erholen konnte. Dieses enge Band zwischen Vater und Sohn war Frieke sehr wichtig. Vor allem im Hinblick auf die bevorstehende Geburt. Zwei Wochen vor dem errechneten Termin würde sie wohl aufs Festland übersiedeln müssen, denn Spiekeroog bot keine Möglichkeiten, um stationär zu gebären. Es gab auch keine Inselhebamme, die sie bei einer Hausgeburt begleiten könnte. Kurz dachte Frieke an Meike, die sie bei der Schwangerschaft mit Ole eine Zeitlang unterstützt hatte. Aber auf diesen Luxus konnte sie dieses Mal nicht zurückgreifen und fuhr alle paar Wochen zur Vorsorge aufs Festland.

Hoffentlich musste sie rund um die Geburt nicht zu lange auf dem Festland bleiben. Wenn sich Baby Gerjets verspätete, stand auch schon Oles fünfter Geburtstag an. Frieke wollte ihn ungern getrennt von ihrer kleinen Familie verbringen.

Ole winkte tapfer zum Abschied, Frieke zog die Tür vom kleinen Kapitänshaus hinter sich zu und machte sich auf den Weg zu Sonja. Sie war noch nicht ganz da, als ihr Handy brummte.

»Alles okay?«, fragte sie, ohne auf den Namen zu schauen. Konnte ja nur Bengt sein, der irgendwas suchte. Friekes heilige Ordnung und sein Ausmistwahn bildeten allzu oft eine unheilige Allianz. Einige Dinge *musste* sie vor ihm verstecken, weil er sie sonst entsorgte oder über Kleinanzeigen verkaufte.

»Das weiß ich nicht«, antwortete Emma. »Aber du bist jetzt schon fünf Minuten zu spät.«

»Und Sonja hat einen strikten Zeitplan.«

»So sieht das aus.«

»Ich bin in zwei Minuten da. Versprochen.«

Sie ging am Irish Pub vorbei und bog zwei Minuten später in die Richelwiesen ein. Schon bald hatte sie Sonjas Haus erreicht, das etwas zurückgesetzt von der Straße stand. Die Haustür stand offen, Emma wartete dort mit Baby Mika im Tragetuch. Die Kleine war sehr wach.

»Will da jemand alles mitkriegen?« Frieke kitzelte Mika unterm Kinn.

»Ach, diese junge Dame hat den kompletten Nachmittag verpennt. Irgendwas ist da im Busch, aber sie verrät mir nicht, was es ist.«

»Wachstum, Zähne, quersitzender Pups? Irgendwas ist immer.«

»Wohl wahr.«

Frieke und Emma versuchten sich zur Begrüßung zu umarmen, aber Friekes Bauch und Mika waren im Weg. Die Kleine hatte große, wache Augen, sie würde wohl noch eine ganze Weile vergnügt krähen und das Treffen der Freundinnen auflockern.

»Sind alle anderen schon da?« Frieke betrat den Hausflur. Carl grüßte aus der Küche, wo er gerade an der Siebträgermaschine stand und Kaffeespezialitäten für alle zubereitete. »Hi, Carl!«

»Hi, Frieke.«

Früher war Carl ebenso wie Frieke Journalist beim KOMET gewesen. Doch dann war er dabei ertappt worden, dass er es bei seinen Geschichten mit der Wahrheit nicht ganz so genau nahm, und in der Folge hatte eine regelrechte Hexenjagd auf ihn begonnen. Diese hatte ihn nach

Spiekeroog geführt. Dort hatte er erst als Aushilfe in Friekes Buchladen angefangen und sich dann in Sonja verliebt. Er war auf der Insel geblieben. Nicht zum ersten Mal fragte Frieke sich, was das mit der Insel war, dass die Menschen herkamen, ihr Herz verloren und blieben. Lag es an der Insel oder an den Menschen, die hier lebten? Öffnete die Insel nicht jeden einzelnen ein wenig, dass man bereit war, sich verletzlich zu zeigen und der eigenen Verletzlichkeit Raum zu geben? Machte das den Zauber von Spiekeroog aus? Dass man einfach mehr auf sich selbst zurückgeworfen wurde? Die kleine Insel inmitten des Wattenmeers bot nicht viel Wohnraum, man verbrachte deutlich mehr Zeit draußen als drinnen. Alles, was man anschaffte, musste mit Bedacht ausgewählt werden; oft musste man sich von alten Dingen trennen, um für Neues Platz zu machen. Das Leben hier draußen war für sich genommen schon auf ein Minimum reduziert – und gab damit den Raum, den die Menschen brauchten, um sich zu entfalten. Es gab viele Inselgäste, die herkamen, um sich kreativ zu betätigen oder auf langen Wanderungen den Kopf freizubekommen.

Manchmal vergaß Frieke die Vorzüge der Insel. Das, was sie einst hergeführt und hatte bleiben lassen.

»Was macht der INSELBOTE?«, fragte Frieke. Carl hatte es nicht so lange ohne den Journalismus ausgehalten wie sie, und letztes Jahr hatte er die Nachfolge des langjährigen INSELBOTEN übernommen. Alle zwei Wochen erschien nun regelmäßig diese Spiekerooger Zeitung aus seiner Feder. Ganz ohne Fake News, wie er gern mit einem Augenzwinkern bemerkte, als könnte das all seine einstigen Verfehlungen wettmachen.

»Die Auflage ist diesen Sommer um vier Prozent gestiegen.« Carl wirkte sehr mit sich zufrieden.

»Glückwunsch. Und wie geht's Elli?«

»Unverändert.« Kurz umwölkte sich seine Stirn, und Frieke sah ihm die Besorgnis an der Nasenspitze an. »Nun ja, vielleicht ist das auch keine so schlechte Nachricht.« Er zuckte mit den Schultern. Dass seine Schwester chronisch krank und auf Alltagshelfer angewiesen ihr Leben bewältigte – ohne ihn! –, hatte er offenbar immer noch nicht akzeptiert. Frieke verkniff sich eine Bemerkung. »Kommst du gleich dazu?«, fragte sie und zeigte Richtung Wohnzimmer.

»Auf keinen Fall. Ich berichte gern über den Weihnachtsmarkt, aber organisieren muss ich da nichts.«

Frieke folgte Emma in das Wohnzimmer. Auf dem Sofa saßen bereits Sonja, Conny, Johanne und ein paar andere Insulanerinnen und plapperten fröhlich vor sich hin. Sonja sprang auf und umarmte Frieke. »Toll, dass du da bist. Wir haben schon irre viele Ideen gesammelt.«

»Lasst euch von mir nicht stören.« Frieke blieb stehen, weil sie im Moment vom Sitzen direkt Schmerzen im Ischias bekam und fürchtete, sie käme aus dem weichen, tiefen Sofa nicht mehr hoch.

»Natürlich brauchen wir Weihnachtskekse«, erklärte Johanne gerade im Brustton der Überzeugung. »Und Glühwein!«

Zustimmendes Gemurmel. Emma tauchte neben Frieke auf. Sie drückte ihr einen Becher mit Milchkaffee in die Hand.

»Ein tiefer Graben zieht sich durch die Dorfgemeinschaft«, murmelte sie.

»Was ist passiert?« Frieke dachte, alle seien sich einig gewesen, dass der Wintermarkt auf dem Rathausplatz vor allem *klein* bleiben sollte.

»Irgendwer kam mit der Idee um die Ecke, wir könnten ja statt einem *kleinen* Wintermarkt für uns Insulaner etwas Großes machen, das jedes Jahr aufs Neue an allen Adventswochenenden Inselgäste anlockt.« Emma hüpfte ein wenig auf und ab, vermutlich hoffte sie, Mika könnte langsam mal einschlafen. Mika dachte nicht daran. Dafür war das alles hier viel zu spannend.

Sonja trat zu den beiden. »So viel Streit habe ich nicht mehr erlebt, seit der Inselrat sich fast die Köppe eingeschlagen hat, weil Oltmanns Kruse die *Spiekerooger Liebe* bauen wollte«, murmelte sie. »Was habe ich nur getan? Bald wird sich die Dorfgemeinschaft aufspalten, ein Teil wird die Insel komplett durchkommerzialisieren und der andere Teil bleibt in den Erdlöchern hocken und kreischt wie Banshees, sobald ein Lichtstrahl in ihre Höhlen dringt.«

»Ich bin gern eine Banshee«, bemerkte Frieke trocken. »Wirklich, das Bild gefällt mir. Kann ich mich mit anfreunden.«

»Du hockst aber schon in deinem Erdloch, und statt zu kreischen, bewirfst du die Inselgäste mit Büchern.«

»Könnte sein.«

Die drei Freundinnen grinsten einander an.

Inzwischen war die Diskussion am anderen Ende des Raums so hitzig geworden, dass Sonja seufzte und Frieke die Hand auf die Schulter legte. »Wollen wir die Damen mal wieder in die Spur unserer ursprünglichen Idee bringen?«

»Wir versuchen es.«

Mika war eingeschlafen. »Ich versuche mal, sie hinzulegen«, sagte Emma.

Frieke und Sonja wurden von den versammelten Insulanerinnen mit großer Freude begrüßt. »Frieke, komm zu mir.« Johanne rückte direkt ein wenig beiseite, damit Frieke neben ihr auf dem Sofa Platz hatte. Widerstrebend ließ Frieke sich neben sie aufs Polster plumpsen.

»Wie lang dauert's denn noch?«

»Paar Wochen wohl«, sagte Frieke vorsichtig. Sie hielt wenig davon, den Geburtstermin offen zu kommunizieren. Allzu rasch sähe sie sich mit Fortschreiten der Schwangerschaft mit beständigen Nachfragen konfrontiert. Der Bauch sah allerdings auch schon so aus, als könnte es nicht mehr lange dauern.

»Vor Weihnachten?«, hakte Johanne nach, und Frieke schüttelte nur den Kopf.

Sonja blieb stehen. »Also, ihr Lieben. Ich freue mich wirklich *sehr*, dass ihr so viele Ideen einbringt. Aber denkt daran, wie wenig Zeit uns bleibt. In sechs Wochen ist Weihnachten. Wie wollt ihr einen großen Weihnachtszauber in so kurzer Zeit auf die Beine stellen und bewerben?«

Das sorgte für Ruhe. »Wir dachten halt …«, meinte Lisbeth, die das Inselcafé betrieb.

»Ja, ich weiß«, sagte Sonja sanft.

»Sonja hat recht«, meldete sich Conny zu Wort. »Lasst es uns dieses Jahr klein halten, und wenn es uns gefällt, können wir nächstes Jahr immer noch einen großen Weihnachtszauber aufziehen. Dafür ist die Vorlaufzeit dann auch ausreichend, und wir können uns besser mit dem Inselrat abstimmen.«

Im Klartext: Der Inselrat konnte allzu wilde Auswüchse eines Weihnachtsmarkts zurechtstutzen. Clever, dachte Frieke. Doch ringsum hob ein zustimmendes Gemurmel an, und Frieke atmete auf.

»Wollt ihr, dass sich die Schule beteiligt?«, meldete sich Anna zu Wort. Sie arbeitete als Lehrerin in der Schule, lebte aber im Unterschied zu vielen anderen Lehrkräften im Dorf. »Wir könnten sicher was auf die Beine stellen.«

»Sehr gerne.« Sonja zückte einen Stift. »Lasst uns mal Ideen sammeln. Es müssen ja nicht mehr als ein Dutzend Stände sein. Was zählt, ist die Gemeinschaft.«

Zwei Stunden später hatten sie ein Konzept. Klein, aber fein. Keine große Werbung. Inselgäste waren natürlich willkommen, aber man wollte nun nicht die große Werbetrommel rühren, sondern setzte auf Berichte im INSELBOTEN. Wie praktisch, dass der einzige Journalist der Insel inzwischen die Küche fertig geputzt hatte und sich kurz dazusetzte, um sich die Pläne anzuhören. Er notierte schon mal was für eine Ankündigung zwei Wochen vor dem Termin.

»Zufrieden?«, fragte Emma, als sie sich wenig später mit Frieke auf den Heimweg machte.

»Ich bin zufrieden, solange Sonja zufrieden ist.«

»Ich glaube, das haben wir geschafft.« Sie erreichten das Kapitänshaus. Im Kinderzimmer brannte noch Licht. »Na? Sind die beiden zusammen eingepennt oder macht Ole die Nacht zum Tag?«

»Ersteres, vermute ich.« Frieke gähnte hinter vorgehaltener Hand. »Jedenfalls wär's mir heute so ergangen, wenn ich Ole ins Bett gebracht hätte.«

»Carls Kaffee war leider nicht besonders stark. Ich vermute ja, er hat uns beiden die entkoffeinierte Variante untergejubelt.«

»Das wäre aber gemein.«

»Ja, nicht wahr?«

»Und bevormundend.«

»Du bist schwanger, und ich stille. Natürlich müssen Männer uns da irgendwie vor uns selbst schützen. Koffein ist Gift für die Babys, also bekommen wir keins.«

»Das glaub ich nicht.« Frieke runzelte die Stirn. »Carl ist ein guter.«

Emma seufzte. »Du hast recht. Wir haben schon alle Glück gehabt, oder?«

»Ich sag's dir. Die Insel macht das. Sie bringt das Beste in uns zum Vorschein.«

»Ja, aber warum macht sie das?«

Frieke zuckte mit den Schultern. »Vielleicht, weil wir hier mehr wir selbst sein dürfen? Keine Ahnung.«

Sie umarmten sich zum Abschied, was ungefähr genauso linkisch gelang wie vorhin zur Begrüßung. Frieke winkte ihrer Freundin nach und betrat das Kapitänshaus. Sie atmete tief durch. Hier bin ich daheim, dachte sie. Was für ein Privileg.

Als sie auf Wollsocken die Treppe hochschlich, hörte sie bereits Bengt schnarchen und musste kichern. Vor allem, als sie in Oles Kinderzimmer schaute. Ihr Sohn saß hellwach im Bett, sein Papa lag neben ihm und schlief. Ole blätterte in dem Dinobuch von Tiptoi und hatte den Stift so leise gestellt, dass Bengt von der Stimme des Erzählers nicht aufwachte.

»Mama! Ich hab auf dich gewartet!«, rief Ole begeistert. Er krabbelte am Fußende aus seinem Bett und kam auf nackten Füßen zu ihr getapst. »Darf ich bei dir schlafen?«

»Na klar.« Frieke umarmte ihn. Sie ließ Bengt schlafen. Irgendwie freute sie sich, dass Ole noch wach war.

»Erzählst du mir eine Geschichte?«, fragte er, sobald sie zusammen im Bett lagen.

»Worüber denn?«, fragte Frieke.

»Vom ollen Opa!«, rief Ole sofort begeistert, und Frieke konnte sich ein Grinsen nicht verkneifen. Die Geschichten vom Ollen Hansen, der sich mit Riesenwellen unterhalten konnte und über die sieben Weltmeere reiste, hatte sich in den letzten Wochen zu einem Dauerbrenner entwickelt. Vorlesen durfte sie nicht mehr, es mussten Geschichten vom Ollen Hansen sein.

»Mama?« Nachdem sie Ole die Geschichte von der Monsterwelle erzählt hatte, kuschelte er sich an sie und streichelte ihr Gesicht. »Warum gibt's kein Buch vom Ollen Hansen? Mit seinen Geschichten und ganz vielen bunten Bildern?«

Frieke wollte schon antworten, dass sie ja versuchte, so ein Buch zu schreiben … aber dann hielt sie inne. Wollte sie gar nicht. Sie schrieb ein Buch für Erwachsene. Ole könnte mit der Bearbeitung, die sie im Moment anstrebte, nicht so viel anfangen.

Na toll, dachte sie müde. Ole schlief, und sie lag wach. War wohl doch Koffein drin gewesen im Kaffee. Oder in ihr war dieses aufgeregte Summen, weil sie auf einmal die Lösung für ihr Problem mit dem Buch über ihren Vater hatte.

Mach ein Kinderbuch draus!, dachte sie.

Was für eine geniale Idee. Oder war das Quatsch, weil sie sich vor der Mammutaufgabe drücken wollte, die Tagebücher ihres Vaters in eine sinnvolle Reihenfolge zu bringen? Sie musste nachdenken.

Manchmal kam Schlaflosigkeit zur rechten Zeit. Sie zog einen Block aus dem Nachtkästchen und begann, sich Notizen zu machen.

Smilla starrte auf das Haus an den Richelwiesen, das ein Stück weit abseits von der Straße stand. Sie verglich die Adresse noch mal mit der Nachricht von Sanne. Dann seufzte sie und klingelte an der Haustür.

»Moin, Smilla. Schön, dass du da bist. Ich bin übrigens Sonja.« Die rothaarige Buchhändlerin riss die Tür auf. »Ich wollte mir gerade einen Kaffee machen. Wollen wir uns direkt ins Chaos stürzen?«

Sie plapperte so fröhlich und munter auf Smilla ein, dass Smillas Aufregung sofort verschwand. In der Küche lagen auf der Kücheninsel Plakate für den Winterzauber. »Doch nicht Weihnachten?«, fragte Smilla.

»Nee, irgendwie … nee. Es gibt auch vieles, das nicht weihnachtlich ist, und wir wollen uns ein Hintertürchen offen lassen, wenn wir den Termin in den Januar schieben. Also *falls* es nun jährlich stattfinden soll. Aber Weihnachten ist dein Stichwort, nicht wahr? Wollen wir mal nach der Deko gucken?«

»Gerne.« Smilla folgte Sonja in einen großen Abstellraum, in dem sich in den Regalen an den Wänden Kisten und Kartons stapelten.

»So viel habe ich gar nicht«, behauptete Sonja. »Immerhin muss ich zwei Dutzend Ferienwohnungen ausstatten. Aber für dich finden wir sicher noch was Ansprechendes. Willst du selbst gucken?«

Smilla blieb in der offenen Tür stehen. Auf einmal war der Gedanke an Weihnachten so beklemmend, dass sie keine Luft mehr bekam.

»Ach so, Emma hat mir erzählt, du könntest eventuell mit deinen Postkarten einen Stand machen?«

»Wie bitte?«

Sonja drückte Smilla eine komplett verknotete Lichterkette in die Hand. »Brauchst du auch Baumschmuck? Der ist da drüben.«

»Postkarten?«, wiederholte Smilla.

»Ja, Emma meint, du hast so Postkarten. Und du malst Spiekeroog, ist das richtig? Wusste ich gar nicht. So ein paar Spiekerooger Ansichten wären bestimmt auch für uns Insulaner toll. Es gibt super Künstlerinnen, die jedes Jahr auf die Insel kommen. Du wärst bestimmt eine Bereicherung.«

»Aber du kennst mich und meine Arbeit doch gar nicht«, erwiderte Smilla lahm. Immer mehr Baumschmuck, Dekofiguren und Kerzen wurden auf die Lichterkette gestapelt.

»Leg's ruhig ab. Moment …« Sonja hielt ihr eine Klappkiste hin. Dankbar ließ Smilla die Sachen reinfallen.

»Ich habe Spiekeroog nicht gemalt«, sagte sie. Obwohl es bestimmt schöne Motive gäbe. Je länger sie darüber nachdachte …

»Ach, oder halt nur die Karten. Ist doch egal. Wir wollen den Insulanern ein abwechslungsreiches Programm bieten. Bist du dabei?«

»Ich denke mal drüber nach.«

Sonja lächelte. »Du kannst auch einfach so Nein sagen«, meinte sie.

»Okay, dann: Nein danke.«

»Siehst du, gar nicht so schwer.«

»Das sagst du«, murmelte Smilla.

Sonja, die ihren Kopf schon wieder in einen Karton am Boden steckte, richtete sich auf. »Mhm?«

Und statt mit einem »ach, nichts« das Gespräch abzuwürgen, holte Smilla tief Luft und sagte: »Ich mag Weihnachten nicht mehr, seit mein Mann kurz vorher bei einem Unfall gestorben ist.«

Stille.

»Das ist zwei Jahre her und …« Ihre Nase kitzelte, und Smilla wusste, das war ein untrügliches Zeichen, dass sie gleich losheulen würde. Sie stellte die Klappkiste ab und kramte in der Jackentasche nach einem halbwegs sauberen Taschentuch. Sonja trat zu ihr. »Hier.« Eine Taschentuchpackung knisterte zwischen ihnen. »Darf ich dich umarmen?«, sagte sie leise. »Du darfst auch jetzt Nein sagen.«

Smilla nickte. Die Tränen flossen einfach aus ihr heraus, als wäre mit ein paar Sätzen das Tor zu ihrer Trauer aufgestoßen worden.

Aber etwas war anders.

Immer, wenn sie von der Trauer überrollt wurde, hatte sie bisher das Gefühl gehabt, in ihrem Innern würde sich ein schwarzes Loch auftun, das alles Glück aufsaugte und verschlang. Danach war nichts mehr von ihr übrig, sie bestand nur noch aus dieser alles verschlingenden Schwärze. Meist dauerte es Tage, bis sie sich davon erholte.

Und jetzt?

Nach wenigen Minuten versiegte der Tränenstrom. Sie putzte sich die Nase und sah Sonja an, die sie nach einer ersten, festen Umarmung einfach ein wenig in Ruhe gelassen hatte, damit sie sich ausweinen konnte.

»Geht's wieder?«, fragte sie mitfühlend.

»Ja. Manchmal überrollt es mich einfach noch.«

»Das ist doch ganz normal, oder? Ich habe mal irgendwo gelesen, Trauer verläuft in Wellen. Wir hier am Meer, wir kennen uns mit Wellen ganz gut aus.«

Smilla lachte. »Ich habe das Gefühl, seit ich hier bin, ist es irgendwie … anders.«

Sonja nickte, als wüsste sie ganz genau, was Smilla meinte.

»Reicht dir das als Weihnachtsdeko?«

»Ja, klar.«

»Den silbernen Glitzerhirsch kannst du nicht haben, der kommt in meinen Vorgarten.«

Das Ungetüm stand auf einem Regal ganz oben.

»Ich kann mich gerade noch beherrschen«, meinte Smilla.

Zum Abschied winkten sie. Ohne genau zu wissen, warum, hatte Smilla ein warmes, angenehmes Gefühl im Bauch. Ganz anders als bei früheren Gelegenheiten, wenn sie von der Trauer überrollt wurde und ihr Gegenüber in den meisten Fällen peinlich berührt und nicht so souverän wie Sonja reagierte.

Entweder Sonja hatte einige Erfahrung mit dem Thema Trauer – oder Smilla hatte im Trauerprozess einen großen Schritt nach vorne gemacht.

Sie hoffte nicht nur für sich, dass letzteres der Fall war.

KAPITEL 13

»Guck mal, da hinten sind die Tiny Houses.«

Bjarni brummte zustimmend, und Smilla strich ihm über die schwarze Mähne.

Das Herz klopfte ihr bis zum Hals, als sie sich den kleinen Behausungen im Schulgarten näherte. Auf der Veranda eines der Häuschen saßen zwei Schülerinnen und diskutierten eifrig, dicke Ordner mit ihren Schulunterlagen auf den Knien. Als sie Smilla und Bjarni entdeckten, winkten sie lachend. Smilla hob eher halbherzig die Hand.

»Suchen Sie uns?«, fragte die eine. Sie stand auf, während Smilla aus dem Sattel glitt.

»Nein, ich wollte zu eurem Lehrer, Herrn Richter.« Smilla zeigte auf das Tiny House von Onno. »Ist er nicht da?«

»Keine Ahnung. Müssen Sie mal klingeln.« Die beiden Teenager kicherten und vertieften sich wieder in ihre Unterlagen. »Ihr Pony ist total süß!«, rief die zweite noch.

»Er mag es nur nicht, Pony genannt zu werden«, murmelte Smilla und zog Bjarni hinter sich her. Das hatte ihr Sanne eingebläut, nachdem sie mehrmals von Islandponys gesprochen hatte. »Es sind Pferde, Smilla. Klein, aber Pferde. Da legen sie Wert drauf.«

»Schmeißt er mich sonst ab, oder was?«, hatte Smilla gewitzelt.

»Ich würde es an deiner Stelle lieber nicht drauf ankommen lassen«, hatte ihre Freundin mit einem Augenzwinkern erwidert.

Nun ja. Smilla wunderte sich sowieso, dass ihre Freundin sie schon nach wenigen gemeinsamen Ausritten mit Bjarni allein losreiten ließ. Als sie andeutete, der Wallach könnte sie irgendwo in den Dünen oder am Strand abwerfen und auf Nimmerwiedersehen verschwinden, hatte Sanne gelacht. »Der läuft höchstens zurück zum Isländerhof, weil er dort gefüttert wird. Und dich finden wir danach auch bald wieder.«

Inzwischen war Smilla bei ihren Ausritten etwas mutiger geworden. Auch wenn Sanne ihr mehrfach versichert hatte, dass Galopp eine angenehme Gangart sei und sie sich nicht davor fürchten müsse, waren Schritt und ein leichter Trab für sie das höchste der Gefühle. Und es war auch absolut ausreichend. Heute hatte sie auf dem Weg zur Inselschule eine längere Strecke im Trab zurückgelegt und hoffte, dass Bjarni ihr verzieh, weil sie teilweise noch etwas ungeschickt agierte. Doch der Rappe hatte sie bisher jeden Morgen mit einem zufriedenen Brummen begrüßt. Wahrscheinlich, weil er froh war, nicht täglich andere Reiterinnen tragen zu müssen. »Pferde sind auch Gewohnheitstiere«, hatte Sanne ihr erklärt.

Smilla war so in Gedanken vertieft, dass sie erschrocken aufblickte, als jemand ihren Namen sagte. Sie hatte sich langsam Onnos Tiny House genähert, das allerdings immer noch dreißig Meter entfernt war. Und nun stand er keine fünf Meter vor ihr. Er sah sie an, und an seinem Mundwinkel zupfte ein Lächeln, das sie unwillkürlich erwidern musste.

»Hi«, sagte er.

»Hi.« Sie musste sich räuspern.

»Willst du zu mir?«

»Ja, tatsächlich. Weil ich dich vorgestern bei den Waffeln versetzt habe.«

»Ja, ich hab's gemerkt. Ich habe alle allein gegessen. Und danach hatte ich Bauchschmerzen.«

Sie riss die Augen auf. »Hattest du nicht!«, rief sie entsetzt. »Ich meine, hattest du für mich schon bestellt? Du wusstest doch gar nicht, wann ich komme …«

»Keine Angst. Ich habe mich über zwei Stunden an einer Kanne schalem Ostfriesentee festgehalten. Es war absolut grausam.« Immer noch dieses Lächeln.

»Es tut mir leid. Meine Freundin Sanne … sie brauchte mich.« Mehr sagte sie nicht dazu. »Darum bin ich hier.«

»Wegen deiner Freundin?« Er hob die Augenbrauen.

»Nein.« Verflixt. Wenn er sie länger so anstrahlte, konnte sie dieses kleine, hüpfende Kribbeln im Bauch nicht länger ignorieren. »Um mich zu entschuldigen.«

»Hm.«

»Und ich wollte fragen, ob wir …« Sie gab sich einen Ruck. »… noch mal Käsekuchen essen?« Sie zeigte in Richtung Haus Wittbülten.

»Statt Waffeln?«

»Ich weiß, ein schwacher Ersatz …«

»Nein, schon okay. Ich komme gern. Unter einer Bedingung.«

Sie sah ihn aufmerksam an.

»Das mit den Waffeln holen wir nach. Und dann lade ich dich ein.«

»Okay.« Darauf konnte sie sich einlassen.

Er nickte. »Und wo bleibt solange dein Pony?«

»Erstens ist Bjarni ein Pferd«, erklärte sie.

»Sieht gar nicht so aus.« Onno legte den Kopf schief.

Smilla grinste. »Zweitens kann ich ihn anbinden.«

»Und dann läuft er nicht weg?«

»Drittens: Wenn er wegläuft, habe ich maximal das Problem, zu Fuß zurück zum Isländerhof laufen zu müssen. Ein Schicksal, das ich mit gewissen Leuten teile, die momentan nicht Radfahren dürfen.«

»Ich würde dich natürlich überaus ritterlich bis zum Isländerhof zurückbegleiten. Inzwischen bin ich nämlich wieder voll einsatzfähig.«

»Ist das so?«

»Fürs Unterrichten reicht es. Der Rest kommt nach und nach.«

»Fahrradfahren?«

Er verzog keine Miene. »Möchtest du lieber auf meinem Rad zurückgefahren werden? Der Gepäckträger ist bestimmt bequem.«

Irgendwie gelang es Smilla, ihren Gesichtsausdruck im Griff zu behalten. »Kein Interesse. Deine waghalsige Fahrweise hat schon einmal für Chaos gesorgt.«

»Immerhin habe ich dich so näher kennengelernt. Kann daran nichts Schlimmes finden.«

Während sie redeten, gingen sie durch den Obstgarten und über den Schulhof zum Haus Wittbülten. Draußen waren ein paar Tische gedeckt, denn obwohl bereits Mitte November war, hatte die Sonne noch ein kleines bisschen Kraft.

»Drinnen?«, schlug Onno vor.

»Lieber draußen.« Smilla band Bjarni neben dem Spielplatz an. Auf den Stühlen lagen rote Decken. Sie folgte Onno ins Café, wo er zwei Stücke Käsekuchen und zwei Milchkaffee bestellte. »Für mich bitte mit Hafermilch«, sagte sie, und die nette Museumsmitarbeiterin mit sonnengebräuntem Gesicht, zerzaustem Zopf und einem herzlichen Lächeln nickte. Sie trat an die Kaffeemaschine, während Onno in seinem Portemonnaie wühlte.

»Warum draußen?«

»Warum nicht? Ist dir zu kalt?«

Er zuckte mit den Schultern und verzog das Gesicht. »Autsch. Das passiert leider noch zu oft.«

Sie lachte. »Entschuldige.«

»Wer den Schaden hat …«, brummelte Onno. Aber auch an seinem Mundwinkel zupfte ein Lächeln. »Also? Was ist so schön daran, sich den Hintern abzufrieren?«

»Man spürt sich«, erklärte sie.

»Verstehe ich nicht.«

Er bezahlte und schaute dann etwas bedröppelt auf das Tablett, das die junge Frau ihnen hergerichtet hatte. Smilla schob sich neben ihn. Kurz streifte ihr Pulloverärmel seinen Arm, und sie spürte, wie er zurückzuckte. »Sorry«, murmelte sie.

»Nein«, erwiderte er leise, als er ihr nach draußen folgte. »Entschuldige dich nicht. Niemals.«

Sie stellte das Tablett auf den Tisch. »Niemals? Auch nicht, wenn ich irgendwas Unverzeihliches tue?«

»Dann erst recht nicht«, erwiderte er ernst.

Sie setzten sich hin. Smilla mit Blick auf den Sandkasten, hinter dem Bjarni ganz entspannt stand, den Kopf gesenkt, die Augen halb geschlossen. Onno saß ihr nicht gegenüber, sondern übers Eck direkt neben ihr. Sie merkte, wie sie sich langsam entspannte. Die rote Decke über ihren Knien war angenehm.

»Was meinst du mit ›sich wieder spüren‹?«, wollte Onno wissen. »Falls die Frage zu intim ist, ignoriere sie.«

Smilla atmete tief durch. Wo sollte sie anfangen? Lieber nicht beim toten Ehemann. So was war doch eher abschreckend. »Ich habe eine schwierige Zeit hinter mir«, sagte sie vorsichtig. »Deshalb habe ich mich verkrochen. Bin kaum vor die Tür gegangen, und wenn, habe ich mich möglichst warm angezogen, damit ich auf keinen Fall friere. Das habe ich erst gemerkt, als ich herkam. Hier kommt man kaum über den Tag, ohne dass man von einem Regenguss überrascht wird. Oder dass es plötzlich zu kalt ist, weil vor zehn Minuten doch noch die Sonne schien. Und ich habe gemerkt, wie gut mir das tut. Rot gefrorene Finger. Ein Gesicht, vom Wind gerötet. Man kommt heim und muss sich erst mal aufwärmen. Das ist schön.«

Onno nickte. »So habe ich das noch nie betrachtet.«

»Es gibt diesen Trend«, fuhr sie fort. »Ich habe darüber gelesen. Eisbaden oder Eisschwimmen, so was. Seitdem denke ich jedes Mal, wenn ich am Strand entlang reite, ›wieso eigentlich nicht?‹ Bis mir einfällt, dass ich kein Handtuch dabei habe.«

»Vielleicht packst du mal eins ein? Oder du gehst zu Fuß an den Strand.«

»Kommst du mit?« Es war ein spontaner Gedanke. Etwas Neues ausprobieren, aber nicht allein sein. Weil sie das mit dem Alleinsein lange genug gemacht hatte. Es reichte. Sie wollte keinen Tag länger so leben.

Smilla musste schnell einen Schluck Kaffee nehmen und ihr Gesicht hinter der großen Tasse verstecken. Der Gedanke war neu. Dass sie nicht länger alleine sein wollte. Dass sie es nicht länger ertrug. Die selbstgewählte Isolation, die nach Jonas' Tod die einzig erträgliche Form der Trauer gewesen war, lag schwer wie eine Gewichtsdecke auf ihr, und sie drohte, alles zu ersticken. Sie musste raus aus diesem Kokon, in dem sie es sich so vortrefflich eingerichtet hatte. Die Flucht nach Spiekeroog, weg von Berlin und Richard, hatte sich letztlich als Segen erwiesen, weil sie gezwungen war, ihre Komfortzone zu verlassen. Aber wie sollte sie Onno das erklären?

Onno hob hilflos den Arm in der Schlinge. »Radfahren, Schwimmen, alles nicht so leicht. Dabei würde ich so gerne.«

»Verstehe.« Allein traute sie sich nicht. Warum auch immer.

»Aber wenn ich wieder darf und du noch auf der Insel bist …«

»Ich bleibe bis Weihnachten. Mindestens.«

»Bis dahin bin ich wieder fit.«

Sie lächelten einander an, und weil Smilla nicht wusste, was sie noch sagen sollte, blickte sie an Onno vorbei zu Bjarni.

Schweigend aßen sie ihren Kuchen. Irgendwas hatte die Stimmung kippen lassen, und Smilla konnte nicht so genau sagen, woran es lag. Ihr fiel auch nichts ein, worüber sie mit Onno hätte reden sollen. Seine Schulter war ein ebenso schwieriges Thema wie ihre Trauer, und ihr fehlten die Worte, denn das, was sie sagen *wollte*, brachte sie nicht über sich.

Sie hätte ihm gern gesagt, wie gut es ihr tat, mit ihm in der Spätherbstsonne zu sitzen. Wie warm ihr ums Herz wurde, nur weil er da war. Wie gerne sie mit ihm schwieg, wenn ihr die Worte fehlten. Wie sehr sie sich wünschte, es gebe in seinem Leben mehr Platz für diese Gespräche und das Schweigen dazwischen. Wie sehr sie sich danach sehnte, mit einem Menschen wieder so viel Nähe zu spüren, wie sie sie einst zu Jonas gespürt hatte. Sie hätte ihm von Jonas erzählen können. Von dem Glück, das sie in den Jahren mit ihm empfunden hatte. Von dem Schmerz, den sein Verlust auch zwei Jahre später noch bedeutete. Wie sie durch diese Trauer geschritten war, ohne zu wissen, was sie am anderen Ende erwartete. Dass sie am wenigsten damit gerechnet hatte, dass dort ein hochgewachsener Mathelehrer mit luxierter Schulter und einer sehr hübschen, blonden Freundin wartete – oder auch nicht wartete.

Das alles hätte sie sagen können.

Aber dann blickte sie nur zu ihrem Islandpferd, das einige Meter weiter döste, und sie seufzte und sagte nichts.

Er beobachtete sie. Also, nicht auf so eine unangenehme, starrende Art. Zumindest hoffte er, dass es nicht unangenehm war. Aber während sie ihr Pferd betrachtete, ihren Kuchen aß und ansonsten den eigenen Gedanken nachhing, konnte er nicht anders, als sie zu beobachten.

Der Gesprächsfaden war gerissen, und er fragte sich,

warum. Hatte er was Falsches gesagt? Sie hatte gesagt, sie bleibe bis Weihnachten, und darüber freute er sich. Vielleicht ergaben sich mehr Gelegenheiten für Käsekuchen und Waffeln. Zugleich dachte er an Pia. Übermorgen kam sie. Er wollte sich ja auf das Wiedersehen freuen, aber je näher der Tag rückte, umso weniger wusste er, was er und Pia machen sollten.

Und dann war da Smilla.

Er merkte, wie allein ihre Anwesenheit ihn unruhig machte. Auf so eine aufgeregte, angenehme Art. Er hatte auf einmal gar keinen Hunger mehr auf den Käsekuchen, was eine Schande war! Aber so hielt er sich am Milchkaffee fest und überlegte, wie er mit ihr wieder ins Gespräch kommen könnte. Inzwischen hatte sie ihren Käsekuchen nämlich aufgegessen, und der Milchkaffee war auch schon fast leer.

»Wann Waffeln?«, fragte er hastig.

Sie musterte ihn belustigt, und er merkte, dass er rot wurde.

»Wie bitte?«

»Ich wollte fragen, wann wir uns zum Waffeln essen treffen.«

»Keine Ahnung. Wann hast du Zeit?«

»Morgen«, sagte er. »Also, wenn du magst.«

»Ich mag. Aber wollen wir vorher Nummern tauschen? Nur für den Fall, dass mir was dazwischenkommt.«

»Gute Idee.« Er holte sein Handy heraus und sie diktierte ihm ihre Nummer. Dann rief er sie kurz an, ihr Handy brummte, und sie speicherte ihn in ihrem Adressbuch.

»Perfekt. Dann sehen wir uns morgen? Halb vier im Teetied?«

»Einverstanden. Dann kann ich vorher noch in den Buchladen.«

Er wollte nicht, dass sie schon ging, aber Smilla trug das Tablett mit dem dreckigen Geschirr ins Café. Als sie zurückkam, setzte sie den Reithelm auf und band ihr Pferd los.

»Du musst schon gehen?«

»Es wird bald dunkel.« Sie zeigte zum Himmel. Die Sonne war verschwunden, in spätestens einer Stunde würde es stockdunkel sein.

»Aber wir sehen uns ja morgen. Ich freu mich drauf.«

»Ja, ich auch.« Er hätte gern mehr gesagt. Doch sie war schneller.

»Entschuldige, wenn ich komisch bin. Ich muss … Vielleicht erzähle ich dir das morgen, aber gerade bin ich verwirrt, weil ich … dich mag. Sehr mag.« Ihre Wangen färbten sich rosig. Er dachte, wie süß das aussah, und dann musste er zeitgleich in Gedanken mit sich schimpfen, denn *süß* war sicher nicht der richtige Begriff für eine erwachsene Frau, die vor ihm stand und so aufrichtig war, dass es wehtat. Ihnen beiden. »Ich weiß ja, dass du eine Freundin hast«, fuhr sie fort. »Und ich will mich auch gar nicht zwischen euch drängen.«

»Willst du nicht.«

Er merkte, dass ihn das enttäuschte.

»Soll ich?«, fragte sie. Ihre Augen schimmerten feucht. Er machte einen Schritt auf sie zu. Smilla aber runzelte die Stirn. Sie wandte sich dem Islandpferd zu. »Komm, Bjarni«, hörte er sie leise sagen. Sie band ihn los, und Onno blieb stehen. Er sah ihr nach. Sie führte den Rappen ein paar Schritte weg, lockerte die Steigbügel auf beiden

Seiten und kontrollierte den Sattelgurt. Die ganze Zeit sah sie ihn nicht an. Onno wollte noch etwas sagen, irgendwas, um ihr diese Traurigkeit aus dem Blick zu nehmen und vielleicht … ja, was?

Es stimmte ja. Er hatte eine Freundin. Auch wenn es sich zuletzt nicht so angefühlt hatte.

Und trotz allem war da immer noch Pias Anruf vor drei Tagen, etwas atemlos, etwas überdreht, was so gar nicht ihre Art war, und sie kündigte an, sie käme zu ihm, auch das war etwas, womit er nicht gerechnet hatte.

Als er auf die Insel kam, hatte er gedacht, das sei's nun gewesen mit Pia und ihm. Sie hatten einander nicht gutgetan, und vor allem das letzte halbe Jahr war schwierig gewesen. In den vielen Stunden, die er auf den Pflaumenbaum am Ende des Schulgartens geblickt hatte, war ihm bewusst geworden, was seine Flucht nach Spiekeroog für ihre Beziehung bedeutete: Es war der Todesstoß.

Aber jetzt kam Pia zu ihm zurück.

Sie hatten noch eine Chance, das sagte sie ihm damit. Nur fühlte es sich für ihn nicht so an. Die Insel hatte ihn nicht mit offenen Armen empfangen, sondern ihm eher Steine in den Weg gelegt. Ihn mit der kaputten Schulter ruhiggestellt. Trotzdem hatten ihm die letzten Wochen auf wundersame Weise gutgetan. Er hatte zu sich gefunden.

Und er war Smilla begegnet. Er merkte, wie er sich gerade mehr auf das Treffen morgen mit ihr als auf das Wiedersehen mit Pia am Freitag freute.

Smilla hatte sich inzwischen in den Sattel geschwungen und die Zügel aufgenommen. Onno wachte aus der Erstarrung auf. »Warte«, sagte er.

Sie sah ihn aufmerksam an. Inzwischen war ihr Gesicht wieder so ruhig wie zu Beginn des Nachmittags. »Hast du es dir anders überlegt?«, fragte sie. »Keine Waffeln?«

»Was? Nein, nein.« Er trat zum Pferd. »Ich will nur, dass du weißt ...« Wieder dieses Zögern, er wusste nicht, wie er es sagen sollte. »Was du gesehen hast. Also, als wir auf die Insel kamen.« Er geriet ins Stottern. »Ich will kein Arsch sein, weder dir gegenüber noch Pia gegenüber. Meine Freundin«, fügte er hinzu.

Smilla nickte geduldig.

»Ich möchte, dass du das weißt. Ich bin nicht ... Ich ... wir ...« Er schüttelte den Kopf. Dann legte er, einfach seinem Gefühl folgend, eine Hand auf ihren Oberschenkel. Und zog sie sofort wieder zurück, weil diese Berührung zu intim war, für den Moment nicht angemessen. Der Rappe tänzelte, sie fasste die Zügel nach. »Ich will nicht, dass ich irgendwann bereue, dass du und ich ...«

»Ja«, sagte sie. »Aber du weißt so vieles nicht über mich. Ich bin kaputt, Onno. Ich weiß nicht, ob ich irgendwann noch mal heil genug dafür wäre. Selbst wenn ich mir nichts sehnlicher wünschen würde.«

Er ließ die Hand sinken. Sie schnalzte mit der Zunge, der Rappe schritt los. Onno blickte Smilla nach, bis sie am Ende der Straße um die Kurve verschwand. Sie drehte sich nicht mehr zu ihm um.

»Ich weiß doch auch nicht, ob ich dich lieben kann«, flüsterte er.

Dabei wünschte er es sich so sehr.

Aber zuerst musste er die Sache mit Pia in Ordnung bringen.

KAPITEL 14

Sie brauchte jemanden zum Reden, sonst platzte sie.

Smilla trieb Bjarni auch auf dem Rückweg zu einem zügigen Trab an. Sie wählte den Weg über den Strand, weil ihnen beiden der Ritt so nah am Wasser gefiel. Der kleine Rappe gab ordentlich Gas; er wollte wohl auch gern nach Hause und hoffte auf eine Extraportion Heu.

Smilla musste die Tränen wegblinzeln.

Sie hatte heute zum ersten Mal ausgesprochen, was sie schon so lange quälte.

Ich bin kaputt. Keine Ahnung, ob ich noch mal heil werde.

Der Verlust von Jonas hatte sie gezeichnet. Man sah nicht von außen, ob jemand traumatisiert war. Aber genau so fühlte sich das an. Sie hatte Jonas verloren, und sie hatte zugleich auch sich selbst verloren. Ohne ihn war sie nicht mehr sie selbst.

Onno war da. Er redete mit ihr. Die Zeit mit ihm tat ihr gut. Es war anders als mit Richard, wobei sie auf gar keinen Fall einen Vergleich mit Richard ziehen wollte. Je länger sie darüber nachdachte, um so mehr begriff sie, dass Richard in dem, was er getan hatte, immer nur ein Ziel verfolgt hatte: Er wollte sie. Und sie fragte sich, seit wann das so war. Ob er schon von Jonas' Tod mehr gewollt hätte, ob Jonas' Tod ihm ganz gut in den Kram gepasst hatte, ob er ihm in die Hände spielte.

Und sie wusste, wie ungerecht diese Gedanken waren. Es war keine zwei Jahre her, dass auch Richard am Boden zerstört gewesen war. Er war Jonas' bester Freund gewesen, hatte immer an Jonas' Talent geglaubt und mehr als einmal hatte er ihnen beiden in finanziell herausfordernden Zeiten angeboten, ihnen unter die Arme zu greifen. Denn Richard hatte Geld.

Zum Glück war Smilla nicht darauf angewiesen, das in ihre Überlegungen einbeziehen zu müssen. Sie war unabhängig. Das hatte etwas mit ihr gemacht. Dieses Gefühl der Sicherheit, das ihr Leben durchdrang und das nicht mal durch eine kaputte Spülmaschine erschüttert wurde. Früher hätten Jonas und sie betrübt einen Blick auf das leere Konto gewagt, dann auf den Notgroschen, der sich leider durch solche Katastrophen immer wieder schneller leerte als sie ihn auffüllen konnten, und mehr als einmal hatten sie schweren Herzens in den sauren Apfel beißen müssen, etwas dringend Notwendiges zu finanzieren. Das hatte sich nie gut angefühlt. Es war immer eine zusätzliche Belastung, im Alltag reichte das Geld dann hier und da nicht für den kleinen Luxus, den sie sich gelegentlich gönnten. Erst mit Murmel und Hupsi hatte sich das geändert. Und das ganze Ausmaß dieser Sorglosigkeit, die mit dem Erfolg einherging, hatte Jonas nicht mehr miterlebt. Es fühlte sich scheiße an, vorsichtig formuliert, dass sie nach so vielen Jahren des sinnlosen Vor-sich-hin-Kritzelns endlich den Durchbruch hatte und nicht mit dem Mann feiern konnte, der sie über die längsten Durststrecken getragen hatte. Sie hätte ihm so gern etwas davon zurückgegeben. Seine Lieblingslakritz in Holland bestellt, einen ganzen Karton voll, damit er sich daran überfressen konnte. Ihn zu einem Urlaub einladen, egal wohin! Jonas hätte sich Marokko gewünscht, und sie hätte ihm diesen Wunsch erfüllt.

Warum war sie bisher nicht allein nach Marokko gefahren? Zu schmerzhaft?

In Marokko müsste sie sich der Erkenntnis stellen, dass sie wahrhaftig allein war. Dass sie sogar Jonas' Träume für ihn leben musste, weil er es nicht mehr konnte.

Und nun war da diese Frage, ob das ging. Ob der Blick nach vorne möglich war, ohne ständig über den Schmerz zu stolpern, dass manches mit dem Mann, der für sie die Liebe ihres Lebens gewesen war, nie möglich sein würde.

Oder ob sie ihr Herz öffnen konnte. Für einen anderen Mann. Für eine neue Beziehung.

Für Onno.

Sie zügelte Bjarni. Es war schon fast dunkel, sie war müde und fror, Bjarni wollte nach Hause … Aber sie konnte gerade nicht klar denken, sie musste reden, und das musste sie im Gehen. Sie trug das Smartphone und ihre kleine Geldbörse in einer Gürteltasche mit sich herum. Weil sie sich fürs Reiten und Telefonieren gleichzeitig noch nicht routiniert genug fühlte – konnte das überhaupt jemand? – glitt sie vom Pferderücken und nahm Bjarni an den Zügel. Sie wählte Leylas Nummer.

Leyla, beste Freundin, Seelentrösterin, immer da. Wenn nicht gerade eines ihrer vier Kinder fieberte, kotzte, Hausaufgaben machen musste oder Hunger hatte.

Aber auf einen Versuch kam's an.

»Dass man dich auch mal hört, hey! Was gibt's?« Leyla kam sofort zur Sache. Im Hintergrund hörte Smilla das

Kreischen der Kinder und ein Krachen, als würde gerade Notre-Dame ein zweites Mal einstürzen.

»Hey, Leyla, ich brauche deine Hilfe.«

»Warte mal.« Dann, etwas gedämpft: »Thibeau, mach das Tablet leiser und lass deine Schwestern auch mal mitgucken. Ja, setzt euch jetzt alle mal aufs Sofa.«

Smilla stellte sich vor, wie ihre Freundin resolut für Ordnung und Ruhe sorgte.

»So, jetzt bin ich in der Küche. Du hast fünf Minuten maximal, bis sich die drei wieder die Köpfe einschlagen. Das Baby schläft, ich werde also nicht vor Mitternacht zur Ruhe kommen. Stört dich nicht, wenn ich mir nen Kaffee koche, oder?«

Smilla grinste. »Sonst alle gesund?«

»Himmel, nein. Daniel sitzt mit Rotznase im Homeoffice und leidet. Dabei hat er nicht mal erhöhte Temperatur.« Im Hintergrund brummte ein Vollautomat. »Wie geht es dir, Liebes?«

Smilla atmete tief durch. »Ich steh am Strand, mein Pferd am Zügel und warte, dass es dunkel wird.«

Leyla lachte überrascht auf. »Du nimmst das mit dem Leben umkrempeln aber ernst, kann das sein?«

»Ich weiß nicht.«

»Okay, was ist los? Du hast mich kaum angerufen, um mir von deinem Strandspaziergang mit Pferd zu erzählen.«

Smilla holte tief Luft.

»Es gibt da jemanden«, sagte sie dann.

»Ja?« Jetzt hatte sie Leylas volle Aufmerksamkeit, das spürte Smilla.

»Er ist … anders.«

»Wenn du mit anders meinst, er ist anders als Richard, der sich ja jüngst erst als Idiot herausgestellt hat …«

»Leyla.«

»Entschuldige. Was soll ich sagen? Er hat dich zwei Jahre lang getröstet und dachte, nachdem du einigermaßen stabil warst, wär's ne gute Idee, dir einen *Antrag* zu machen? An deiner Stelle hätte ich ihm erst noch wo hingetreten, wo's ordentlich wehtut, bevor ich auf eine einsame Insel geflohen wäre. Also. Dieser Jemand. Hat er einen Namen?«

»Ja, er heißt Onno. Und er hat eine Freundin.«

»Autsch. Tut mir leid, Liebes.«

»Ich weiß.« Smilla seufzte. »Trotzdem sind wir morgen zum Waffeln essen verabredet.«

»Erste Verabredung? Date können wir dazu ja nicht sagen.«

»Die dritte sogar. Die ersten beiden Male gab's Käsekuchen. Aber ich dachte erst, ich hätte mich ihm irgendwie aufgedrängt, und jetzt …«

»Ja, bitte?« Im Hintergrund klapperte Geschirr. Leyla räumte bestimmt die Spülmaschine ein. »Was ist jetzt?«

»Er hat mich berührt. Nicht nur … am Oberschenkel. Sondern auch … hier.« Das konnte Leyla zwar nicht sehen, wie Smilla sich kurz die Hand aufs Herz legte, aber es war einen Moment still. Sie wusste, dass Leyla sie verstand. Leyla hatte selbst erst vor acht Jahren von einem Tag auf den anderen ihr Leben komplett auf den Kopf gestellt, als sie Daniel kennenlernte. Ein halbes Jahr später war sie schwanger und verheiratet, und obwohl sie für das Familienleben ganz schön hatte zurückstecken müssen, hatte sie es keinen Tag lang bereut. Das betonte sie immer wieder.

»Oh, Smilla.« Auf einmal war es still in der Leitung.

»Ich habe doch gedacht, das passiert mir nicht mehr. Und jetzt … Als wäre ich irgendwie … needy. Als bräuchte ich jemanden, der diese Lücke füllt, weil ich sie nicht länger ertrage. Und er … hat eine Freundin.«

»Moment. Er hat eine Freundin und hat dich …«

»Er hat sich entschuldigt. Und er geht offen damit um, dass er und seine Freundin keine Zukunft haben. Dass er es beenden wird.«

»Schön und gut, aber er hat es noch nicht beendet, oder?«

»Nein.« Smilla erreichte den Bohlenweg. Bjarnis Hufe klapperten auf dem Holz, seine Ohren spielten, und er hob den Kopf. Er wurde schneller, und sie musste ihn bremsen.

»Woher hast du gewusst, dass Daniel der Richtige war?«, fragte Smilla. »Ich meine … Er war der Richtige, nicht wahr?«

»Das will ich hoffen. Wenn er mich morgen mit den Kröten sitzenlässt, ändere ich meine Meinung vielleicht noch mal.«

»Aber woher wusstest du, dass es nicht schiefgeht?«

»Das wusste ich nicht. Wusstest du es bei Jonas?«

Smilla atmete tief durch. Jonas und sie hatten sich auf einer Studentenparty kennengelernt, es war eine dieser magischen Nächte gewesen, wie man sie nur selten erlebt. Lauer Spätfrühling, die Kastanien blühten, und in einem von bunten Lampions erleuchteten Innenhof grillten etwa dreißig Leute bis tief in die Nacht. Jonas war ihr sofort aufgefallen, und als er sich zu ihr setzte, wandte sie sich ihm zu. »Ich möchte dich kennenlernen«, sagte er. So simpel. Sie lächelte ihn an und fragte: »Was möchtest du wissen?«

»Alles, was du mir verrätst.«

»Das könnte länger dauern.«

»Ungefähr mein Leben lang? Dann wäre ich dabei.«

Sie blieben sitzen, bis der neue Morgen heraufdämmerte. Längst waren alle anderen Partygäste nach Hause gegangen oder weitergezogen. Aber Smilla und Jonas blieben sitzen, sie tranken Wein aus Pappbechern, und irgendwann legte er erst seine Strickjacke und dann den Arm um ihre Schultern, sie lehnte sich an ihn und dabei hörten sie nicht auf zu reden. Bis sie sich küssten.

Sie hatte lange nicht mehr daran gedacht. An diese Frage ›Ungefähr mein Leben lang?‹, die auf einmal so viel Sinn ergab, denn er war bis zum letzten Tag neugierig auf sie geblieben.

Vielleicht hat er da schon alles über mich gewusst, dachte Smilla.

Der Gedanke war beinahe tröstlich.

»Darf ich dir einen Gedanken mit auf den Weg geben, Smilla?«

»Will ich ihn hören?« Vermutlich nicht.

»Ich freue mich sehr, dass du da jemanden hast, von dem du sagst, er könnte ein Jemand sein. Mit großem J. Und ich möchte dich auch ermutigen, ihm eine Chance zu geben. Egal, ob es nur für eine Woche oder für den Rest deines Lebens ist.«

»Oder seines Lebens«, warf Smilla ein.

»Früher oder später wird einer von beiden gehen«, fuhr Leyla fort. Sie war's gewohnt, dass ihr jemand dazwischenquasselte und ließ sich nicht beirren. »Was ich sagen will: Leb den Moment. Reite die Welle, wenn ich dieses etwas schräge Bild verwenden darf.«

»Ich reite das Islandpferd in den Wellen.«

»Auch gut. Und wenn aus seiner Freundin gerade eine Ex wird, wartest du das ab. Du willst nicht, dass er es sich einfach macht, indem er irgendeine Situation konstruiert, in der sie ihn in den Wind schießt, weil sie euch erwischt.«

»Verstanden. Uff.«

»Hab keine Angst. Spring einfach. Und wenn er doch nicht der Richtige ist, gehst du wieder.«

»Das sagt sich so einfach.« Smilla führte Bjarni nun die Düne hoch. Vorbei an der Strandhalle und weiter Richtung Wittdün. In gut zehn Minuten waren sie zu Hause. Inzwischen war es deutlich dunkler geworden, und sie hätte eh keinen Meter länger reiten können. Der Rappe zuckelte zufrieden neben ihr her.

»Du schaffst das. Und noch was, Smilla: Ich bin stolz auf dich.«

»Ich mache doch gar nichts«, murmelte sie.

»Doch«, widersprach Leyla. »Du lebst weiter. Du versteckst dich nicht hinter deiner Trauer. Ehrlich gesagt habe ich schon darauf gewartet, dass dieser Moment kommt. Du warst früher so … lebendig. Ich hatte Angst, das kommt nie zurück.«

»Warum hast du nichts gesagt?«, fragte Smilla.

»Habe ich doch jetzt gemacht.«

»Nein, ich meine vorher. Als ich …«, Smilla seufzte. »Als ich zu tief drin saß in meinem Loch.«

»Weil auch das seine Zeit brauchte. Keine Sorge, irgendwann hätte ich schon was gesagt. Und jetzt gehst du da raus und lebst, versprochen?«

Smilla versprach es. Sie legte auf und lächelte. Bjarni blieb stehen, während Smilla das Handy zurück in die Gürteltasche packte, und sie schmiegte sich an seinen Hals und atmete den Geruch nach Pferd ein und kraulte ihn zwischen den weichen Ohren.

»Komm«, raunte sie ihm zu, »wir gehen da raus und leben!«

Kapitel 15

»Frieke!« Bengt klang ehrlich entsetzt.

Sie verdrehte die Augen und stellte sich auf die Zehenspitzen. Verdammt. War sie mit der Kugel etwa geschrumpft?

»Was denn?«

»Was treibst du da oben?«

»Wonach sieht es denn aus?«

»Es sieht so aus, als würde meine hochschwangere Frau halsbrecherisch auf einer Leiter herumturnen und versuchen, Bildbände auf einem Regalbrett über der Tür zu platzieren.«

»Siehst du? Blind bist du schon mal nicht.« Frieke schnaufte und schob den letzten Bildband über ihrem Kopf auf das Regalbrett. Klar, sie hätte Bengt um Hilfe bitten können. Oder ihm die Bücher einfach auf seinen vollgerummelten Schreibtisch legen, so als passiv-aggressive Aufforderung, seinen Kram mal wegzuräumen und ihn nicht auf dem Wohnzimmertisch zu platzieren. Aber sie wollte ohnehin gleich noch Fenster putzen, die Leiter war also eh schon zur Stelle.

»Aber warum?«

»Weil ich nicht fliegen kann?«

Bengt schnaufte. Frieke stieg von der Leiter. Wäre peinlich, wenn sie dabei abstürzte, aber sie kam heil unten an. »Es waren nur zwei Stufen«, verteidigte sie sich.

»Und wenn du die runterfällst, kommt Baby Gerjets vor Termin, zack, du kannst nicht an deinem Wintermarkt teilnehmen und machst es mir für alle Zeiten zum Vorwurf.«

»Weil du deine Bücher rumliegen lässt, genau!«

Bengt schloss sie in die Arme. »Ich wusste nicht, dass *meine* Bücher auf einmal ein Problem sind.« Er blickte an ihr vorbei zu dem Bücherstapel neben dem Sessel. Ups.

Frieke ließ sich davon aber nicht beirren. »Heute ist das zweite Planungstreffen. Und dafür sollte eine gewisse Grundordnung herrschen.«

»Weil Emma und Sonja sonst der Schlag trifft?«

»So ungefähr«, murmelte Frieke.

Es war ihr ja schon etwas unangenehm, dass sie nicht so ordentlich war wie ihre Freundinnen. Aber sie wusste inzwischen, dass ihre besten Freundinnen über das Chaos hinwegsehen konnten. Ob das Conny, Johanne und den anderen Frauen vom Organisationskomitee Winterzauber (wie sie sich nun offiziell nannten) auch so sehen würden, wusste sie nicht. Und deshalb hatte sie den Nachmittag heute damit verbracht, eine saubere Schneise durchs Erdgeschoss zu fräsen: Flur, Gäste-WC, Küche (soweit einsehbar, nie im Leben würde sie irgendwen da reinlassen!) und Hauptaugenmerk aufs Wohnzimmer.

»Du kannst mir gern helfen, wenn dir gerade langweilig ist.«

»Gar nicht. Wo hast du unser großes Kind gelassen?«

»Ole hat zum Glück auf dem Heimweg Lasse und Timo getroffen, und die beiden wollten ihm irgendwelche lauten, schnellen Fahrzeuge zeigen, da musste er unbedingt mit. Ich glaube, sie sind sogar aus *Plastik*.«

»So, so.« Bengt grinste gequält. Auch wenn er nichts von Plastik hielt, hatte er inzwischen verstanden, dass ein komplett plastikfreies Leben mit Frieke an seiner Seite nicht erstrebenswert war, da sie inzwischen rigoros dazu übergegangen war, sämtliche dadurch anfallende Zusatzarbeit auf ihn abzuwälzen. Natürlich besaß Ole inzwischen ein paar Spielzeuge aus Plastik – teils gebraucht, Ehrensache – und Bengt hatte damals auch beim Thema Windeln eingesehen, dass es auf Dauer für ihre kleine Familie mit Stoffwindeln nicht praktikabel war. Frieke hatte im Gegenzug begonnen, Getränke nur noch in Glasflaschen zu kaufen – wenn überhaupt. Sie tranken alle gern Leitungswasser, das auf Spiekeroog besonders weich war. Das Inselwasser speiste sich aus der Süßwasserblase unter Spiekeroog und machte nicht nur angenehm fluffige Haare beim Waschen, sondern schmeckte außerordentlich gut, egal, ob kalt direkt aus dem Hahn, als Kaffee oder als Ostfriesentee zubereitet.

»Du könntest dich nützlich machen, indem du in der Küche ein paar Snacks vorbereitest.«

»Und dich mit der Leiter allein lassen? Vergiss es.«

Frieke grinste. Sie drückte ihm den Putzlappen in die Hand. »Dann machst du die Fenster? Danke!« Mit einem Kuss auf seine stoppelige Wange verschwand sie in der Küche und machte sich daran, drei Baguettes, diverse Käsevariationen und vegane Aufstriche aus dem Vorrat in Schnittchen zu verwandeln. Sie hörte Bengt nebenan rumoren und genoss einfach, vor sich hin zu werkeln. Irgendwie hatte sie seit ein paar Tagen richtige *Lust* darauf, im Haushalt Dinge zu erledigen. Sie hatte heute früh sogar in einem Anflug von »schaffe ich!« erst den Korb mit den Babysachen durchgewaschen, bevor sie Ole in die Kita brachte und in den Buchladen ging. Bei ihrer Heimkehr hatte sie alle Sachen bereits aufgehängt vorgefunden. Bengt hatte also den Arbeitsauftrag, den sie mit der Waschmaschine quasi an ihn gestellt hatte – bitte die Wäsche aufhängen – gesehen und direkt erledigt.

So arbeiteten sie oft im Haushalt. Wenn einer sah, dass etwas zu tun war, wartete er nicht, bis der andere zur Tat schritt, sondern machte es selbst, oder sie sprachen ab, wer wann dafür Zeit hatte. Das hatte sich vor allem seit anderthalb Jahren entwickelt. Vorher hatte Bengt manchmal so viel Zeit im Bauwagen draußen bei seinen Brandseeschwalben verbracht, dass er die Arbeit nicht gesehen hatte – oder nur das, was Frieke eben nicht geschafft hatte. Was mit kleinem Kind und Vollzeitjob im Buchladen gar nicht mal so wenig war.

Manchmal hatte Frieke gedacht, sie schafften es nicht. Und das bezog sich nicht auf den Haushalt. Niemand hatte sie darauf vorbereitet, wie viel das Leben verlangte, wenn man sich in eine Selbstständigkeit stürzte oder ein Kind bekam. Und sie hatte beides gewagt! Letztes Jahr war Bengt dann von seiner Forschungsreise zu den Mauerseglern von Gotland zurückgekehrt, und er hatte beschlossen, sich ebenfalls selbstständig zu machen, passend zur Geburt des zweiten Kinds. Es hatte Abende gegeben, an denen Frieke und Bengt nur erschöpft ins Bett gefallen waren und keine zehn Sätze miteinander gesprochen hatten.

Aber sie hatten es geschafft. Weil sie sich wieder und wieder bewusst gemacht hatte: Auch das geht vorbei. Es ist eine Phase, und sie wird von anderen Phasen abgelöst.

Jetzt war offenbar die Phase des Nestbautriebs angebrochen, und Frieke spürte eine unerklärliche Vorfreude darauf, wie ihr Haus blitzen und blinken würde, wenn sie mit Baby Gerjets vom Festland zurückkehrte.

»Ganz schön kalt geworden«, kommentierte Sonja. Sie wickelte sich aus dem zwei Meter langen Ringelschal, den sie bis zur Nasenspitze um den Hals trug. Emma, die einen satten und müden Ole mitgebracht hatte, der direkt in Papa Bengts Arme torkelte und auf seinem Rücken zum Zähneputzen die Treppe hochritt, drückte Frieke eine Flasche Kinderpunsch in die Hand. Johanne und Conny kamen gerade um die Ecke, die beiden Frauen plauderten angeregt miteinander.

»Da sind wir schon komplett«, kommentierte Sonja.

»Was? Wieso?« Frieke sah ihre Freundin entsetzt an. »Ich dachte …«

»Ja, dachte ich auch. Aber die anderen Teilnehmerinnen unserer konstituierenden Sitzung des Winterzauber-Organisationskomitees«, Sonja verdrehte die Augen, »haben beschlossen, die diesjährige Veranstaltung sei ja nur Kindergeburtstag und sie kümmern sich lieber um eine deutlich größere Version im nächsten Jahr. Bin schon gespannt, was der Inselrat von ihren Plänen halten wird.«

»Viele Inselgäste sind nicht immer gut«, kommentierte Johanne. Sie schlüpfte aus dem fliederfarbenen Wintermantel und kitzelte Mika unter dem Kinn, die Emma mitgebracht hatte. »Will diese junge Damen denn niemals schlafen?«

»Sie ist einfach Team Winterzauber.« Emma holte die

Kleine aus der Trage und reichte sie an Conny weiter, die sofort verzückt quietschte. Irgendwie wirkte Conny seltsam bedrückt, dachte Frieke. »Und leider sehr wach.« Emma zwinkerte Frieke zu.

»Lass sie ruhig bei mir. Wir verstehen uns, nicht wahr?« Conny konnte gar nicht genug kriegen von der Kleinen.

Es dauerte eine Weile, bis sich die fünf Frauen im Wohnzimmer eingerichtet hatten. Von oben hörte man tappelnde, nackte Füße und wildes Kreischen. Emma hob die Augenbrauen. »Der schlief doch schon fast!«, meinte sie.

Frieke zuckte nur mit den Schultern. Ehrlich gesagt war das gerade nicht ihr Problem. Sie hatte den Punsch erhitzt und Tee gekocht, und nun saßen sie gemütlich beisammen und sichteten, was sie bisher für den Winterzauber organisiert hatten.

Ein Dutzend Buden hatten sie beisammen. Ein paar Kunsthandwerkerinnen, ein Getränkestand, es gab Crêpes und Würstchen. Der Fischbrötchenstand vom Hafen würde für den einen Tag am Rathaus verkaufen. Es war noch viel zu organisieren, aber insgesamt konnten sie voller Stolz auf ihren kleinen Wintermarkt blicken.

»Das wird schön«, befand Emma, als sie Frieke zwei Stunden später zum Abschied umarmte. »Und mach dir keine Sorgen, weil du dann vielleicht nicht dabei bist.«

»Wieso soll ich nicht dabei sein?«

Emma sah sie von oben bis unten an, und ihr Blick verharrte etwas länger auf Friekes Körpermitte.

»Ich habe nicht vor, dieses Baby vor dem Jahreswechsel Frischluft schnuppern zu lassen«, erklärte Frieke rigoros.

»Daran soll es sich gefälligst halten! Nix da mit Weihnachten im Wochenbett.«

»Ach so. Na gut. Ich dachte nur, weil dein Bauch schon ein bisschen tiefer sitzt. Vergiss es. War 'ne dumme Bemerkung.« Emma strich flüchtig über Friekes Arm. Sie verabschiedete sich hastig und verschwand mit Conny am Ende des kleinen Gartenwegs. Sonja versprach, Johanne bis zur *Spiekerooger Liebe* zu begleiten und winkte zum Abschied.

»Findest du, der Bauch hat sich gesenkt?«

Frieke stellte sich im Schlafzimmer vors Bett. Bengt, der mit einem dicken Schmöker und Lesebrille auf der Nase – die er angeblich nur aus Eitelkeit trug, er fand, sie sah so *gut* an ihm aus, und nicht, weil er schon *in das Alter dafür* kam – eingekuschelt dalag, nahm die Brille ab und musterte sie prüfend.

»Was heißt denn gesenkt?«, fragte er nach eingehender Betrachtung von Friekes Profil.

Sie stöhnte auf. »Na, ob der Bauch irgendwie tiefer hängt!«

»Ich dachte, es ist verboten, irgendwelche Körper zu kommentieren, wenn man das Kommentierte nicht innerhalb von fünf Sekunden beheben kann. Sieht mir nicht aus, als wäre dieser Bauch mit Spinat zwischen den Zähnen vergleichbar.«

Sie stöhnte auf. »Sag schon. Sieht er aus, als wäre er nach unten gewandert?«

»So genau habe ich ihn mir in den letzten Tagen nicht angeguckt.« Er legte die Brille zwischen die Seiten und klappte das Buch zu. »Allerdings wäre ich durchaus bereit, deinen Körper einer angemessen gründlichen Musterung zu unterziehen.«

»Spinner«, sagte sie zärtlich. Bengt beugte sich zu ihr herüber, als sie sich auf die Bettkante setzte. Sie umfing ihren prallen Babybauch mit den Händen und überlegte. Hatte er sich gesenkt? Das würde erklären, weshalb sie heute nicht so aus der Puste geraten war. Das passierte ein paar Wochen vor der Geburt, so viel wusste sie noch vom letzten Mal. Danach war es zwar immer noch beschwerlich gewesen, aber mit gesenktem Bauch hatte sie wenigstens mal schnaufen können.

»Willst du weiter über deine Kugel sinnieren oder kommst du jetzt ins Bett?« Bengt massierte sanft ihre Schultern. Frieke schnurrte.

»Tiefer«, murmelte sie.

Er ließ die Hände nach unten wandern, und Frieke beschloss, jetzt mal über gar nichts nachzudenken, denn fürs Nachdenken fühlte sich das alles gerade einfach viel zu gut an.

KAPITEL 16

Conny mochte an ihrer Schwägerin einiges, aber wenn sie eine Sache herauspicken und benennen sollte, wäre es das: Emma konnte gut schweigen. Und gerade war Conny überhaupt nicht nach reden zumute, denn die Trennung von Sanne tat zu sehr weh. Es hatte sie ziemlich viel Überwindung gekostet, überhaupt heute aus dem Haus zu gehen. Eigentlich wäre ihr eher danach gewesen, sich daheim einzuigeln und mit niemandem zu sprechen.

Aber dann hatte sie daran gedacht, dass Emma bestimmt Mika mitbrachte. Und seit Mika da war, ließ Conny sich keine Gelegenheit entgehen, ihre kleine Nichte zu sehen.

Mika war gerade mal eine Woche alt gewesen, als Conny und Sanne das erste Mal zu Besuch kamen, um die kleinste Tossens kennenzulernen. Conny hatte gedacht, über Kinder hatte sie genug nachgedacht und war zu dem Schluss gekommen, das sei nichts für sie. Seit sie vor einigen Jahren den Isländerhof wieder für Gäste geöffnet hatte, kamen viele Familien zu ihr. Vor allem in den Ferien waren sie ausgebucht. Conny bot Reitunterricht für Kinder ab acht an, die Jüngeren konnten geführte Spaziergänge machen. Sie wusste also, wie laut und trubelig es mit Kindern war.

Und dann kam Mika.

Emma hatte Mika in Connys Arme gelegt, gerade so, als

gehörte sie dorthin. Auf Connys entsetztes »Was tust du da?« hatte Emma nur geantwortet: »Ihr schafft das schon.«

»Und wenn ich sie fallenlasse?« Dabei hatte Conny instinktiv das Köpfchen mit der einen Hand umfasst und stützte den Arm, auf dem das Neugeborene lag, mit dem anderen Arm. Gerade so, als hätte sie nie was anderes getan.

Und Mika? Sie schlief auf Connys Arm, die Augen fest zugekniffen, der Mund leicht gespitzt, die Fäustchen geballt. Conny setzte sich aufs Sofa. Und sie blieb so sitzen, hatte nur Augen für Mika in ihrem Arm. An diesem Tag hatte sie ein Gefühl gehabt, das sich nur schwer beschreiben ließ. Es war eine Innigkeit und Nähe zu Mika entstanden, die sie nicht in Worte fassen konnte. Und ihre Liebe zu diesem kleinen Mädchen war vom ersten Augenblick an grenzenlos.

Das hatte sie zunächst komplett überrumpelt. Und dann hatte sie in einem unbedachten Moment Sanne gegenüber laut darüber nachgedacht, wie schön es wäre, eigene Kinder zu haben. Sie hatten den Platz, und Conny war überzeugt, auch ihre Energie würde sich mit eigenen Kindern um ein Vielfaches steigern. Weil Kinder nicht nur viel Kraft kosteten – was sie in den kommenden Monaten ja bei Emma und Raik durchaus realistisch betrachten konnte –, sondern auch viel Freude brachten. Und das wünschte Conny sich. Sie wollte jemanden haben, dem sie die Welt zeigen konnte, so wie Emma und Raik Mika ihre Welt zeigten.

Damit hatte es angefangen. Dass sie sich Gedanken darüber machte, wie es wäre, wenn sie selbst Kinder bekam. Doch Sanne hatte Connys Überlegung vom ersten Augenblick an als »absurde Schnapsidee« abgetan. Sie hatte gar nicht darüber nachdenken, geschweige denn reden wollen. Und es dauerte eine Weile, bis Conny begriff, dass Sanne auf gar keinen Fall Kinder wollte.

Für Conny aber war die Zukunft mit Kindern inzwischen mehr als eine fixe Idee. Sie informierte sich. Über Samenspende für lesbische Paare. Über Embryonenspenden in Dänemark. Sogar über Leihmütter las sie, obwohl das für sie nicht infrage kam. Sie wusste, dass sie das ganze Paket wollte. Sie wollte ein Kind austragen, es zur Welt bringen und ihm dann die Welt in ihrer ganzen Schönheit zeigen. Sie wollte den Schlafentzug, die Milchkotze, die Wäscheberge und den Sand in allen Sofaritzen. Aber Sanne wollte das alles nicht, und darüber war ihre Beziehung nach und nach kaputtgegangen, bis Sanne heute Abend erklärt hatte, sie werde nicht zum Planungstreffen mitkommen, sondern ihre Sachen packen.

Nun war sie allein mit allem. Mit dem Isländerhof, mit vierzig Isländerpferden, dem vollen Terminkalender und allem drumherum. Es wäre nicht schwer, auf die Schnelle ein paar Aushilfen zu bekommen – im Internat gab es einige Pferdemädchen, die schon jetzt gelegentlich einsprangen –, aber darum ging es nicht. Conny hatte gedacht, das mit Sanne sei für immer.

Und nun riss die Trennung ihr den Boden unter den Füßen weg und sie wusste nicht, wie sie damit umgehen sollte. Schon einmal hatte der Tod ihrer Mutter sie ins Bodenlose stürzen lassen, und es hatte Jahre gedauert, bis sie sich davon erholte. Sie fürchtete, dasselbe würde ihr jetzt noch einmal passieren.

Zum Glück hatte niemand gefragt, warum sie so verheult aussah. Und niemand hatte sich erkundigt, warum Sanne nicht mitgekommen war. Für den Winterzauber hatten Conny und Sanne angeboten, kleine romantische Kutschfahrten anzubieten. Das käme bei den Inselkindern bestimmt gut an.

»Sehen wir uns morgen?«, fragte Emma, als sie an die Weggabelung kamen, an der Conny Richtung Isländerhof abbiegen musste.

»Ich schaff's nicht«, sagte Conny bedauernd. Sonst kam sie einmal in der Woche mittags zu Raik und Emma. Sie spielte mit Mika oder machte mit ihr eine Ausfahrt, während die Zwillinge etwas exklusivere Zeit mit Emma verbringen konnten. »Es ist so viel zu tun und … ich bin allein.«

»Oh.« Emma zupfte das Mützchen von Mika zurecht, die endlich eingeschlafen war. »Möchtest du darüber reden?«

Stumm schüttelte Conny den Kopf.

»Sag Bescheid, wenn du was brauchst. Und wenn's ein offenes Ohr ist.«

»Okay«, flüsterte Conny. Sie umarmte Emma zum Abschied. Gut fühlte sich das an. Conny war sonst keine, die jedem sofort um den Hals fiel. Aber Emma war inzwischen Teil ihrer kleinen Familie. Es war tröstlich zu wissen, dass da jemand war, der ihr zuhören konnte.

Als sie den Innenhof überquerte, entdeckte Conny Licht im Stall. Sie wunderte sich, lenkte ihre Schritte in die Richtung und stieß die Tür auf. Halb rechnete sie damit, dass einfach jemand vergessen hatte, das Licht zu löschen.

Aber zu ihrer Überraschung stand Smilla in der Stallgasse vor Bjarnis Box.

»Hey«, sagte Conny.

Smilla fuhr zu ihr herum. »Entschuldige, ich bin gleich weg!«, rief sie leise. »Ich musste doch noch mal nach Bjarni gucken, er war vorhin irgendwie komisch.«

Conny wusste, dass Smilla häufig mit Bjarni ausritt, und sie freute sich für den ruhigen Wallach, der zwar für jeden Spaß zu haben war, bei dem sie aber manchmal das Gefühl hatte, er habe mehr Freude daran, wenn er sich nicht täglich auf eine neue Reiterin einstellen musste. Insofern war Smilla für ihn ein Segen, und umgekehrt: Er war so ein ruhiges, entspanntes Islandpferd, dass Smilla sich als Reitanfängerin in allen Lebenslagen auf ihn verlassen konnte.

»Inwiefern komisch?« Conny trat näher.

»Ich weiß auch nicht. Ist nur so ein Gefühl.«

Wenn Conny eins wusste, dann das: Dem Gefühl einer Reiterin, und war sie noch so ungeübt, konnte sie uneingeschränkt vertrauen.

»Okay, ich sehe ihn mir mal an.«

Conny betrat die Box. Auf sie machte Bjarni einen entspannten Eindruck. Er brummte, sah sie aus wachen Augen an und blieb ruhig. Conny untersuchte seine Beine, fuhr mit der Hand über seinen Rücken und konnte nichts feststellen.

»Na ja, vielleicht hat sich meine Unruhe auf ihn übertragen.« Smilla lachte verlegen. Conny trat aus der Box und verriegelte sie sorgfältig.

»Das kann schon sein. Ist was vorgefallen?«

Smilla schüttelte so hastig den Kopf, dass sie sich selbst entlarvte. »Also, nicht mit Bjarni«, fügte sie hinzu.

Seite an Seite verließen sie den Stall. »Hast du mit Sanne gesprochen?« Es kostete Conny viel Überwindung, die Frage zu stellen.

»Nein, wieso?«

Also lag es nicht daran, dass Sanne ihr von der Trennung erzählt hatte.

»Sie packt ihre Sachen.«

»Das wusste ich nicht.« Smilla blieb stehen. »Entschuldige, wir haben ja gar nicht viel miteinander zu tun, du und ich. Ist es für dich ein Problem, wenn sie weggeht und ich bleibe? Ich meine, ich bin mit ihr befreundet, ich könnte verstehen, wenn es für dich ein Problem ist …«

Conny schüttelte den Kopf. »Gar nicht. Bleib solange du willst.«

»Sanne meinte kürzlich, ihr plant einen Weihnachtsmarkt im Dezember. Und Sonja hat gefragt, ob ich mitmachen möchte, aber ich habe da nicht länger drüber nachgedacht. Ich glaube aber, ich würde gern mitmachen. Wenn ihr noch Platz habt, heißt das.«

»Melde dich einfach bei Frieke im Buchladen«, sagte Conny. »Wir finden ein Plätzchen für dich.« Sie erinnerte sich – Smilla malte. Das wäre eine schöne Ergänzung, dachte sie.

Sie verabschiedeten sich. Conny winkte, dann holte sie tief Luft und betrat das Wohnhaus.

Sie musste sich der Wahrheit stellen und wusste jetzt schon, dass es wehtun würde.

Konnte sie wirklich nicht auf Kinder verzichten? War ihr

Wunsch so groß, dass sie dafür das Beste, was ihr in den vergangenen Jahren widerfahren war, einfach aufgab?

Andererseits spürte sie, dass da noch mehr war. Dass das Leben etwas für sie bereithielt. Vielleicht war das auch nur der Versuch ihres Verstands, die Trennung irgendwie erträglich zu machen.

Aber sie war bereit, diesen Weg zu gehen. Weil er sich richtig anfühlte.

KAPITEL 17

Melde dich bei Frieke im Buchladen.

Als wäre sie nicht schon oft genug im Buchladen. Nicht mehr lange, und Smilla konnte Frieke gleich einen Dauerauftrag einrichten und ihr Kundenkonto dort auf Guthabenbasis führen. So häufig war sie in den letzten Wochen dort gewesen, dass sie inzwischen mit Frieke und Sonja vertraut war.

Gut fühlte sich das an. Dass sie immer mehr auf der Insel ankam. Ein bisschen so, als wäre sie gekommen, um zu bleiben. Aber nein, das war eine Spinnerei. Wie sollte sie von hier aus all ihre Arbeit erledigen? Wo sollte sie wohnen?

Letzteres wäre das größere Problem, denn arbeiten konnte sie im Grunde überall, wo sie ihren Zeichentisch aufstellte. Wohnraum war in Spiekeroog noch knapper als in Berlin, und das wollte schon was heißen. Sie müsste es sich sehr gut überlegen, ob sie ihre Mietwohnung in Berlin aufgeben wollte, nur um dann auf Spiekeroog nichts Angemessenes für sich zu finden.

Heute machte sie sich zu Fuß auf den Weg zum Buchladen. Bjarni hatte sie heute früh freudig wiehernd begrüßt, aber sie hatte ihn auf morgen vertröstet. Sie wollte ihn nicht stundenlang vor dem Teetied anbinden, während sie mit Onno Waffeln aß.

Bei dem Gedanken an Onno beschleunigte sie ihre

Schritte. Sie konnte es gar nicht erwarten, ihn wiederzusehen. Sie hatte gestern eine Entscheidung getroffen. Und auch nachdem sie eine Nacht darüber geschlafen hatte, fühlte es sich gut an.

Onno hatte ihr gesagt, das mit seiner Freundin sei vorbei. Das passte zu dem Eindruck, den sie von der Beziehung der beiden gewonnen hatte, als sie Onno und Pia beobachtete. Wenn sie nun den Mut fand, diesen Gefühlen tief in ihrem Innern auch Raum zu geben …

Eins nach dem anderen. Erst Buchladen, dann Teetied.

»Moin!« Frieke stand hinter dem Kassentisch auf einer Trittleiter und hängte kleine Blechglöckchen und Strohsterne an die Tannengrüngirlande, die dort schon seit einer ganzen Weile hing. »Hast du etwa Bücher bestellt?«

»Nein, nein!« Smilla lachte. »Bin ich schon Stammkundin?«

»Aber hallo. So viele Kundinnen haben wir nicht, wenn da eine hinzukommt, zieht's vor allem im Winter unseren Umsatz nach oben.« Frieke kletterte von der Leiter. »Aber ich sehe hier nichts für dich.«

»Nein, ich bin auch nicht wegen der Bücher da. Ich habe gestern Conny getroffen, und sie meinte, ich könnte mit meinen Postkarten und Bildern bei eurem Winterzauber mitmachen.«

Frieke strahlte. »Eine echte Künstlerin, super! Malst du auch Ansichten von Spiekeroog? Ich glaube, das werden die Leute lieben.«

Smilla zögerte. Eigentlich hatte sie einst angefangen zu illustrieren, weil sie sich für Geschichten interessierte. Landschaften waren ungefähr so spannend wie eingeschlafene Füße. Die Schönheit der Spiekerooger Dünen, die weiße Gischt der Wellen und der Sand, der bei Sturm über den Strand strich – all das sah sie, und sicher könnte sie es auch als Aquarell einfangen. Es wäre nur unendlich öde in ihren Augen. Aber durfte sie das so sagen?

»Ich weiß nicht, ob ich in so kurzer Zeit ein paar Spiekerooger Motive hinbekomme«, sagte sie vorsichtig.

»Alles klar! Bring mit, was dir gefällt. Ein paar Unikate?«

»Vielleicht mit einem knorrigen Seebären.« Schon hatte Smilla eine Idee. Sie sah sich suchend nach Stift und Papier um. Gab's beides nicht auf die Schnelle. Okay, musste das wohl warten. Aber sie konnte es förmlich vor sich sehen: ein etwas abgerissener Bär, nicht der typische Teddy mit flauschigen Ohren und leicht geneigtem Kopf, sondern eben schon abgeliebt und mit kleinen Makeln, der in einem löchrigen Troyer und mit Gummihose im Watt stand und den Kindern die Welt erklärte.

Himmel, das war fast zu gut, um wahr zu sein. Eine hinreißende Idee, dachte Smilla.

Sie verabschiedete sich von Frieke – ohne ein Buch zu kaufen, ein bisschen stolz war sie ja schon! – und lief die paar hundert Meter zum Teetied. Davor stand bereits Onno.

»Hi!«, rief sie überschwänglich.

Onno fuhr zu ihr herum. Er strahlte und trat ihr entgegen, um sie zu umarmen. Smilla wäre fast zurückgewichen, weil es sich merkwürdig anfühlte, ihm so nah zu sein, aber dann erwiderte sie die Umarmung und atmete tief durch. Sie musste lachen, als sie sich voneinander lösten, denn Onno trug unter seinem Mantel genau so einen Troyer, wie sie ihn vorhin dem alten Seebären angedichtet hatte.

»Hey. Schön, dass es geklappt hat.« Onno trat einen Schritt zurück. Er wirkte seltsam verlegen.

»Alles okay?«, erkundigte sie sich.

»Ja, klar.« Doch er wirkte seltsam abwesend.

»Passt es dir heute nicht?« Schon wollte sich Enttäuschung in ihr breitmachen. Andererseits könnte sie direkt nach Hause flitzen und ganz viele Seebären zeichnen, wenn Onno ihr jetzt mitteilte, dass er keine Zeit hatte …

»Es hat mir nie besser gepasst.« Er blickte ihr tief in die Augen, und Smilla spürte, wie ihre Knie weich wurden. Sie hätte gern seine Hand genommen, einfach, um ihm ein bisschen näher zu sein. Stattdessen ging sie voran ins Teetied. Sie suchten einen Platz direkt am Fenster und ließen sich auf den wackeligen Stühlen nieder. Die Sitzflächen waren aus dicht verwobenem, nachgedunkelten Rattan, die steife Holzlehne war dunkel gebeizt wie der Tisch. Smilla fühlte sich sofort wohl. Die weißen Wände, rot-weißen Gardinen und die kleine Zinnvase auf dem Tisch vervollständigten die urige Atmosphäre.

»Gefällt's dir?«, fragte Onno. Smilla kramte in ihrer Umhängetasche. Dass sie aber auch keinen Stift und kein Papier bei sich hatte! Das war doch sonst nicht ihre Art. Sie war normalerweise auf jeden Funken Inspiration vorbereitet, man wusste nie, wann und wo dieser daherkam.

»Ja, super. Bestellst du schon mal?« Mist, in Gedanken war sie gerade nicht bei Onno und den Waffeln mit heißen Kirschen, sondern bei einem zauseligen, alten Seebär mit dunkelblauem Pullover und Gummihose. Welche Farbe hatten eigentlich diese Gummihosen? Brauchte er auch Gummistiefel?

Ganz unten in ihrer Tasche fand sie einen Bleistiftstummel. Und von ihrem letzten Bücherkauf bei Frieke lag auch noch ein Kassenzettel drin, achtlos ganz tief nach unten geschoben. Hurra! Smilla begann sofort den Seebär zu skizzieren, während Onno Ostfriesentee und Waffeln mit Kirschen bestellte. »Mit Vanilleeis?«, fragte er.

»Ja, ja, Vanilleeis, Sahne, Papier«, murmelte Smilla. Sie wusste, wie unhöflich sie gerade war, aber bei Murmel und Hupsi war es ähnlich gewesen. Die Idee hatte sie quasi aus dem Hinterhalt überfallen. An einem besonders glücklichen Tag, als sie mit Jonas zu einem Golfturnier gefahren war. Sie hatte keine Ahnung, warum man zu einem Golfturnier fuhr, wenn man selbst kein Golf spielte, aber Jonas guckte sich auch gern Fernsehübertragungen von Golfturnieren an und hatte so lange davon gesprochen, er wollte so ein Turnier gerne mal live erleben, bis sie ihm zum Geburtstag eine Reise nach Hamburg zu den European Open Ende Mai schenkte. Und während sie die ganzen vier Tage hinter ihm herlief, füllte sie drei Skizzenbücher mit dem Häschen und dem Meerschweinchen, die in den ersten Entwürfen kleine Golfspieler mit Schottenkaro und Schirmmützchen waren. Erst zurück daheim hatte sie die Motive weiterentwickelt und in einem Anflug aus Verzweiflung, weil das Hamburg-Wochenende teurer gewesen war als beabsichtigt, ein halbes Dutzend Kartenverlage angeschrieben und die Entwürfe vorgelegt. Ein unkonventioneller Weg, das wusste sie. Aber ein Verlag hatte angebissen.

Und der Seebär könnte die ideale Ergänzung sein, oder? So als norddeutscher Urlauber. Smilla konnte die Postkartenständer schon sehen, die sich in sämtlichen Touristenorten mit dem ollen Seebär füllten …

»Faszinierend«, bemerkte Onno.

Sie blickte hoch.

»Entschuldige!« Sofort räumte sie den Kassenzettel und den Bleistift weg.

»Nein, nein! Mach weiter. Es ist toll zu sehen, wie sehr du darin aufgehst.«

»Aber wir waren verabredet. Waffeln essen, schon vergessen?« Sie wurde rot. »Ich wollte mit dir Zeit verbringen und nicht schon wieder so was Kitschiges zeichnen.«

»Kitsch can make you rich«, murmelte er.

»Ja, schon.« Sie hielt inne. Eine Kellnerin brachte ihnen die frischen, duftenden Waffeln. Erst jetzt merkte Smilla, dass sie heute noch gar nichts gegessen hatte.

»Können Sie uns Ihren Block dalassen?«, fragte Onno auf einmal die Kellnerin. Diese war zwar kurz überrascht, zuckte dann aber mit den Schultern. »Ja, klar.«

»Hier«, sagte Onno und schob den Block über den Tisch. »Mehr Papier.«

»Ich kann doch nicht …«

Er blickte sie an. In seinen Augen erkannte sie etwas, das sie selten in der Form erlebte: Verständnis.

»Du *musst* zeichnen, oder?«

»Du meinst, ob es zwanghaft ist?« Smilla kicherte. »Wie du siehst, kann ich auch ohne.«

»Nein, nicht zwanghaft. Aber es ist dir wichtig. Du hast eine Idee, und die muss raus.«

»Ja, so fühlt es sich an …«

»Dann lass sie raus.«

»Aber …«

»Wir können danach reden.« Mit sanftem Nachdruck schob er ihr den Kellnerblock zu. »Wir haben alle Zeit der Welt.«

Smilla nickte. Die Kehle wurde ihr eng; seine Worte berührten sie zutiefst. Alle Zeit der Welt. Das war so ein schöner Satz. Obwohl sie wusste, wie schnell er zu einem Nichts zusammenschrumpfen konnte. Jonas und sie hatten auch alle Zeit der Welt gehabt, sie hatten ihr Leben genutzt und in vollen Zügen gelebt, bis es zu Ende war.

Aber es wäre auch sinnlos, in der Stille zu verharren und sich kein zweites Mal auf das Leben in seiner Fülle einzulassen, nur weil sie einmal so viel verloren hatte. Das verstand sie inzwischen. Sie wusste nur nicht, ob Onno und sie wirklich mit einer Stimme sprachen, dieselben Gedanken hegten. Ob das, was sie als entscheidend empfand, auch für ihn wichtig war.

Sie beugte sich über das Papier und ließ den Bleistiftstummel darüber huschen, bis er fast komplett stumpf war.

»Kann ich helfen?«, fragte Onno, als sie zunehmend verärgert den Bleistift drehte, um ihm ein paar letzte Striche zu entlocken. Sie blickte hoch. Er zeigte auf sein Taschenmesser, das zwischen ihnen auf dem Tisch lag.

»Na gut.«

»Iss deine Waffel. Sie ist bestimmt schon kalt.«

Und während sie ihre Waffel aß, das Eis mit den Kirschen vermischte und zwei Tassen warmen Tee trank, beobachtete sie, wie Onno gewissenhaft mit dem Messer den Bleistiftstummel spitzte. »So«, sagte er abschließend. »Jetzt kannst du wieder.«

»Es stört dich wirklich nicht?«

Er schüttelte den Kopf und lächelte. »Es gibt für mich nichts Schöneres«, behauptete er.

Niemand hatte ihn darauf vorbereitet, wie bereichernd es sein konnte, einer Künstlerin bei der Arbeit zuzusehen.

Und Smilla *war* eine Künstlerin.

Sie versuchte gelegentlich, ihre flauschigen Postkartentiere durch entsprechende Bemerkungen abzuwerten. Aber das ließ Onno nicht zu. Jeder sah, wie viel Können in ihrer Arbeit steckte. Nach und nach entstanden Dutzende Seebären, die immer mehr wie eine zerrupfte Kreuzung aus Otter und Teddy aussahen. Vielleicht war das Absicht. Sie tastete sich voran, manchmal hielt sie inne und nahm einen Schluck Tee. Onno sorgte dafür, dass der Tee nie versiegte, er bestellte eine zweite Kanne und sah ihr dann weiter zu. Er hatte nicht damit gerechnet, dass diese Begegnung mit Smilla so überraschend verlief.

Auf jeden Fall gefiel ihm, was sie gerade machten. Vermutlich hatte es viel mit Vertrauen zu tun, sich einfach mit jemandem an einen Tisch zu setzen und ihn dabei zusehen zu lassen, wie man etwas schuf.

Er hatte kurz bevor sie vorhin kam, einen Anflug krasser Zweifel gehabt. War Smilla für ihn nicht nur der Versuch, sich möglichst elegant aus der Beziehung mit Pia davonzustehlen? Wenn er ihr erklärte, dass es vorbei sei, weil er eine andere hatte, würde das die Sache nicht schnell zu Ende bringen? Und das brauchte er: einen klaren Schnitt. Das Ende dieser Beziehung, die ihm zuletzt nur noch Kraft geraubt hatte.

Aber hier war Smilla. Die ihm bei ihrer letzten Begegnung gestanden hatte, dass sie so kaputt sei, zu kaputt vielleicht, dass es für ein Mehr reichte. Darüber hatte er die ganze Nacht gegrübelt, und er war zu dem Schluss gelangt, dass es ihm egal war. Dass er aber auch wissen wollte, was das hieß – kaputt sein.

»Was ist?« Sie hob den Kopf. Selbst in der tiefen Konzentration ihres Flows hatte sie offenbar gemerkt, dass er beim Nachdenken an einen Endpunkt gekommen war und ihm diese Frage unter den Nägeln brannte.

»Ich finde, du siehst nicht kaputt aus.« So simpel.

Sie lachte. Legte die Hand aufs Herz, fast ein bisschen dramatisch. »Glaub mir. Hier drin ist alles in Scherben.«

»Aber warum? Welcher Mistkerl hat dir so wehgetan, dass du das glaubst? Ich sehe eine wunderschöne, gewitzte und talentierte Frau, die weiß, was sie will. Daran ist nichts kaputt.«

»Weil …« Sie atmete tief durch. »Weil ich mich mühsam zusammenhalte, nachdem vor zwei Jahren mein Mann gestorben ist.«

Autsch. Onno zuckte zurück, als hätte er sich an ihrer Antwort verbrannt.

»Siehst du …«, sagte sie leise. »Darum bin ich kaputt. Auch wenn du es nicht siehst.«

»Entschuldige.« Auf einmal ergab so vieles Sinn. Ihr verletzter Blick. Ihre Zurückhaltung. Er hatte sich schon gefragt, wieso eine Frau, die so niedliche und witzige Tierchen zeichnete, auf ihn immer den Eindruck erweckte, dass etwas sie zurückhielt. Dass ihr der Mut fehlte, wofür auch immer.

Jetzt wusste er es.

»Deshalb bist du so …«

»Spröde?« Sie lächelte flüchtig. »Auch.« Dann schob sie den Block weg und klaute ihm ein Waffelherz. »Mhhh, das brauche ich jetzt.« Sie biss hinein. Onno lachte und schüttelte den Kopf.

»Ich werde aus dir nicht schlau«, murmelte er.

»Was willst du wissen?«, fragte sie.

»Alles.«

Sie verzog das Gesicht, und darüber musste er lachen.

»Okay, nicht alles. Fangen wir mit deinem Seebär an. Was hast du mit ihm vor?«

Sie blätterte durch den Block und runzelte die Stirn. »So genau weiß ich das noch nicht«, meinte sie. »Vielleicht wird er eine Ergänzung zu Murmel und Hupsi. Oder etwas ganz Eigenes. Er sieht nicht so kuschelig aus, oder?«

Sie hielt ihm den Block hin. Der Seebär hatte ein Fischskelett im Maul, auf der einen Seite schaute der abgenagte Kopf heraus, auf der anderen die Schwanzflosse.

»Nicht ganz«, gab Onno zu.

»Mal sehen. Manchmal entwickle ich Ideen, die nirgends hinführen. Das ist okay. Das dürfen sie.«

»Du wirktest vorhin ganz bei dir.«

»Ja, nicht wahr?« Sie lächelte, zog seine Waffel zu sich rüber und löffelte die Sahne. Ihr Teller war leer und saubergekratzt, wann hatte sie das denn geschafft?

»Ist lange her, dass es sich so angefühlt hat. Dass ich etwas erschaffen habe, einfach weil da eine Idee war. Normalerweise ist es eine Quälerei.« Sie leckte nachdenklich den Sahnelöffel ab. Onno spielte mit dem Teelöffel.

»Wie lange genau?«, fragte er.

Sie sah ihn an. Er bemerkte, wie sie zögerte, und dann verfinsterte sich ihr Blick wieder. Als würde sie ein Fenster tief in ihr drin fest zuschlagen, das sie ihm vorhin bereitwillig geöffnet hatte.

»Zwei Jahre«, erwiderte sie knapp.

Onno nickte. Er wartete ab, ob sie noch mehr sagen wollte, aber sie blätterte beinahe hektisch in dem Block und starrte an ihm vorbei aus dem Fenster.

»Es schneit«, sagte sie leise und staunend.

Er drehte sich um. Tatsächlich. Flocken, so dick wie kleine Kissen schwebten zu Boden. »Wie schön«, murmelte er.

»Weihnachten ist nicht mehr weit.«

Er drehte sich wieder zu ihr um. Die zweite Kanne Tee kam. »Noch zwei Minuten«, sagte die Kellnerin, und Onno nickte. Smilla blickte auf ihre Hände.

»Magst du Weihnachten?«, fragte er behutsam. Er hatte so ein unbestimmtes Gefühl, als fiele ihr gerade jedes Wort schwer. Und er wollte sie doch gar nicht quälen.

Sie sah wieder zum Fenster. Da stahl sich wieder das Lächeln auf ihre Lippen, und diesmal erreichte es auch die Augen. »Oh ja«, hauchte sie. »Ich liebe Weihnachten. Es tut nur weh.«

»Möchtest du mir von ihm erzählen? Von deinem Mann?«

Smilla sah Onno nachdenklich an. »Irgendwann vielleicht«, sagte sie. »Können wir jetzt einfach über etwas anderes reden?«

Er wollte schon widersprechen, denn wenn es darum

ging, einander besser kennenzulernen, gehörte für ihn natürlich auch die Vergangenheit dazu. Andererseits: Er würde auch eher ungern über Pia und die gescheiterte Beziehung reden. Und das war ja noch etwas ganz anderes, denn eine Beziehung, die irgendwann an ihr Ende kam, egal, aus welchem Grund, war noch mal eine ganz andere Geschichte als eine Ehe, die durch einen Schicksalsschlag von einem Tag auf den anderen zerrissen wurde.

»Erzähl mir, was du neben Waffeln deines Gegenübers gern isst«, schlug er vor, und sie lachte auf. Na also. Sollte noch mal jemand sagen, er hätte keinen Humor.

Onno brachte sie zum Lachen und zum Weinen, und das schaffte er innerhalb weniger Minuten mit einer überwältigenden Leichtigkeit. Es war, als würde sie ein Musikstück hören, das alle Emotionen in ihr weckte, einfach weil es existierte. Ihr genügte es gerade, bei ihm zu sitzen. Sie brauchte nicht viel sagen, und trotzdem genügte ein Lächeln, ein Seitenblick, dass ihr Herz höherschlug. Er saß entspannt zurückgelehnt, der Blick offen und voller Neugier. Er wollte sie kennenlernen.

Sie wollte mehr.

Der Gedanke kam so überraschend, dass sie innehielt. Sie spürte dem Gefühl nach, das damit einherging. Ein sehnsuchtsvolles Ziehen. Sie wünschte, sie stünde sich nicht ständig selbst so sehr im Weg und könnte einfach die Hand nach Onno ausstrecken. Ihn berühren. Nachspüren, ob das Gefühl Bestand hatte oder sich ebenso schnell wieder verflüchtigte wie es gekommen war.

»Lass uns spazierengehen«, schlug sie vor.

»Okay.« Wenn er überrascht war, verbarg er das gut. Er ging bezahlen, während Smilla in den dicken Mantel schlüpfte, die Mütze aufsetzte, den Schal um den Hals wickelte. Die Handschuhe stopfte sie tief in die Manteltaschen.

»Können wir?« Onno hielt ihr die Tür auf. Das Schneegestöber war immer dichter geworden, und Smilla fröstelte wohlig. Sie drehte sich zu Onno um, und weil er direkt hinter ihr war, lief er quasi in sie rein.

»Hoppla«, sagte er leise. Aber er trat nicht den halben Schritt zurück, den es bräuchte, damit wieder die normale Distanz hergestellt war. Sie atmete. Ihr Gesicht auf Höhe seiner Schulter. Wenn sie den Kopf nur ein Stück nach vorne neigte, ruhte ihre Stirn an seiner Schulter, und sie könnte einfach vor ihm stehen, ihn spüren. Ihr Herz hämmerte in der Brust, weil sie es sich so sehr wünschte und ihr zugleich der Mut fehlte.

»Komm.« Seine Finger berührten ihre Hand, und fast gegen ihren Willen verschränkte sie ihre Finger mit seinen. Sie hob den Kopf. Sein Blick war fragend, und als sie ganz behutsam nickte, denn ja, das hier war okay, es war mehr als okay, schloss er die Finger fester um ihre und sie stiegen die Stufen vom Teetied runter zur Straße. Sie schlugen den Weg ein, der durch den Dorfkern Richtung Strand führte. Seine Schritte passten sich ihren an, seine Hand hielt ihre fest, er lächelte. Sie hatte das Gefühl, über ihre eigenen Füße zu stolpern, und ebenso über die ganzen Gedanken, die in ihrem Kopf übereinander purzelten. Passierte das gerade wirklich? War es so einfach?

»Nicht nachdenken«, murmelte Onno neben ihr. Er verstärkte den Händedruck, und sie lachte atemlos. Sie bogen am Buchladen ab und gingen an der *Spiekerooger Liebe* vorbei. Smilla verspürte diesen unwiderstehlichen Drang, sich an ihn zu schmiegen, und sie versuchte es, irgendwie im Gehen seine Hand in ihren Nacken zu bugsieren, aber irgendwie verließ sie auf halbem Weg der Mut und sie musste seine Hand loslassen, um so zu tun, als müsste sie sich hastig über die Nase wischen. Sehr elegant, nein wirklich, ihre Qualitäten beim Flirten stellten wirklich alles Bisherige in den Schatten.

Sie kicherte albern.

Onno ging weiter, und als sie die Hand wieder sinken ließ, legte er einfach den Arm um ihre Schulter. Sie blieb stehen, weil sie davon überrumpelt wurde und nicht wusste, was jetzt richtig war. Er blieb ebenfalls stehen, und so standen sie da, es fühlte sich richtig an und doch wieder nicht, es war so schwer, ihre Gefühle zu ordnen, weil da immer noch, ganz tief unten am Grund dieses Gefühlswirrwarrs die Trauer um Jonas lauerte, die drohte, alles zu verschlingen, das Schöne zu fressen wie ein gieriges Untier.

Es wäre so einfach, jetzt zu sagen »ich kann das nicht«, obwohl sie doch wollte. Sie wollte so sehr. Und darum blieb sie stumm, sie legte den Kopf für einen Moment an seine Schulter, wandte sich ihm halb zu und vergrub ihr Gesicht an seiner Brust. So blieben sie stehen, minutenlang, und seine Hand strich beruhigend über ihre Haare, während sie still an seiner Brust weinte.

Es war zu viel. Zu viele Gefühle, die auf sie einstürzten. Als hätte die Traurigkeit auf diesen Moment gewartet, in dem sie am verletzlichsten war, um sich auf sie zu stürzen.

Aber Smilla ließ all die Trauer, die sich in ihr aufgestaut hatte, aus sich herausfließen, sie ließ los. Sie *durfte* diese Gefühle haben, sie hatten alle eine Berechtigung. Sie hatte nur nicht damit gerechnet, dass es sie dermaßen überrollte. Ausgerechnet in diesem Moment, in dem sie doch vor allem Glückseligkeit, Herzklopfen, Verknalltheit empfinden sollte.

Und Onno? Er gab ihr Zeit und Raum, so viel sie für ihre Traurigkeit brauchte. Er sagte nichts. Stellte keine Fragen. Als sie sich von ihm löste, drückte er ihr wortlos ein Päckchen Taschentücher in die Hand und blieb geduldig neben ihr stehen. Er wandte den Blick nicht von ihren Tränen ab, er wirkte nicht im Geringsten peinlich berührt davon, dass sie sich in diesem Moment nicht anders zu helfen wusste als sich auszuweinen. Und dann, sobald ihre Tränen versiegt waren, nahm er sie noch einmal in den Arm, und sie fühlte sich bei ihm geborgen, mit all den Gefühlen und Päckchen, die sie mitbrachte.

Sie gingen weiter. Onno hielt Smillas Hand, und wenn sie ihn von der Seite ansah, staunte sie, weil er da war und bei ihr blieb. Da begriff sie, dass dieser Mann mehr sein konnte. Nicht nur der Mann, der ihr nach einer langen, dunklen Zeit zurück ans Licht half und sie danach zurückließ, damit sie allein weiterging. Onno hatte sie gesehen, als sie selbst zu blind dafür war. Und er würde nicht wieder gehen.

Es kam ihr ganz natürlich vor, mit ihm über den Strand Richtung Osten zu spazieren. Durch die Dünen zur Inselschule. Sie näherten sich von Norden der Obstwiese mit den hell erleuchteten Tiny Houses, doch weil sie in der hereinbrechenden Dunkelheit im Schneegestöber verschwanden, bemerkte wohl niemand, wie Onno und Smilla in sein Tiny House schlüpften. Sie streifte sofort die Wanderstiefel ab. Es war in der kleinen Behausung muckelig warm, und für einen Moment standen sie einfach in der warmen Dunkelheit und lauschten dem Atem des anderen, während draußen die Schneeflocken gegen die Scheiben stoben.

»Bleibst du?«, fragte Onno in die Stille hinein.

Sie hob den Blick. »Solange du magst.«

Er nickte. Kein Versprechen eines Fürimmer, denn dafür fühlten sie sich beide nicht bereit. Ein Fürimmer, das hatte noch nie gehalten, denn irgendwann kam etwas dazwischen, sei es das Leben oder der Tod.

Onno trat auf sie zu. »Ich möchte dich jetzt gern küssen.« Seine Stimme klang rau.

Smilla lachte atemlos. »Dann küss mich doch«, flüsterte sie. Er legte zwei Finger unter ihr Kinn und hob ihr Gesicht seinem entgegen. Smilla schloss die Augen. Als seine Lippen ihre berührten, seufzte sie. Und dann war da nur noch Onno, sein Arm um ihre Taille, der sie fest an sich zog. Smilla schmiegte sich an ihn, sie schlang die Arme um seinen Hals und ihre Hände gruben sich in seine Haare. Atemlos unterbrach Onno den Kuss, und sie gab einen enttäuschten Laut von sich.

Er lachte. »Komm«, sagte er und nahm ihre Hand.

Sie folgte ihm ohne Zögern.

KAPITEL 18

So oft hatte sie in den letzten zwei Jahren ihre Schlaflosigkeit verflucht. Hatte damit gehadert, bevor sie sich widerstrebend in das Unvermeidliche fügte. Der Schlaf war ein flüchtiger Geselle, und sie konnte ihn nicht herbeizwingen.

Heute aber. Als sie so früh aufwachte, dass der Himmel im Osten erst mit einem zarten Hauch von blassem Violett überzogen war, drehte sie sich im Bett um und betrachtete Onno, der neben ihr schlief. Da war ihr die Schlaflosigkeit egal, und sie hieß diesen stillen Moment willkommen, weil er ihr genug Platz einräumte, dass sie über die letzte Nacht nachdenken konnte.

Nichts von alledem, was seit gestern Nachmittag passiert war, konnte sie begreifen. Jedes Mal, wenn sie es versuchte, endete es damit, dass sie staunte. Sie fühlte sich federleicht. Als hätte sie eine Grenze überschritten, vor der sie sich immer gefürchtet hatte. Sie war so lange mit Jonas zusammen gewesen, dass der Gedanke an eine andere Beziehung sich schon vor seinem Tod stets fremd angefühlt hatte. Nachdem er nicht mehr da war, hatte sie es als komplett abwegig verworfen. Wie sollte nach allem, was passiert war, in ihrem Leben noch einmal Platz für so große Gefühle sein?

Und dann war Onno gekommen.

Schon damals auf der Fähre, als sie sich das erste Mal begegneten, hatte Smilla es gespürt. Diese Anziehung, dieser Wunsch, mehr über ihn zu erfahren. Eine Sehnsucht, die sie in dieser Form schon so lange nicht mehr verspürt hatte. Sie hatte später instinktiv seine Nähe gesucht, hatte nach ihm Ausschau gehalten. Obwohl sie wusste, dass er gebunden war. Da war es noch einfach gewesen, ihn aus der Ferne ein wenig anzuhimmeln. Sie hatte sich wieder gespürt, und damit war auch ein Stück weit der Mut in ihr Leben zurückgekehrt. Sie begann zu reiten und las viele Bücher, die ihre Sinne weiter schärften. Ein bisschen so, als hätte er sie allein durch seine Anwesenheit auf der Insel wachgerüttelt. Sie hatte sich auf den Weg zu sich selbst gemacht, nachdem sie doch erst vor Kurzem gedacht hatte, ihr Leben sei in eine Sackgasse geraten.

Und nun das. Es ging ihm genauso. Er hatte seine Beziehung beendet und lag selig schlummernd neben ihr. Oder nein, jetzt regte sich Onno und schlug die Augen auf.

»Du bist ja schon wach«, staunte er.

»Ich habe nachgedacht.«

Er wandte sich ihr zu. Strich eine Strähne aus ihrem Gesicht. »Nachgedacht wie in ›ich bereue die letzte Nacht‹?«, fragte er behutsam.

Sie lächelte. »Niemals werde ich das bereuen.«

»Worüber denkst du dann nach?«

»Wie sich alles gefügt hat. Wie wir … zueinander strebten. Vom ersten Augenblick an. Es sah so aus, als müsste es genauso kommen.«

»Ja«, murmelte er. »Das Gefühl hatte ich auch.«

Sie kuschelte sich an ihn, und er legte den Arm um sie. Der andere Arm war immer noch ein bisschen empfindlich, aber gestern Nacht hatten sie durchaus Wege gefunden, damit umzugehen. Smilla stützte sich auf die Hände und küsste Onno. »Ich bin gar nicht müde«, flüsterte sie.

»Geht mir auch so.«

Sie küsste ihn noch einmal. Er zog die Bettdecke höher, sein Arm umfing ihre Taille, und er zog sie an sich. Smilla kicherte. Sie hatte sich lange nicht mehr so leicht und unbeschwert gefühlt. Und sie würde jede Sekunde genießen.

Danach schliefen sie wieder ein, und als Smilla aufwachte, war es hell, der Schnee leuchtete draußen, die Sonne strahlte und brachte alles zum Funkeln. Smilla kuschelte sich ins Bett. Onnos Bettseite war leer, aber als sie den Kopf hob, kam er gerade aus dem Bad. Er trug Jeans und ein locker geschnittenes, graues Langarmshirt. Auf nackten Füßen kam er zum Bett und küsste sie. »Hast du Hunger?«

Sie nickte.

»Bleib ruhig noch liegen. Ich mache uns was.«

»Wie spät ist es?«, murmelte sie verschlafen.

Onno lachte. »Halb elf?«

»Bjarni wird mich vermissen.«

Er machte sich an der kleinen Siebträgermaschine in seiner Pantryküche zu schaffen. »Soll ich etwa eifersüchtig auf ein Pony werden?«, neckte er sie.

»Pferd«, murmelte sie müde. »Er ist ein Islandpferd, kein Pony.«

»Wie auch immer.« Onno kam zum Bett, und Smilla fand dieses winzige Häuschen auf einmal ganz praktisch, bis zur Kaffeemaschine war es nie weit. Warum waren Architekten nicht schon viel früher auf diese Idee gekommen? Er küsste sie. »Also, hier wird niemand eifersüchtig, okay? Weder dein Pferd noch ich. In deinem Leben ist hoffentlich genug Platz für uns beide.«

Smilla zog ihn behutsam zu sich herunter und erwiderte den Kuss. »Der Kaffee«, murmelte er.

»Der ist mir egal«, erwiderte sie leise.

Onno machte sich mit einem atemlosen Lachen los. Er wollte gerade zurück zur Küche, drei, vier Schritte vorbei an der großen Fensterfront. Die elektrischen Jalousien hatte er schon hochgefahren, man konnte also nach draußen sehen Richtung Dünen. Er hatte ihr versichert, dass niemand ihn hier draußen besuchte, und seine Fenster gingen allesamt auf die Natur hinter dem Obstgarten hinaus. Smilla kuschelte sich tiefer ins Kissen und schloss die Augen. Die Kaffeemaschine brummte, Onno summte, er raschelte und kramte.

Etwas schlug gegen die Fensterscheibe.

Sie schrak hoch und riss die Augen auf. Und dann zog sie reflexartig die Bettdecke bis ans Kinn hoch, als würde das etwas daran ändern, dass sie nackt in Onnos Bett lag, nach einer Nacht, in der sie sich mehr als einmal leidenschaftlich geliebt und einander versprochen hatten, immer ehrlich zueinander zu sein.

Sie hatte nicht vor, an diesem Versprechen zu rütteln.

Bei Onno war sie da nicht mehr so sicher.

Denn draußen vor dem Tiny House stand eine sehr wütende Pia, die flache Hand gegen die Scheibe gedrückt, daher stammte wohl der Knall. Sie hatte die Augen weit aufgerissen und starrte auf das Idyll, das sich ihr bot. Ihr Freund, der einer anderen Kaffee kochte, und diese andere lag nackt in seinem Bett.

»Onno?«, hörte Smilla sich sagen.

Er drehte sich um und entdeckte Pia.

Sie sah zu ihm. Versuchte, seinen Gesichtsausdruck zu entschlüsseln, der eine Mischung aus Überraschung, Panik und Sprachlosigkeit widerspiegelte. Dann sah sie wieder zum Fenster. Pia starrte Onno an.

Smilla wünschte sich ganz weit weg und hätte sich am liebsten unsichtbar gemacht.

Hatte er nicht gesagt, das mit Pia sei vorbei und geklärt? Er sei nun ganz und gar für Smilla da? Sie hatte definitiv nicht vorgehabt, sich in eine bestehende Beziehung zu drängen. Oder – was sich noch schlimmer anfühlte – als Trennungsgrund herzuhalten.

Ohne Pia und Onno zu beachten, die sich immer noch durch die Fensterfront wortlos anstarrten, schlüpfte Smilla aus dem Bett, sammelte gebückt ihre Sachen zusammen und huschte in das angrenzende Badezimmer. Sie zog die Tür hinter sich zu, zog ihre Unterwäsche an und fiel mit einem Aufatmen, das eher einem Schluchzen glich, auf den Klodeckel.

Sie blieb sitzen und zog die Füße an. In ihr war von der wohligen Wärme nichts geblieben. Sie gefror innerlich. Von draußen drang kein Geräusch zu ihr. Musste es auch nicht.

Onno hatte vermutlich gewusst, dass Pia heute kam. Oder er hatte es nicht gewusst, sie hatte ihn überraschen wollen und war zum denkbar ungünstigsten Zeitpunkt angekommen. Smilla lachte auf. Oder auch nicht. Es war gut, klar zu sehen. Onno hatte sie benutzt. Egal, ob sie für ihn allen Liebesschwüren zum Trotz nur ein flüchtiges Abenteuer war oder ob er genauso von Pias Auftauchen überrumpelt wurde wie sie … Egal. Pia war hier, und es sah nicht so aus, als wäre die Sache zwischen Onno und ihr schon richtig zu Ende.

Und dann hatte sie hier nichts zu suchen. So einfach war das.

Smilla wischte sich wütend die Tränen von den Wangen. Wieso heulte sie jetzt? Keine Träne wollte sie einem Mann nachweinen, der noch nicht mal so viel Mut hatte, ihr die Wahrheit zu sagen. Sie fuhr in die Jeans, schlüpfte in den zimtfarbenen Rollkragenpulli, den Onno ihr gestern so ungeduldig ausgezogen hatte.

Als sie die Tür vom kleinen Bad aufriss, standen Onno und Pia draußen im Schnee. Er noch barfuß und in Jeans und Shirt, und Smilla wünschte ihm in Gedanken mindestens eine richtig fiese Erkältung. Sie raffte ihre Sachen zusammen, wickelte sich den Schal um den Hals und stürmte nach draußen. Sie würde diesen Verrat nicht auf sich beruhen lassen. Es war ihr egal, ob er versuchte, sich für sein Verhalten zu entschuldigen.

Als sie die Tür vom Tiny House öffnete, fuhren Onno und seine Freundin zu ihr herum. »Smilla …«, er machte zwei halbe Schritte auf sie zu und verzog das Gesicht. Als er die Hand hob, stürmte sie auf ihn zu, wollte an ihm vorbei und wusste nicht, warum, aber sie stieß ihn an der Schulter beiseite.

An der kaputten Schulter.

Er hatte heute früh die Schlinge noch nicht angelegt, hatte sie heute Nacht irgendwann frustriert beiseite geworfen, weil sie ihn behinderte und er der Auffassung war, sie nicht mehr zu brauchen. Als Smilla ihn beiseitestieß, stöhnte er auf. »Selbst schuld«, zischte sie ihm zu, dann lief sie an Pia vorbei und schaute nicht zurück. Bloß weg. Sie rannte fast durch den Obstgarten, erreichte den Dünenweg dahinter. Ans Meer. Irgendwohin, wo sie ihren Schmerz in den Himmel schreien konnte. Wo sie keiner hörte.

Es tat so sehr weh, dass sie glaubte, keine Luft mehr zu bekommen.

Smilla rannte. Vielleicht rannte sie weg, aber bleiben war auch keine Option. Sie spürte sich. Wie ihre Füße über den Sand trommelten. Erstaunlich, wie viel Energie ihr Körper freisetzen konnte, wenn sie ihn darum bat. Sie erklomm die Düne, stolperte und fing sich mit den Händen auf. Eiskalter Sand, vermischt mit Schnee, grub sich in ihre Handflächen. Smilla schluchzte, sie rappelte sich auf und lief weiter, nur weg von Onno, weg von dem Ort, an dem sie nach so langer Zeit das erste Mal wieder so etwas wie Glück und Leichtigkeit empfunden hatte.

Er hatte ihr das Herz gebrochen, und es war auf eine so nachhaltige und brutale Art geschehen, dass sie bezweifelte, ob diese Wunde verheilen konnte. In einem tief verborgenen Winkel ihres Herzens ahnte sie, dass sie sich irgendwie auch hiervon erholen würde.

Aber nicht jetzt. Sie war nur Schmerz und Verlust und Angst vor Einsamkeit.

Dann kam sie ans Meer. Es schäumte wild und unbändig an den Strand. Smilla lief auf die Wellen zu, und mit jedem Schritt, mit dem sie sich dem beruhigenden Auf und Ab der Wellen näherte, wurde es in ihr stiller. Das Toben verstummte. Was blieb, war eine Leere, von der sie nicht wusste, dass sie in ihr war. Nicht meditativ, sondern finster. Fast schwarz. Sie schlang fröstelnd die Arme um ihren Oberkörper und versuchte, ihre Gedanken zu fassen. Aber da waren keine. Da war nur das Gefühl, von einem Mann verraten worden zu sein, nachdem sie sich nach so langer Zeit geöffnet und dieses eine Mal vertraut hatte. Und aus diesem Gefühl des Verrats erwuchs eine Einsamkeit, von der sie nicht gewusst hatte, dass sie in ihr war.

Sie hätte es sich so sehr gewünscht. Onno und sie waren wie Zwillingssonnen gewesen, die unaufhaltsam aufeinander zu kreisten, bis sie … ach Quatsch. Jetzt wurde sie dramatisch.

Smilla atmete tief durch. Sie trat näher ans Wasser. Die Wellen küssten ihre Stiefelspitzen. Sie ging noch etwas weiter. Das Salzwasser würde das Leder ihrer Stiefel vermutlich ruinieren, aber irgendwas musste sie jetzt mutwillig zerstören, um gegen diesen Schmerz anzukommen, der sich nun in ihrem Innern ausbreitete und die Leere ersetzte.

Es war anders als nach Jonas' Tod. Damals war da nur Leere gewesen, wo keine sein sollte. Stille und Schwärze, undurchdringlich. Jetzt war da heller Zorn, und als sie die Hände in die Manteltaschen steckte, ertastete sie den Kellnerblock mit drei Dutzend Seebären, die sie gezeichnet hatte. Sie holte den Block heraus, blätterte durch die Seiten und spürte, wie der Schmerz und die Wut bereits zurückwichen.

Es war doch nichts passiert.

Sie hatte doch befürchtet, er sei nur eine Art Lückenbüßer, und das hätte sie schade gefunden, weil sie ihm das nicht antun wollte. Nun hatte er sich mit seinem Verhalten aber in genau diese Position manövriert.

Alles war gut.

Sie spürte sich wieder. Da waren ganz viele Gefühle in ihr, ein bisschen zerrupft, vom Wind zerzaust und chaotisch. Gefühle waren es trotzdem, und sie konnte damit so viel mehr anfangen als mit Leere.

Sie stopfte den Kellnerblock zurück in die Manteltasche und machte sich auf den Weg nach Hause.

»Selbst schuld.« Ihre letzten Worte brannten. Nicht so sehr wie die Schulter, die den abrupten Stoß übelnahm. Der Schmerz schoss in den Arm. Onno krümmte sich zusammen und stöhnte auf. Pia sah Smilla nach.

Er machte zwei kleine Schritte in Smillas Richtung, wurde vom Schmerz ausgebremst und sank aufs Knie. Die Kälte drang durch seine Fußsohlen. Sofort beugte Pia sich über ihn und legte die Hand auf die gesunde Schulter. »Alles okay?«, fragte sie besorgt.

Das war merkwürdig. Alles an dieser Situation. Er wusste nicht, ob er beunruhigt sein oder lieber gleich in Panik geraten sollte. Pia war nicht die Frau, mit der man vernünftig reden konnte. Aber nachdem er vorhin vor die Tür getreten war, hatte sie ihn angelächelt, »Hi« gesagt und sich *entschuldigt*, dass sie so früh aufgetaucht war.

»Wieso bist du jetzt schon da?«, hatte er eher dümmlich gefragt.

»Ich habe den WattenExpress genommen«, erklärte sie. »Weil ich … mit dir reden muss.«

»Reden«, echote er.

»Ich hätte wohl anrufen sollen.« Wieder huschte ihr Blick zum großen Fenster. Onno drehte sich halb um. Smilla lag nicht mehr im Bett, und die Tür zum Badezimmer war geschlossen. Er überlegte fieberhaft, was er tun sollte. Leugnen, dass er die Nacht mit einer anderen Frau verbracht hatte? Was brachte das? Pia hatte ihn ertappt. Es brachte nichts, die Tatsachen zu leugnen.

Außerdem wollte er sich nicht verstecken. Ja, es war falsch von ihm gewesen, Smilla gestern Abend zu versichern, das mit Pia sei vorbei. Es mochte für ihn vorbei gewesen sein. Innerlich hatte er mit der Beziehung vielleicht schon länger abgeschlossen. Aber Pia wusste nichts von seiner Entscheidung, und dieser Umstand hatte sie alle drei nun in diese unangenehme Situation gebracht.

Bevor er noch etwas sagen konnte, war Smilla aus dem Tiny House gestürmt, hatte ihn umgestoßen – mit voller Absicht an der Schulter, und auch das konnte er verstehen, das hatte er verdient –, und sie war hinter den Dünen verschwunden. Er wäre ihr nachgerannt, aber das hatte sie mit dem Stoß gegen seine verflixte Schulter erfolgreich verhindert.

»Was ist mit deiner Schulter?« Nur gedämpft drangen Pias Worte zu ihm durch. »Onno? Was ist los?« Sie klang besorgt. Nicht auf diese schrille Art, weil sie fürchtete, er würde sie gleich wieder blamieren. Er richtete sich auf. Scheiße. Er hatte Pia bisher nichts von der Luxation erzählt, weil er nicht wollte, dass sie sich unnötig sorgte oder darauf bestand, dass er nach Hause kam. Sie würde wütend werden, wenn er es ihr jetzt erzählte.

Aber er hatte genug davon, sich Ausreden einfallen zu lassen, nur damit sie ihn nicht anschrie.

»Ich habe mir die Schulter ausgekugelt«, sagte er schlicht.

»Oje.« Sie machte einen Schritt nach hinten. »Geht's?« Immer noch war sie so beunruhigend besorgt und freundlich. Onno atmete tief durch. Das war doch auch nicht richtig, dass er ständig auf der Hut war und bei jedem Wort, das er sagte, ihre Reaktion vorhersehen wollte, um nicht in ein Fettnäpfchen zu treten oder ihren Zorn auf sich zu ziehen.

Darüber hatte er bisher nie so nachgedacht, aber war das, was Pia und er machten, überhaupt gesund?

»Geht schon.« Er atmete ein paarmal tief durch und blickte in die Richtung, in die Smilla gelaufen war. Vermutlich brauchte sie erst mal Zeit für sich. Gestern hatte er ihr versichert, das mit Pia sei vorbei, und dann wurde sie heute Früh von Pia geweckt, die sie durchs Fenster anstarrte. Er wäre an Smillas Stelle auch weggelaufen.

»Komm, wir gehen erst mal rein. Soll ich uns Kaffee kochen? Ich denke, wir sollten reden.«

Onno nickte wie betäubt. »Ja, das denke ich auch.«

Sie ging voran ins Tiny House. Onno holte sich Wollsocken und zog einen Pullover an, während Pia sich an der Siebträgermaschine zu schaffen machte. Sie räumte etwas Geschirr weg, deckte den Tisch für zwei und wirkte insgesamt seltsam ruhig, dafür dass sie ihn gerade mit einer anderen erwischt hatte. Onno blieb auf der Hut. Vermutlich würde sie ihm gleich irgendein absurdes Ultimatum stellen. Nachdem er seine Untreue gezeigt hatte, müsse er ihr bestimmt beweisen, dass er nach wie vor zu ihr gehörte, und das ginge nur, wenn sie bald heirateten. Ja, etwas in der Art musste kommen. Onno atmete tief durch. Darauf würde er sich nicht einlassen. Unabhängig davon, ob es ihm gelang, Smilla zu überzeugen, dass er mit Pia längst abgeschlossen hatte – er wusste selbst, wie absurd das klang –, war die Beziehung mit Pia für ihn zu Ende. Keine letzte Versöhnung, keine Hochzeit, nichts konnte das, was sie einst gewesen waren, retten.

»Es tut mir leid, dass ich euch überrascht habe.« Pia setzte sich auf den zweiten Stuhl an dem kleinen Tisch und legte die Hände um ihren Kaffeebecher. »Ich schwöre dir, wenn ich gewusst hätte …«

Onno runzelte die Stirn. Das Gespräch nahm eine ganz andere Richtung als gedacht.

Sie seufzte und löffelte etwas Milchschaum von ihrem Milchkaffee. »Ich bin hergekommen, weil …« Sie schüttelte den Kopf. »Scheiße, Onno. Mach es mir doch nicht so schwer. Die Tatsache, dass du mit einer anderen im Bett gelandet bist, zeigt doch, dass unsere Beziehung für dich auch nicht mehr das ist, was sie mal war.«

Er starrte sie wortlos an. Hatte sie gerade gesagt, die Beziehung sei für ihn *auch* nicht mehr, was sie mal war?

»Was ist passiert?«, brachte er schließlich hervor.

Sie sah ihn lange an. Dann sagte sie leise: »Ich habe da jemanden kennengelernt. Schon vor einem halben Jahr.«

Er starrte sie stumm an. Ein halbes Jahr schon. Das war der Zeitraum, seitdem es in ihrer Beziehung so kompliziert geworden war. Pia war ständig gereizt, sie hatte überall Gespenster gesehen, hatte ihm immer wieder irgendwas angedichtet, das nicht da war. Und hatte letztlich dieses merkwürdige Missverständnis in seiner alten Schule als

Aufhänger genutzt, dass er sich eine andere Stelle suchen sollte. Weit weg von zu Hause. Selbst danach war sie sauer gewesen, sie hatte ihm Vorwürfe gemacht, weil er sie im Stich ließ.

Und die ganze Zeit hatte sie da einen anderen Mann gehabt?

Er konnte es nicht glauben.

»Wir haben uns kennengelernt, als du nicht mit ins Theater konntest. Er saß neben mir, und wir haben uns den ganzen Abend so gut verstanden … Danach sind wir noch was trinken gegangen, und er hat mich zum Abschied geküsst. Ich dachte, das darf nicht sein, dass ich so schnell Gefühle für einen anderen entwickle … Ich war so unglücklich, Onno. Nicht mit dir. Vorher war es zwischen uns … einfach. Aber mit ihm … er ist ein kluger Mann, im Unterschied zu dir teilen wir viele Interessen.« Sie holte tief Luft. »Ich wollte mich nicht in ihn verlieben. Er wollte sich nicht zwischen dich und mich drängen. Wir haben versucht, miteinander befreundet zu sein. Trotzdem habe ich gemerkt, dass es nicht genügt. Wir haben … viel unternommen. Und ich war nicht ehrlich zu dir. Als du dann auf Spiekeroog verschwunden bist … Da konnte ich nicht länger gegen die Gefühle ankämpfen. Und ich habe es wirklich lange versucht.«

»Das tut mir leid«, sagte er leise.

»Was genau?« Sie lachte unsicher.

»Dass du so lange nicht deinen Gefühlen folgen konntest.«

»Ich wollte dich doch nicht verletzen.«

Er sah sie nachdenklich an. Alles ergab auf einmal Sinn.

Pias Gereiztheit all die Monate. Ihre vielen Aktivitäten, von denen sie dann aber so wenig erzählte.

»Im Grunde habe ich dich seit Monaten schon betrogen, ohne dass er und ich im Bett gelandet sind. Und jetzt, nachdem es passiert ist, musste ich eine Entscheidung treffen. Für uns drei.« Sie sah zu ihm auf. »Es tut mir leid, Onno. Das mit uns ist vorbei.«

»Ich weiß«, flüsterte er. »Das war es schon länger, nicht wahr?«

Sie nickte. Und dann fing sie an zu weinen. Vor Erleichterung, merkte er. Und da musste er sie auch gar nicht viel trösten, denn sie war glücklich, dass sie sich ausgesprochen hatten.

»Ich wünsche euch alles Glück dieser Welt«, sagte er, als sie sich wenig später verabschiedeten. Das Schönste war, dass er es wirklich so meinte. Alles andere konnten sie später klären. Jetzt wollte Pia erst mal zurück zu ihrem neuen Freund. Er wartete in Neuharlingersiel auf sie. Hatte sie hierher begleitet, um sie zu unterstützen. Onno war froh, denn dieser Neue in Pias Leben schien ihr gut zu tun und ihr genau das Maß an Unterstützung zu geben, das sie brauchte.

»Das wünsche ich dir auch. Ich habe … damals schon auf der Fähre. Du und Smilla …«

»Ja«, sagte er knapp. »Aber ich weiß nicht, wie ich das jetzt geradebiegen soll.«

»Soll ich mit ihr reden?«, schlug sie vor.

Onno schüttelte den Kopf. »Ich habe sie belogen, also muss ich es auch geradebiegen.«

»Sie wird es verstehen.«

Das hoffte er. Wissen konnte er es nicht. Er verstand jedenfalls etwas besser, was Smilla damit meinte, als sie ihm erklärte, sie sei kaputt. Heile Menschen hätten vielleicht abgewartet und diese Situation ausgehalten.

»Erzählst du mir irgendwann, was mit deiner Schulter los ist?«

»Irgendwann mal.« Er lächelte kläglich. Zum Abschied umarmten sie sich, und Pia flüsterte ihm zu: »Alles wird gut.«

Er würde es so gern glauben.

Doch als er wenig später Smillas Handynummer wählte, ahnte er schon, dass er nicht zu ihr durchdringen würde.

Sie drückte ihn nach dem ersten Klingeln weg. Als er erneut anrief, hörte er nur ein unendliches Freizeichen.

Vermutlich hatte sie ihn blockiert. Onno schrieb ihr trotzdem eine Nachricht. *Es tut mir so leid. Darf ich es dir erklären?*

Er schickte sie nicht ab. Denn er verstand, dass Smilla im Moment nicht aus ihrer Haut konnte. Vielleicht später.

Wenn sie dann noch auf der Insel war.

Sie hatte ihn auf ihrem Handy nicht blockiert. Das schaffte sie nicht. Sie wollte wissen, ob er mehr als einmal versuchte, sie anzurufen. Ob er ihr Nachrichten schickte.

Sie lief heim, drückte seinen ersten Anruf weg, hielt den zweiten aus, das Smartphone in der Hand, den Blick aufs Meer, Tränen im Gesicht. Sie wollte nicht mit ihm reden, und doch schrie alles in ihr danach, endlich mit ihm zu sprechen und dieses Missverständnis aufzuklären. Sie wollte so gerne glauben, dass es ein Missverständnis war.

Allein deshalb musste sie es aushalten und durfte nicht reagieren. Sie war noch nicht bereit, seine Beteuerungen anzuhören. Dazu war das alles noch zu frisch und schmerzte zu sehr.

Aber wie konnte sie ihm klarmachen, dass sie Zeit brauchte, wenn sie es nicht aushielt, mit ihm zu sprechen?

Vielleicht, indem sie las, was er schrieb. Ohne Antwort. Denn ein Nein würde die Tür zuschlagen. Das Schweigen ließ Raum für ein Ja, wenn sie dafür bereit wäre, es sich erklären zu lassen.

Wenig später kam Smilla zurück auf den Isländerhof. Vor der Tür vom Wohnhaus standen drei Koffer. Abreisetag. Diesmal aber nicht für die Inselgäste, sondern für Sanne.

Smilla blieb stehen. Das hatte sie verdrängt. Ihre Freundin verließ die Insel, und Smilla blieb zurück.

In diesem Moment kam Sanne aus dem Haus und zog behutsam die Tür hinter sich zu, als fürchtete sie, das Gebäude könnte bei einer zu großen Erschütterung einfach in sich zusammenfallen.

»Hey«, sagte Smilla.

Sanne fuhr zu ihr herum. Stumm sahen sie sich an, und dann lief Sanne auf Smilla zu. Sie umarmten sich fest. »Es tut mir so leid«, flüsterte Smilla.

»Ist schon okay«, schniefte Sanne. Nichts war okay. Sie musste ihren Traum vom Leben auf der Insel an der Seite von Conny begraben. Das tat weh.

»Was hast du jetzt vor?«, fragte Smilla.

Sanne zuckte verzweifelt mit den Schultern. »Keine Ahnung«, flüsterte sie. »Ich weiß nicht, wohin. Also, ich kann zu meinen Eltern zurück, aber …« Sie lachte auf. Smilla verstand. Niemand kehrte mit über dreißig Jahren gern zu den eigenen Eltern zurück. Selbst wenn es die Möglichkeit gab, war es immer mit dem Eingeständnis verbunden, dass man im Leben auf die eine oder andere Art gescheitert war.

»Dann nimm doch meine Wohnung«, schlug Smilla vor. »Die steht leer.«

Ich bleibe hier, dachte sie staunend. Damit hatte sie nicht gerechnet. Aber in Berlin wartete niemand auf sie – bis auf Richard. Und wenn sie die Wahl hatte zwischen der Insel mit Onno und Berlin mit Richard, fiel die Wahl auf Spiekeroog.

Sie war hier noch nicht fertig. Nicht nur wegen Onno, sondern weil sie endlich das Gefühl hatte, wieder zu sich selbst zu finden.

»Wenn das geht …« Hoffnung glomm in Sannes Blick auf. »Ich werde auch … also, ich lese schon Stellenanzeigen, denn früher oder später will ich wieder auf einem Reiterhof arbeiten. Aber für den Übergang …«

»Ich werde mindestens bis Weihnachten hier bleiben«, versicherte Smilla ihr. »So lange kannst du dort unterschlüpfen.«

Sanne umarmte sie noch mal, und diesmal heulte sie vor Erleichterung. »Danke«, flüsterte sie.

Dabei sollte Smilla eher Sanne dankbar sein. Wenn ihre Wohnung besetzt war, hatte sie sich quasi die Fluchtmöglichkeit abgeschnitten.

Sie *wollte* bleiben. Und jetzt *musste* sie es auch, wenn sie in Berlin nicht bei Leyla oder einer anderen Freundin auf der Matte stehen wollte. Und das wäre ungefähr so unangenehm wie bei ihren Eltern.

Smilla atmete tief durch. Sie blieb auf Spiekeroog. Das fühlte sich erstaunlich richtig an.

KAPITEL 19

»Alles okay?«

Frieke schnaufte. Sie stand mit der Hand am Kinderbuchregal abgestützt einen Moment einfach da und horchte in sich rein. »Geht so.«

»Immer noch die Übungswehen?« Emma musterte sie scharf.

»Du hast selbst gesagt, beim zweiten kamen die deutlich früher.«

»Schon. Wann hast du den nächsten Kontrolltermin bei deiner Ärztin?«

»Ach, nächste Woche erst.« Frieke runzelte die Stirn. Fürs Wochenende war Schnee angekündigt. Das war einerseits gut, denn am Wochenende war endlich der kleine Winterzauber, den Emma, Sonja und sie federführend in den letzten Wochen organisiert hatten. Aber sie hatte auf der anderen Seite gerade auch wenig Lust, den ganzen Samstag im Schnee zu stehen.

»Das wird toll.« Emma hatte natürlich Friekes zweifelnden Blick durch das kleine Sprossenfenster nach draußen bemerkt. »Du kriegst so kleine Knickwärmekissen in die Jackentaschen, und deine Füße stellen wir auf eine Wärmflasche.«

»Wie wäre es mit einer Ganzkörperwärmflasche?«, murmelte Frieke. Die Übungswehe war rum, und sie entspannte sich wieder. Sie hatte die Wehen nicht als so schmerzhaft in Erinnerung. Das konnte ja heiter werden … vermutlich war es jetzt zu spät, um noch einen Rückzieher zu machen, richtig?

»Du bekommst, was du brauchst.« Emma grinste. Sie wirkte völlig gelöst. Seit zwei Wochen kam sie wieder für zwei Vormittage in den Buchladen. Nicht, weil der Ansturm der Kunden ohne sie nicht zu bewältigen war, denn nur selten verirrte sich jemand zu ihnen. Die Insel war in den alljährlichen winterlichen Dornröschenschlaf gefallen. Nachmittags trafen sich die wenigen Inselgäste zum Stöbern in der Buchhandlung, aber vormittags waren die meisten mit Wanderungen, Ausschlafen oder Teetrinken beschäftigt. Nein, Emma wollte einfach wieder etwas *tun*, und dieser Einstieg war sanft genug. Mika war solange bei Conny, die angeboten hatte, sich vermehrt um ihre Nichte zu kümmern.

Frieke konnte es gut nachempfinden. Sie hatte selbst nach Oles Geburt kaum abwarten können, wieder etwas anderes tun zu dürfen als unter einem schlafenden Baby zu liegen und im Haus auf Zehenspitzen zu laufen. Sie hatte damals viel zu früh wieder angefangen und sich dabei ein bisschen übernommen. Wie gut, dass Emma es langsam angehen ließ.

Ob ihr das nach der Geburt auch möglich sein würde? Ab April, spätestens Mai füllte sich die Insel mit Urlaubern, dann wäre auch wieder mehr zu tun. Frieke fürchtete sich ein bisschen davor, dass sie es nicht einfach auf sich beruhen lassen konnte und wie schon bei Ole vor knapp fünf Jahren viel zu schnell in den Buchladen zurückkehrte.

»Wie geht es Conny eigentlich?«, erkundigte Frieke sich.

»Das ist eine gute Frage, und ehrlich, ich habe darauf keine Antwort.« Emma seufzte. Sie bückte sich nach einem Bücherstapel, den Frieke vorhin beim Verräumen vergessen hatte. »Manchmal denke ich, sie rutscht wieder in diese depressive Zone ab. Noch nicht ganz depressiv, aber auch nicht weit davon entfernt. Die Trennung von Sanne hat sie sehr mitgenommen. Da kann sie noch so oft behaupten, es sei die richtige Entscheidung gewesen.«

»Manchmal tut's weh, die richtige Entscheidung zu treffen«, murmelte Frieke nachdenklich.

»Das ist wohl so.«

Sie räumten schweigend weiter. Ein paar Kundinnen kamen, Wanderinnen, die auf der Insel im Dezember die Ruhe suchten. Emma drückte ihnen die Flyer für den Winterzauber in die Hand. »Kommen Sie! Es wird ganz heimelig und ein bisschen intim«, scherzte sie, und die älteren Damen schauten sich an und kicherten. Intim gefiel ihnen. Sie kauften jeweils zwei Bücher und winkten fröhlich zum Abschied.

Frieke legte gerade ein paar Bücher auf dem Kassentisch aus, als die Tür aufging und Smilla hereinschlüpfte. »Hey!«, begrüßte Frieke sie fröhlich. »Wie geht's?«

Smilla räusperte sich und schob die Sonnenbrille, die sie in letzter Zeit häufig trug, in die schwarze Mähne. »Gut«, log sie.

Dass sie log, erkannte Frieke sofort. Smilla war in den Wochen, in denen sie nun schon auf der Insel lebte, spätestens nach drei Tagen aufgetaucht und hatte sie jedes Mal gebeten, ihr etwas gegen Liebeskummer zu empfehlen.

Beim ersten Mal hatte Frieke noch gelacht. »So funktioniert das nicht«, hatte sie dann hastig hinzugefügt. Sie wollte nicht über Smilla lachen. Sie wollte irgendwas Tröstendes sagen, aber ihr war auch nichts eingefallen. Liebeskummer war etwas, da konnten Bücher schon *helfen*, aber sie konnten einen nie wieder ganz heil machen. So viel hatte Frieke verstanden. Sie empfahl deshalb ein bisschen aus dem Bauch heraus, was ihr gerade richtig erschien. Meist Romane mit ein bisschen Liebe und vielen anderen Themen. Aber langsam gelangte sie da an ihre Grenzen und hoffte inständig, dass Smilla nicht schon wieder »etwas gegen Liebeskummer« brauchte.

»Hey, das passt super, dass du hier bist!« Emma schoss aus der hintersten Ecke des kleinen Buchladens nach vorne. »Kannst du das hier für Conny mitnehmen? Und erinnere sie bitte daran, dass sie am Samstag pünktlich um elf mit der Kutsche da ist, ja?«

»Samstag soll's Sturm geben«, sagte Smilla leise.

»Ach ja?« Frieke runzelte die Stirn. Davon hatte sie bisher nichts gehört.

»Papperlapapp. Wetter kommt immer später als angekündigt, das liegt am versiegenden Jetstream oder so.«

»Sturm ist nicht gut«, murmelte Frieke, ohne auf Emmas Bemerkung einzugehen. Sie zog das Handy aus der Brusttasche ihrer Umstandslatzhose und rief die Wetter-App auf. Wieso hatte sie noch nichts von diesem Sturm gehört? Wenn es in drei Tagen Sturm geben sollte, wäre das längst Inselthema Nummer eins, weil es hieß, dass das Deichtor geschlossen wurde und weitere Vorkehrungen getroffen werden mussten. Erst letzten Winter war nach einem besonders heftigen Sturm die SPIEKEROOG IV auf einer Parkplatzfläche neben dem Hafen havariert. Es hatte Monate gedauert, bis sie geborgen werden konnte.

»Na, hoffentlich binden sie die Fähren gut an.« Emma ließ sich ihre gute Laune von der Aussicht auf Sturm nicht verderben. Sie war ja auch nicht hochschwanger.

»Aber es bleibt doch beim Winterzauber?«, erkundigte sich Smilla.

»Logisch. Sieht ja eher nach Samstagnacht aus.« Emma beugte sich über Friekes Schulter und studierte die Angaben in der Wetter-App. »Sonst haben wir auch schnell wieder abgebaut. Wär schon schade …«

»Wird hoffentlich nicht passieren. Frieke?«

»Ja, ja, passiert nichts«, sagte Frieke gedankenverloren. Und was, wenn doch?

Sturm machte sie nervös. Sturm konnte alles bedeuten, von steifer Brise für zwei Nächte bis hin zu einer havarierten Fähre, Eisgang und massivem Verlust von Strand im Westen der Insel. Drei Sturmfluten in Folge, und jede verheerender als die vorhergehende. Vor allem aber: Bei Sturm fuhr kein Schiff. Nicht mal der kleine Wattenexpress, und an Hubschrauber zur Rettung von wehenden Müttern, haha, wehend, wie der Wind …

Sie spürte die nächste Übungswehe. Wie passend.

Diesmal wartete sie in Ruhe ab. Hör mit dem Quatsch auf, Baby Gerjets, dachte sie. Du kommst erst nach Weihnachten, hast du verstanden?

»Hast du noch was für mich?«, wollte Smilla wissen.

»Ja, klar. Hier.« Frieke hatte im Regal ein Eckchen für Smillas Bücher eingerichtet. Smilla kam mit solcher Regelmäßigkeit, es lohnte sich, immer ein, zwei Bücher, die ihr bei der Arbeit in die Hand fielen, für sie beiseite zu legen. Diesmal war es »Leonard und Paul« von Rónán Hession. Der Roman über zwei Männer, so unspektakulär sie in ihrer Alltäglichkeit waren, hatte sie zuletzt sehr zum Weinen gebracht.

»Das nehme ich.«

»Hast du schon alles zusammen für deinen Stand am Samstag?«, erkundigte sich Emma. Sie drückte sich am Kassentisch herum. Alle Bücher waren weggeräumt, der Buchladen bis in den letzten Winkel geputzt und geordnet. Zwei halbe Tage Emma und eine nestbaugetriebene Frieke sorgten für Ordnung, wie sie der kleine Buchladen bisher nicht erlebt hatte.

»Alle Karten, Kunstdrucke und Stofftiere am Start.« Smilla lächelte. »Ich freu mich schon.«

Sie klang aber nicht so. Eher, als hätte sie eine Verpflichtung angenommen, die ihr jetzt nicht länger behagte. Frieke sprach sie nicht darauf an. Sie wurde aus Smilla nicht ganz schlau. Als sie vor sechs Wochen auf die Insel kam, hatte es nicht lange gedauert, bis sie sich öffnete und ein bisschen von sich selbst offenbarte. Aber dann musste irgendwas passiert sein, und seitdem hatte sie Smilla eigentlich nur gesehen, wenn sie Bücher abholte.

Zeit, sie ein bisschen näher kennenzulernen, fand Frieke. Vielleicht ergab sich am Wochenende ja die Gelegenheit.

»Mhm, was duftet denn hier so köstlich?« Frieke stand im Flur des Kapitänshauses und schnupperte. Plätzchen!

Bengt und Ole werkelten schon seit Tagen hinter der geschlossenen Küchentür, und jedes Mal, wenn sie neugierig reinlinsen wollte, wurde sie von den beiden vertrieben. Also hockte sie sich auf die zweite Treppenstufe und wartete, bis Ole herausschlüpfte, mit Mehltupfen auf der Nase und Marmelade im Mundwinkel. Heute waren wohl die Engelsaugen dran. Oder Terrassenkekse? Ole schlang die Arme um Friekes Hals und gab ihr einen puderzuckrigen Kuss auf die Wange. »Du darfst nicht in die Küche! Papa kocht Linsen.«

Frieke konnte sich mühsam ein Grinsen verkneifen. »Na klar, ich bleib hier. Wollen wir ein bisschen im Wohnzimmer sitzen und Mandarinen naschen?«

Ole nickte. Er lief los und holte aus der Küche zwei Mandarinen und einen Teller für die Schalen. Frieke stemmte sich mühselig hoch und holte aus dem Flurregal das Buch, das sie im Moment täglich vorlesen musste. »Schon wieder Pettersson?«, fragte sie.

»Jaaaa!«, rief Ole aus der Küche.

Also wieder die Geschichte vom alten Pettersson, der sich den Fuß verknackste und mit dem Kater Findus allein Weihnachten feiern wollte. Bis die Nachbarn von Petterssons Missgeschick erfuhren und alle nacheinander vorbeikamen, um ihm ein paar Leckereien zu bringen. Am Ende war in Petterssons Wohnzimmer eine große Weihnachtsfeier im Gange, und er wurde von allen reich beschenkt. Frieke hatte auch gar nichts dagegen, die Geschichte vorzulesen. Doch nach dem zehnten Mal wurde es *etwas* öde. Es gab doch noch so viele andere schöne Weihnachtsgeschichten!

Ole trug voller Stolz die blaue Schale mit den Mandarinen ins Wohnzimmer. Frieke folgte ihm mit dem Bilderbuch, und mit Hilfe von Kissen, der riesigen Häkeldecke, frischen Mandarinen und dem Bilderbuch machten sie es sich bequem, während aus der Küche das Klappern von Geschirr und ein unwiderstehlicher Keksduft herüberdrangen. Frieke wurde angenehm schläfrig von dieser heimeligen Atmosphäre. Am besten ging sie heute Abend mit Ole ins Bett. Sie war in den letzten Tagen wieder extrem müde. Baby Gerjets wuchs vermutlich mal wieder.

Als sie mit dem Vorlesen fertig war, rutschte Ole vom Sofa. »Mama kann jetzt schlafen«, meinte er. »Ich guck, was Papa macht.«

Sie schloss die Augen und genoss die Ruhe. Baby Gerjets trat sie, und Frieke lächelte, denn diesmal waren die Tritte direkt unter dem Rippenbogen. »Hast dich gedreht, kleiner Tänzer«, murmelte sie.

Oder Tänzerin. Es war ihr egal, ob es ein Junge oder ein Mädchen wurde. Hauptsache gesund.

»Hier.« Bengt stellte ein Brett mit Schnittchen und einen Becher Tee auf den Couchtisch. »Stört es dich, wenn Ole seine Serie guckt?«

»Nein, gar nicht. Wie lange hab ich geschlafen?«

»Ne Stunde?«

Auweia. »Wieso bin ich denn so müde?«, wunderte sich Frieke.

Bengt starrte auf ihren Bauch. »Das weiß ich nicht, du«, meinte er und grinste.

»Touché.« Sie rappelte sich auf und sichtete das Abendbrot. Noch mehr Mandarine, zwei frisch gebackene Plätzchen, Schnittchen mit Käse und Cashewaufstrich, den Bengt gelegentlich machte. Dazu Cornichons und ein gekochtes Ei. »Du verwöhnst mich.«

»Immer.« Er küsste sie auf die Stirn. »Ruh dich aus. Ich schau mit Ole seine Serie und bringe ihn dann ins Bett.«

Sie nickte. Durfte sie also – ausnahmsweise! – auf dem Sofa essen. Bengt setzte sich mit Ole auf den breiten Sessel, und einer von den beiden war schon ziemlich müde und kuschelte sich an den anderen. Frieke ging das Herz auf, und sie genoss die harmonische Stimmung. Während Bengt Ole ins Bett brachte, räumte sie das Geschirr in die Küche und musste sich zwischendurch gelegentlich auf den Küchenstuhl setzen, um zu verschnaufen. Danach ging sie wieder ins Wohnzimmer und wartete auf Bengt.

»Wolltest du nicht mit Ole ins Bett?« Er kam rein und lehnte die Tür zum Flur an. »Er ist in Rekordzeit eingeschlafen. Plätzchen backen und Weihnachtsgeheimnisse machen müde.«

»Ich geh bald ins Bett.« Sie stand auf und streckte sich. »Ich hab etwas ziemlich Verrücktes vor.«

»Schieß los.«

»Jemanden zu Weihnachten einladen.«

»Okay …?«

»Es gibt eine junge Frau, die auf dem Isländerhof wohnt. Sie bleibt bis zum Jahresende, und sie ist … irgendwie traurig. Immer, wenn es um Weihnachten geht, ist das, als würde sich ihre Laune eintrüben.«

»Und du willst ihr beweisen, wie schön Weihnachten ist.«

Sie zuckte mit den Schultern.

»In unserem Kleinfamilienchaos, mit deinen Eltern und den üblichen Feiertagskonflikten.«

»Blöde Idee?«

»Phantastische Idee. Nicht, dass uns langweilig wird.«

Er breitete die Arme aus, und Frieke schmiegte sich an ihn. Ein paar Sekunden standen sie einfach so da, hielten sich fest, und sie lauschte seinem Herzschlag.

»Wusstest du, dass solche Umarmungen mein Leben verlängern?«, murmelte er.

»Was? Nein.« Sie machte sich von ihm los, und er zog sie wieder an sich. Frieke musste kichern.

»Lass das, Weib«, schalt er sie zärtlich. »Ist wohl wissenschaftlich erwiesen. Umarmungen, die länger als zwanzig Sekunden dauern, schütten Oxytocin aus. Das Kuschelhormon. Ersatzweise kannst du mich auch für sechs Sekunden küssen.«

»Mhm«, machte Frieke. Beides klang verlockend. »Und davon lebst du länger?«

»Vier Jahre, wenn wir es regelmäßig machen.«

»Dann haben wir gerade wieder einen Tag gewonnen«, murmelte sie glücklich.

»Unser Dank gilt der Wissenschaft.« Er drückte sie noch mal kurz an sich. »Lade Smilla ruhig ein. Niemand soll zu Weihnachten allein sein. Du weißt, ich hab's nicht so mit dem Konsumfest …«

»Weihnachten ist schön«, erwiderte Frieke streng. »Hochzeitstag und Familienfest in einem.«

»Wie du meinst.« Er küsste sie noch mal auf die Nasenspitze, und Frieke, die das nicht mochte – und das wusste

Bengt genau und machte es nur, um sie ein kleines Bisschen zu ärgern – zog die Nase kraus.

»Ob du allerdings ein Geschenk bekommst, muss ich mir noch überlegen.«

»Dann überleg mal. Ich freu mich auch über Wollsocken.«

Das liebte sie an ihm. Wie wenig er zum Glücklichsein brauchte. Allerdings, wenn sie darüber nachdachte, ging es ihr ähnlich. Ihre Lieblingsmenschen um sich zu haben, das genügte auch ihr, um sich glücklich zu fühlen.

KAPITEL 20

Sie wollte mit niemandem reden, aber da waren diese herzlichen Frauen im Buchladen. Frieke, Sonja, neuerdings auch Emma. Die drei waren miteinander befreundet, und die liebevolle, manchmal selbstironische und witzige Art, miteinander umzugehen, erinnerte Smilla an ihre Freundinnen daheim in Berlin. Manchmal fehlte ihr das. Mit ihren Freundinnen zusammensitzen, einander alles erzählen. Auch wenn die drei Buchhändlerinnen sie inzwischen wie eine gute Freundin begrüßten, sie fragten, wie es ihr ging und sehr offen und herzlich zu ihr waren, fiel es Smilla schwer, diese Freundlichkeit anzunehmen. Außerdem käme sie sich komisch vor, wenn sie einfach damit herausplatzte: »Wollen wir Freundinnen sein?«

Nur: Wie schloss man Freundschaften in ihrem Alter? Ging es nicht nur so? Und waren sie nicht alle erwachsen genug, das offen auszusprechen, wenn sie gern *mehr* wollten – ebenso wie sie es sagen konnten, wenn sie dieses Mehr nicht wollten?

Sanne hatte sich gut in Smillas Wohnung eingerichtet, und Leyla hatte sie unter ihre Fittiche genommen – inklusive Familienanschluss. »Aber das ist okay«, versicherte Sanne ihr, wenn sie telefonierten. »Familie stört mich nicht, solange ich nach einem Nachmittag im Trubel wieder heimgehen darf.« Sie wäre die ideale Patentante.

Smilla hingegen hatte sich vorgenommen, mindestens bis zum neuen Jahr auf Spiekeroog zu bleiben. Daran änderte auch die Sache mit Onno – oder besser gesagt ohne ihn – nichts. Sie wollte für sich einstehen. Sich einreden, dass diese eine Nacht nichts bedeutete. Sie hielt sich von der Inselschule fern und sagte sich, es sei doch nichts passiert. Sie waren erwachsen. Es hatte gewaltig zwischen ihnen gefunkt, auf ihrer Seite jedenfalls. Er hatte sie angelogen, sie hatte die Konsequenzen aus seiner Lüge gezogen. Ende der Geschichte.

Bevor sie richtig anfangen konnte. Das war das Traurige daran.

Leider dachte sie trotzdem noch zu oft an ihn. An das Waswärewenn einer gemeinsamen Zukunft, die sie sich so gern ausgemalt hatte. Auch jetzt ließ sich der Gedanke daran nicht ohne Weiteres wegdrücken. Mehr als einmal hatte sie überlegt, ihm eine Nachricht zu schreiben oder ihn anzurufen. Oder noch einfacher: Bei ihm vorbeizugehen und ihn zu fragen. *Was hast du dir dabei gedacht? Wieso hast du mich belogen? Erklär es mir. Ich will es verstehen. Ich habe dich nicht so eingeschätzt, und darum tut es so sehr weh.*

Vermutlich müsste sie die Sache abschließend mit ihm klären, bevor sie wieder nach vorne schauen konnte. Schon verrückt. All die glücklichen Jahre mit Jonas, und dann war er gestorben, der nächste Mann in ihrem Leben hatte ihr einfach einen komplett unpassenden Antrag gemacht und der Erste, dem sie sich wieder öffnete, war nicht aufrichtig gewesen. Man könnte an der Welt verzweifeln, wenn man darüber mal nachdachte.

Oder Smilla versuchte, es mit einem gewissen Galgenhumor zu sehen. Immerhin gab es Männer, die sich für sie interessierten.

Und einen gab es, der von all dem gänzlich ungerührt komplett unironisch in den letzten Wochen zu ihrem besten Freund geworden war.

»Hey, Bjarni.« Zurück auf dem Isländerhof führte ihr erster Weg in den Stall. Der Rappwallach stand die meiste Zeit im Paddock direkt am Offenstall und kam sofort angetrottet, als er sie entdeckte. Smilla hakte den Führstrick in das Halfter ein und führte ihn zum Putzplatz.

Neben den regelmäßigen Ausritten hatte sie begonnen, bei Conny Einzelstunden zu nehmen. Wozu war das Geld sonst da? Neben dem kleinen Vermögen, das sie durch Murmel und Hupsi machte, hatte sie nach Jonas' Tod auch eine nicht geringe Summe aus der Lebensversicherung ausbezahlt bekommen, die er zu ihren Gunsten abgeschlossen hatte. Sie dachte inzwischen ernsthaft darüber nach, ob sie ihren Lebensmittelpunkt von Berlin an die Küste verlegen könnte. Es musste ja nicht sofort Spiekeroog sein. Zumal sie bezweifelte, ob es überhaupt Wohnraum gab – bezahlen könnte sie ihn ja. Was für ein Luxus.

Nachdem sie den dichten Pelz von Bjarni gestriegelt und seine Hufe ausgekratzt hatte, ging Smilla in die Sattelkammer, um Sattel und Trense zu holen.

Als sie zurückkam, hätte sie beides beinahe fallen lassen.

»Richard«, hauchte sie.

Er stand neben Bjarni, eine kleine Reisetasche in der Hand. Gerade versuchte er, Bjarni davon abzuhalten, in seiner Burberryjacke nach Leckerlis zu forschen. Seine

Miene war undurchdringlich, er hatte dunkle Schatten unter den Augen und war irgendwie bleich. Wo kam er her, verdammt nochmal? Und wie hatte er herausgefunden, wo sie steckte?

»Smilla, hi.« Er grinste kläglich. Unter der offenen Jacke trug er einen grünen Rollkragenpullover, dazu eine Jeans und Boots. Er sah gut aus, auf so eine Art, die andeutete, dass er Geld hatte. Dass er wusste, wie man sich in welcher Situation richtig kleidete, und zwar *immer*.

»War nicht leicht, dich zu finden«, fügte er hinzu. »Hast du Zeit?«

Sie fasste den Sattel nach, der ihr fast vom Arm gerutscht wäre. »Ehrlich gesagt nicht, ich hab gleich eine Reitstunde«, erklärte sie spröde. Sie trat zu Bjarni. »Mach mal Platz, bitte.«

Er trat stumm zurück und beobachtete, wie sie Bjarni sattelte. Innerlich zitterte sie, und als sie versuchte, den Kinnriemen zu schließen, bebten ihre Finger so sehr, dass sie sich einen Fingernagel blutig riss. »Scheiße«, fluchte sie.

Er stand einfach da und beobachtete sie. Kein Wort drang über seine Lippen, und sie hatte auch nicht vor, es ihm auf irgendeine Weise einfacher zu machen. Was fiel ihm ein, aus dem Nichts hier aufzutauchen? Genügte es denn nicht, dass sie ihn auf allen Kanälen blockiert hatte und auf eine *Insel* geflohen war, die er nur übers Wasser erreichen konnte? Wie deutlich musste sie ihm denn noch zeigen, dass sie nach seinem Heiratsantrag nichts mit ihm zu tun haben wollte? Was war das mit Richard, dass er dachte, er müsse nur herausfinden, wo sie war, und wenn er erst vor ihr stand, würden sie ganz erwachsen miteinander reden und danach wäre alles Friede, Freude, Eierkuchen, Hochzeitsglocken inklusive? Denn sie glaubte nicht, dass er »nur so« hier war. Vermutlich war irgendwo in dieser Louis-Vuitton-Reisetasche noch der Ring versteckt, den sie beim ersten Mal verschmäht hatte.

Conny kam über den Hof. »Bereit?«, fragte sie an Smilla gewandt. Smilla nickte, setzte die Reitkappe auf und griff nach Bjarnis Zügeln.

»Kann man da zugucken?«, rief Richard ihnen nach. Conny blieb stehen und sah Smilla an. Sie schüttelte kaum merklich den Kopf. Conny verstand.

»Lieber nicht«, sagte sie. »Wir sind in einer Stunde fertig, aber danach muss Smilla noch absatteln und beim Misten helfen.«

Sie blickte über die Schulter. Richard verzog das Gesicht. Misten, das klang nach Arbeit.

»In drei Stunden bin ich fertig«, sagte sie. Richard nickte. »Hast du ein Hotel?«

Nicht, dass er dachte, er könnte bei ihr unterkommen.

Seine Schultern sackten nach unter. Hatte er tatsächlich gedacht! Frechheit. »Ich kümmere mich.«

Smilla ging zur Reitbahn. Conny schloss zu ihr auf. »Ein unangenehmer Verehrer?«, fragte sie leise, sobald sie außer Hörweite waren.

Mit einem Schnaufen stieß Smilla die Luft aus, die sie unwillkürlich angehalten hatte. »Wenn's mal so einfach wäre«, murmelte sie.

Sie betraten die Reitbahn. Smilla saß auf und lenkte Bjarni auf den Zirkel. Conny rief ein paar Befehle, damit sich Pferd und Reiterin aufwärmten. Smilla versuchte sich zu entspannen. Gar nicht so leicht, wenn ihre Gedanken immer wieder losgaloppierten.

Richard war all die Jahre ein guter Freund gewesen. Erst nur der beste Freund von Jonas, doch als Smilla und Jonas zusammenkamen, lernte sie schon bald Richard kennen. Sie bildeten bald eine Einheit, Jonas, Richard, Smilla. Sie war immer fest davon ausgegangen, dass es eine *Freundschaft* sei, die sie verband. Und nicht, dass Richard all die Jahre nur gewartet hatte, bis Jonas nicht mehr da war …

»Smilla! Du bist nicht bei der Sache. Siehst du, wie Bjarni unruhig wird? Er weiß auch gerade nicht, was mit dir los ist. Du musst dem Pferd gegenüber klar in deiner Ansprache sein. Auch als Anfängerin.«

Smilla hob entschuldigend die Hand. Für den Rest der Stunde versuchte sie, sich so gut wie möglich auf Connys Befehle und Bjarni zu konzentrieren.

»Das war nicht so gut.« Nach der Stunde glitt sie aus dem Sattel und schüttelte den Kopf. Sie war enttäuscht von sich.

»Du kannst es besser. Aber man ist auch nicht jeden Tag gleich gut drauf«, sagte Conny tröstend. »Wann möchtest du die nächste Stunde nehmen?«

»Ich muss jetzt erst mal den Winterzauber vorbereiten.«

»Verstehe. Du musst übrigens nicht ausmisten, das war vorhin nur mein ungeschickter Versuch, dir etwas Zeit zu erkaufen.« Conny grinste. »Obwohl ich im Moment jede helfende Hand brauchen könnte.«

»So schlimm?«

»Ach, ich kriege das schon hin.« Conny zuckte mit den Schultern. »Du machst ja Urlaub und kümmerst dich schon um Bjarni. Nächste Woche kommen zwei Praktikantinnen, vielleicht taugen die.« Sie sagte es betont locker, doch man merkte ihr die Sorgen an.

»Sag Bescheid, wenn's nicht mehr geht. Wenn du Hilfe brauchst. Ich mein's ernst«, fügte Smilla hinzu. »Irgendwas fällt uns schon ein.«

»Wird schon schiefgehen. Ich hoffe nur, der Sturm kommt nicht zu plötzlich.« Conny runzelte die Stirn. »Ab morgen biete ich keine Ausritte mehr an. Du bleibst mit Bjarni besser auch im Stall.«

»Okay«, sagte Smilla zögernd. Ehrlich gesagt konnte sie sich wenig darunter vorstellen, welche Konsequenzen so ein Sturm hätte.

»Letzten Winter hatten wir drei Sturmfluten hintereinander«, fuhr Conny fort, »und jedes Mal stieg das Wasser höher. Wir haben gute Deiche. Trotzdem kann ich mich nicht gegen das mulmige Gefühl wehren. Man weiß nicht, was einen erwartet, wenn das Wasser weg ist. Ob es wieder ein Stück von der Insel weggetragen hat oder ob irgendwas kaputtgegangen ist. Mit dem Meer leben heißt leider auch, dem Meer die Insel abzutrotzen, sonst holt es sie sich zurück.«

»So habe ich darüber noch nie nachgedacht.« Gemeinsam verließen sie die Reitbahn und gingen zum Stall. Ein leichter Schneefall setzte ein. Winzige Flocken schwebten Richtung Boden, und Smilla blieb unwillkürlich stehen. Sie genoss diesen stillen Moment. Ihr Blick ging in den hellen, wolkenverhangenen Himmel. Wieso war ihr nicht aufgefallen, wie sehr die Wolken nach Schnee aussahen? Jedes Jahr hoffte sie auf weiße Weihnacht, und ausgerechnet jetzt, keine zwei Wochen waren es noch bis Heiligabend, waren da diese winzigen Flöckchen …

Das hätte Jonas gefallen, dachte sie. Und: *Ich vermisse dich immer noch so sehr.*

Vor dem Stall winkte Conny noch mal und stapfte Richtung Wohnhaus. Smilla sattelte Bjarni ab, gönnte ihm eine Möhre extra und führte ihn in die Box. Als sie aus dem Stall kam, fiel der Schnee in dicken, wattigen Flocken. Sie legte den Kopf in den Nacken und breitete die Arme aus. Mit geschlossenen Augen tanzte sie über den Hof, und es war ihr vollkommen egal, ob jemand sie beobachtete.

Siehst du, Jonas? Ich lebe noch. Die weiße Weihnacht, die da hoffentlich kommt, die feiere ich für uns beide.

So leicht wie es sich in Gedanken anfühlte, war es bestimmt nicht. Aber sie wollte nach vorne blicken. Ihr Leben ordnen.

Als ersten Schritt wollte sie dem Postkartenverlag den grimmigen Seebär vorstellen. Vielleicht hatte er ja einen Platz neben der zuckersüßen Pariser Boheme von Murmel und Hupsi.

»Da sind wir also.« Richard musterte sie aufmerksam. »Gut siehst du aus. Darf ich das sagen?«

Smilla verzog das Gesicht. Sie hatte sich fest vorgenommen, sich von Richard an diesem Abend auf keinen Fall zu irgendeiner leichtfertigen Äußerung hinreißen zu lassen, aber er machte es schon wieder. So kleine Nadelstiche. Durfte er ihr Komplimente machen?

»Sei nicht albern«, erwiderte sie scharf. »Du darfst alles sagen.«

»Nicht alles.« Er blickte in die Weinkarte. »Weißt du schon, was du trinken möchtest?«

»Einen Rosé vielleicht.«

Sein Mundwinkel zuckte, und Smilla musste kichern. Sie wusste, was Richard von Rosé hielt. Für ihn kein ernstzunehmender Wein, billiger Verschnitt, das Schlimmste aus den Roten und Weißen dieser Welt. Aber sie ließ sich nicht beirren und vertiefte sich in die Speisekarte der Combüse.

Richard war heute Nachmittag nach genau drei Stunden wieder auf dem Isländerhof aufgetaucht und hatte berichtet, er sei fürs Erste – haha, glaub's ruhig, für immer! – im Hotel zur Alten Linde untergekommen. Er schlug vor, sie könnten im besten Restaurant von Spiekeroog zu Abend essen. Und er wollte auch gar nicht lange stören, sie sei bestimmt erschöpft und dreckig von der Stallarbeit. Dabei rümpfte er auch nur ganz leicht die Nase.

Smilla lachte. »Abendessen klingt gut.« Und das tat es wirklich. Sie wollte all ihren Groll beiseiteschieben. Nicht streiten.

Aber jetzt saß Richard ihr gegenüber und war schon wieder so … sie konnte es schwer benennen. Von ihm ging eine leichte Überheblichkeit aus. Außerdem saßen sie genau an dem Tisch, an dem vor einigen Wochen Onno und seine Freundin gestritten hatten. Wenn sie an Karma glauben *würde*, wäre das kein gutes Vorzeichen für dieses Abendessen.

Sie atmete durch. Bestellte den Lachs auf Orangenrisotto und dazu den Rosé. Richard nahm das Hühnchen mit Rosmarinkartoffeln und einen Weißwein. Er bestellte für sie beide eine Vorspeise und eine Flasche Wasser.

»Und nun erzähl mal. Was hat dich hierher verschlagen?« Über den Tisch hinweg griff er nach ihrer Hand. Smilla starrte auf seine Finger, zog die Hand aber nicht sofort zurück. Sie erinnerte sich, wie oft sie sich aneinander festgehalten hatten in den letzten zwei Jahren. Wie oft Richard ihr ein Trost gewesen war. Trost, den sie auch jetzt so bitter nötig hätte.

»Ich musste nachdenken«, log sie, denn nachdenken hatte sie nicht müssen, nachdem sie Richards Antrag ablehnte. Jedenfalls nicht darüber. »Über das Leben und … alles.«

Er nickte verständnisvoll. Die dunkelblonden Haare fielen ihm in die Stirn, und er strich sie ungeduldig zurück. »Verstehe. Und Spiekeroog, weil …« Er sprach nicht weiter.

»Ja, das ist witzig. Ich dachte, ich wäre auf einer Insel ohne Flughafen vor dir sicher.«

Richard verzog das Gesicht. »Ehrlich gesagt, wärst du das auch gewesen.«

»Aber?«, fragte sie, als er nicht weitersprach.

»Aber es geht um dich. Um uns. Unsere Freundschaft. Ich hatte auch viel Zeit zum Nachdenken. Und ich glaube, ich muss mich entschuldigen. Ich bin ein Idiot gewesen, auf ganzer Linie.«

»Inwiefern?«, fragte sie behutsam nach. Die Getränke kamen, und der Kellner machte mit Richard das übliche Tänzchen um eine Flasche Wein, während Smilla rasch einen Schluck vom Rosé nahm. Bekennende Banausen kamen schneller zum Saufen.

»Na ja, Ich habe die Zeichen falsch gedeutet.« Er stieß

sein Glas leise gegen ihres, und sie merkte, wie *unhöflich* sie nach Richards Maßstab gewesen war, weil sie mit dem Trinken nicht auf ihn gewartet hatte. »Ich dachte, du und ich …« Er zuckte mit den Schultern. »Es erschien mir so logisch, wir drei waren all die Jahre unzertrennlich. Nach Jonas' Tod … Ich wollte dich nicht verlieren. Ich dachte, wenn wir heiraten, verhindere ich das.«

»Es war so ziemlich das Dümmste, was du in der Situation hättest tun können.«

Er hob gespielt verzweifelt die Hände. »Ich weiß! Aber ich dachte wohl … Ich habe gemerkt, wie du langsam wieder angefangen hast, zu leben. Du hast mehr unternommen. Da bekam ich Angst, du könntest mich zurücklassen. Ich war noch nicht fertig mit dem Trauern«, schloss er und senkte den Blick.

»Ach, Richard.« Sie begriff langsam. Die letzten Wochen hatten ihr ja auch viel Zeit zum Nachdenken gegeben. Auch wenn sie vieles an Richards Verhalten nicht verstand, eins sah sie deutlich: Nicht nur er hatte ihr Halt gegeben in den Monaten nach Jonas' Tod. Genauso hatte er sie gebraucht, damit er weitermachen konnte. Sie waren einander mehr gewesen als Freunde.

»Als du weg warst …« Er schluckte und hob den Blick. Doch statt sie anzusehen, blickte er nach links zu den Sprossenfenstern. Als ertrüge er es nicht, ihr in die Augen zu blicken. »Ich habe gedacht, das überstehe ich nicht. Ich wachte nachts auf und dachte, ich sterbe. Aber ich konnte den Notarzt rufen. In der Klinik haben sie rasch festgestellt, dass ich keinen Herzinfarkt hatte, sondern eine simple Panikattacke.« Er lachte rau. Jetzt sah er sie direkt an, seine braunen Augen groß und ängstlich. »Kannst du dir vorstellen, was das für eine Erleichterung war? Die *Angst* zu spüren. Sie anzunehmen. Ich habe sie nicht länger weggedrückt, sondern bin hindurchgegangen. Jeden einzelnen Atemzug. Es war schmerzhaft. Aber ich konnte mich nicht länger damit herausreden, dass dafür kein Raum sei, weil ich für dich stark sein musste, denn du warst nicht mehr da.«

»Richard«, flüsterte Smilla. Tränen brannten in ihren Augen. Und sie hatte ihn zugleich aus ihrem Leben ausgeschlossen, weil sie bei jedem seiner Versuche, sie zu kontaktieren, mit dem Schlimmsten rechnete. Nicht mit seinem Tod, sondern dass er versuchte, sie noch mal zu beschwatzen, und sie war nicht gefestigt genug gewesen, um ihm ein zweites Mal Nein zu sagen.

Zugleich hatte er dieses tiefe Tal durchschritten, das er bisher nie hatte betreten wollen.

»Ich bekam Medikamente gegen die Angst, eine Psychotherapeutin, einen kurzen, aber sehr heilsamen stationären Aufenthalt in der Psychiatrie und damit einhergehend die Erkenntnis obendrauf, dass ich mich vor nichts mehr fürchten muss auf dieser Welt. Irgendwann ist es zu Ende. Unsere Freundschaft, mein Leben – vorbei. Irgendwann kommt dieser Moment. Bis dahin möchte ich das Leben genießen. Aber ich möchte mich nicht länger hinter meiner Angst verstecken.« Er goss sich Wein nach. Smilla hatte nicht bemerkt, wie sie beide nach und nach ihre Gläser geleert hatten. Aber sie taten es auf die gute, nachdenkliche Art, die ein wertvolles, tiefgehendes Gespräch mit sich brachte. Sie stürzten den Wein nicht herunter. Sie hielt ihm stumm ihr leeres Glas hin, und sein Mundwinkel zuckte, weil er den teuren Wein auf die Roséпfütze goss.

»Ist es wirklich so einfach?«, fragte Smilla nachdenklich. »Dass wir uns vor nichts mehr fürchten, wenn wir unsere Endlichkeit annehmen?«

»Nein«, erwiderte er ernst. »Aber es hilft ein bisschen. Darum konnte ich heute aufs Schiff steigen. Weil ich wusste, die Angst kann ich nur überwinden, wenn ich sie durchschreite. Na ja, und weil ich seit einiger Zeit ziemlich starkes Zeug gegen die Angst bekomme.« Er neigte sein Weinglas in Richtung ihres Glases, es plingte leise. »Verträgt sich nicht gut mit Alkohol, sagt meine Ärztin. Ist mir egal.«

»Guck, vor manchen Dingen hast du überhaupt keine Angst mehr.« Sie grinste, wurde aber wieder ernst. »Wie war die Überfahrt?«

»Grässlich«, gab er zu. »Und dann wieder ganz … euphorisierend. Als die Insel in Sicht kam, dachte ich nur ›wow. Das habe ich geschafft.‹ Das war schon ein tolles Gefühl, auch wenn ich es dem Medikament verdanke.«

»Schieb's nicht auf das Medikament. Es hat deine Füße nicht auf die Fähre gelenkt. Das warst du. Es hat nur … Händchen gehalten?«

»Klingt absurd, aber passt wohl.«

Der Hauptgang wurde serviert. Richard griff zum Besteck und blickte bewundernd auf den Teller. Nur zu gut erinnerte sich Smilla an früher. Sie gluckste, und er blickte auf. »Was ist?«

»Ich mag einfach, wie verliebt du dein Essen anschaust, bevor du es dann genießt.«

Er lachte. »Wusste gar nicht, dass das so auffällig ist.

Aber genug von mir. Was ist dir in den letzten Wochen widerfahren? Du siehst gut aus. Irgendwie … erholt. Frisch. Deine Augen strahlen.«

Smillas Lächeln verschwand. »Ich fühle mich gar nicht so.«

»Doch, doch! Vorhin, als du das Pony gesattelt hast …«

»Pferd«, sagte sie leise.

»Oder Pferd.« Er machte mit dem Messer eine wegwerfende Bewegung. »Kleines Pferd.«

»Islandpferd.« Sie grinste, und auch Richard musste auflachen. Wenn ihre Hartnäckigkeit ihn irritierte, zeigte er es nicht.

»Also«, fuhr er fort, »da dachte ich schon, du bist irgendwie wacher. Lebendiger. Oder kommt es mir nur so vor, weil ich endlich aus meiner Starre aufgewacht bin?«

»Nein.« Sie holte tief Luft. »Irgendwie stimmt das schon.« Wie gern hätte sie ihm alles erzählt. Von Onno. Von den langen Strandritten allein mit Bjarni oder zusammen mit Sanne und Frekja. Von Sannes Trennung. Dass sie Sanne nach Berlin geschickt hatte …

»Moment mal. Woher wusstest du eigentlich, wo ich bin?«

Er blickte an ihr vorbei. »Nicht schimpfen, okay?«

»Mit wem denn? Mit dir?«

»Mit Sanne.«

Sie ließ die Luft langsam entweichen, die sie unwillkürlich angehalten hatte. Sie hatte für einen winzigen Moment befürchtet, er hätte die ganze Zeit gewusst, wo sie steckte, weil er ein AirTag in ihrer Reisetasche versteckt hatte oder sowas Absurdes, Übergriffiges, das nur Stalker machten. Dann wäre sie nämlich, Freundschaft hin oder her, richtig sauer geworden.

»Ich dachte, du wärst zurück. Weil bei dir Licht brannte. Ich bin manchmal auf dem Heimweg am Haus vorbeigekommen. Und als ich Licht sah, dachte ich, du wärst zurück. Irgendwann habe ich mich dann getraut und bei dir geklingelt. Sanne hat geöffnet. Ich weiß gar nicht, wer von uns beiden überraschter war.«

Richard erzählte ruhig weiter. Wie Sanne ihm erklärte, dass Smilla ihr die Wohnung überlassen hatte. Wie Richard sich vorstellte. Sanne lud ihn ein, mit ihr zu essen. Sie redeten viel. Zum Schluss waren sie so vertraut miteinander, dass Sanne sich verplapperte. Sie erzählte ihm von ihrem letzten Job auf dem Isländerhof von Spiekeroog, den sie nach ihrer Trennung verlassen hatte. Sie merkte sofort ihren Fauxpas. »Aber das nützt dir ja nichts, sagt Smilla. Du reist nicht per Schiff.«

Als Richard mit seinem Bericht an diesem Punkt angelangt war, schob er den leeren Teller von sich. »So war das«, sagte er.

Sie konnte weder ihm noch Sanne böse sein, stellte sie fest.

»Aber was ist mit dir? Ich bin nicht hergekommen, um die ganze Zeit über mich zu reden.«

Stumm hielt Smilla ihm das Weinglas wieder hin, und Richard goss ihr nach. Die letzten Tropfen flossen ins Glas.

»Upsi.« Smilla kicherte. Sie merkte, wie ihre Wangen glühten. Sie hatte sich wohl einen kleinen Schwips angetrunken. Einen von der angenehmen Sorte, bei der man immer noch allein nach Hause wollte und klare Grenzen zog.

Selbst wenn sie Letzteres nicht schaffte, würde Richard ihre Grenzen wahren. Sie verstand ihn ja. Aber ein bisschen sauer war sie immer noch, weil er hier war.

»Wie lange bleibst du?«, fragte sie.

Er starrte auf seine perfekt manikürten Finger. Männer mit schönen Händen, dachte Smilla. Sie mochte schöne Hände mit schlanken, kräftigen Fingern. Die schönsten Hände der Welt hatte Jonas gehabt.

»Wie lange darf ich denn?«, entgegnete er.

Smilla wusste nicht, ob es der Schwips war oder seine schönen Hände schuld waren. Vielleicht auch die Tatsache, dass Richard nichts beschönigte. Er versuchte nicht mal, sich in einem besseren Licht darzustellen. Das hatte sich geändert. Vielleicht lag's daran, dass er nicht länger Angst hatte, auf die eine oder andere Art anzuecken. Sie streckte die Hände nach ihm aus, und er nahm ihre Hände. Smilla drückte sanft seine Finger. »Bleib ruhig übers Wochenende«, sagte sie. »Es soll ohnehin ein Sturm kommen, da wär's auf der Fähre noch ungemütlicher.« Er verzog das Gesicht. »Außerdem muss ich dir unbedingt mein neues Werk zeigen! Der Seebär. Sieht eher wie ein Otter aus, aber er ist so richtig schön knurrig und lebt am Meer oder im Meer. Wenn ich mir vorstelle, wie der mit Murmel und Hupsi zusammenstößt …«

»Siehst du? Das meine ich.« Richards Lächeln war warm und liebevoll. »Du sprühst vor Ideen. Die alte Smilla ist zurück.«

»Nein«, sagte sie ruhig. »Das hier ist die neue Smilla. Und sie gefällt mir so viel besser als die alte.«

In den letzten Wochen hatte er versucht, sich vom Inseldorf fernzuhalten. Das war auch gar nicht so schwer gewesen, denn in der Schule wartete nach seiner Genesung und dem Dienstantritt reichlich Arbeit auf ihn. Abends war er dann ganz froh, sich in sein Tiny House zurückziehen zu können und sich mit Korrekturen und Unterrichtsvorbereitung von dem schmerzhaften Gedanken abzulenken, dass er Smilla verloren hatte. Aber er suhlte sich nicht im Selbstmitleid. Er war nicht aufrichtig zu ihr gewesen, und sie war so sehr bei sich gewesen, dass sie ihm rundweg erklärt hatte, es gebe keine Zukunft für sie beide. Konsequent und richtig, fand er.

Trotzdem tat es weh.

Heute Abend konnte er sich nicht länger davor drücken, mit einer kleinen Schülergruppe ins Dorf zu gehen. Sie hatten für den Winterzauber in den letzten Wochen eifrig in jeder freien Minute in der Holzwerkstatt gearbeitet, um kleine Kerzenständer anzufertigen. Diese waren nun sorgfältig in Kisten verpackt und mussten am Abend vor dem Winterzauber in Friekes Buchladen gebracht werden. Die Schülerinnen und Schüler der sechsten Klasse bestürmten Onno, der ihnen bei der Arbeit zur Hand gegangen war, sie zu begleiten. Er versprach, sie auf dem Rückweg in der Givtbude auf eine Pizza einzuladen, weil sie so viel Einsatz gezeigt hatten.

Nun blieb ihm nur zu hoffen, dass Smilla nicht im Inseldorf unterwegs war.

Der Spaziergang ins Dorf war ja schon zauberhaft, denn seit dem frühen Nachmittag fiel beständig Schnee, immer dichter, aber ohne den scharfen Wind, den er in den ersten

Wochen auf der Insel zu fürchten gelernt hatte. Es war die berühmte Ruhe vor dem Sturm, der für Sonntag angekündigt war. Die fünf Schülerinnen und Schüler, die ihn begleiteten, tollten durch den Schnee wie junge Fohlen. Er konnte sich ein Lächeln nicht verkneifen.

Die vergangenen Wochen hatten ihm den Spaß an der Arbeit als Lehrer zurückgebracht. In dieser Hinsicht war seine Entscheidung für Spiekeroog goldrichtig gewesen. Alles andere – die Trennung von Pia, die traurige Sache mit Smilla – war anders als gedacht verlaufen. Er hielt sich daher für den Moment daran fest, dass er für diese jungen Menschen, die ihm anvertraut waren, einen Unterschied machte. Ein Mädchen hatte ihm erzählt, sie hätte sich bisher nie an Holz gewagt, weil sie Angst hatte, sie könnte das nicht. Aber damit, dass er in der ersten Stunde in der Werkstatt erklärt hatte, es sei erst schwer, bevor es leicht werde, hatte er ihr sehr geholfen. Und ihr den Raum gegeben, den sie für ihre Entwicklung brauchte. Das sagte sie nicht – ganz so reflektiert waren Elfjährige dann doch nicht – aber es tat gut zu sehen, wie sie aufblühte.

In der Givtbude bekamen alle Pizza und Cola, es herrschte eine lockere Stimmung und als sie sich auf den Heimweg machten, hatte Onno schon fast vergessen, dass er beim Gang ins Dorf vor ein paar Stunden noch ein mulmiges Gefühl gehabt hatte, weil er Smilla über den Weg laufen könnte.

Sie stapften durch den Schnee. Es schneite weiterhin, die Kinder waren ausgelassen und überdreht, Zeit für sie, dass sie zurück im Internat zur Ruhe kamen. Onno vergrub die Hände tief in den Manteltaschen und zog leicht die Schultern hoch. Seiner Schulter ging's wieder gut, so ein Glück. Die beiden Rabauken der Klasse, Henrich und Hubert – wer gab seinem Kind eigentlich heutzutage noch solche Namen? – rannten mit dem Bollerwagen hinter sich um die Wette, bis der Bollerwagen umkippte und Hubert in eine Schneewehe plumpste.

Alle blieben stehen und warteten, bis Henrich seinem besten Freund hochgeholfen hatte. Zwei Mädchen kicherten und stießen einander an, sie zeigten zu einem Pärchen, das gerade aus dem Restaurant Combüse kam, vor dem sie stehengeblieben waren. Der Mann legte den Arm um die Frau, und sie ließ es geschehen. Onno sah das vertraute Profil, die kleine Nase, die schwarzen Haare, die unter der Bommelmütze hervorquollen und musste sich abwenden, weil das, was er aus dem vertrauten Miteinander der beiden schließen musste, ihn zu sehr schmerzte. Smilla mit einem anderen Mann.

Es durfte ihn nicht überraschen. Sie hatte ihm erzählt, sie würde bis Weihnachten auf der Insel bleiben. Deshalb hatte er das Dorf gemieden. Aber warum, verflixt noch eins, musste er ihr bei seinem ersten Ausflug ins Inseldorf nach vier Wochen sofort über den Weg laufen? Noch dazu in Begleitung eines halben Dutzend frecher Sechstklässler, die jedes Anzeichen von Schwäche sofort bemerkten. Zum Beispiel, wenn ihr neuer Mathelehrer auf einmal wie angewurzelt stehenblieb und die Frau anstarrte.

Smilla bemerkte ihn, und sie hielt in der Bewegung inne. Etwa zehn Meter trennten sie, und sie sagte etwas zu ihrem Begleiter, der nickte und stehenblieb, während Smilla auf Onno zuging.

»Hi«, sagte sie leise.

»Hi.« Onno räusperte sich.

»Lange nicht gesehen.«

Er nickte stumm und hoffte, dass sie nicht seinen wummernden Herzschlag hörte. »Wie geht es dir?« Seine Stimme krächzte, und sein Blick ging unwillkürlich zu ihrem Begleiter.

»Oh, ich … Richard ist zu Besuch.«

Richard also. Der Mann, der sie mit seinem Antrag vergrault hatte, Onno erinnerte sich. Aber jetzt hatten die beiden sich offenbar wieder versöhnt. Oder mehr? Er würde sie auf gar keinen Fall fragen. Doch bevor er den Gedanken fertig gedacht hatte, machte er den Mund auf und hörte sich fragen: »Also Richard und du …?«

Sie blickte zu Richard, schüttelte kaum merklich den Kopf. Onno spürte, wie die Erleichterung ihn wie eine Sturmwelle überrollte. »Morgen ist Winterzauber. Kommst du?«, fragte sie.

»Ja, schon. Die Schule hat einen Stand, und weil ich mich nicht schnell genug geduckt habe als Neuer …«

Die Schüler hatten sich inzwischen sortiert und setzten sich wieder in Bewegung. Die Jungs feixten, die Mädels kicherten. Onno spürte, wie er rot wurde. War bestimmt die Winterkälte, die seine Wangen so biss.

»Dann sehen wir uns.« Sie machte einen halben Schritt nach hinten. »Ich würde mich freuen.«

»Ja«, sagte er. »Ich freu mich auch.«

Da lächelte sie. Dieses warme, liebevolle Lächeln, von dem er sich in den letzten Wochen eingeredet hatte, es sei für ihn reserviert. Bevor er alles versaut hatte.

Der Wind frischte auf, trieb Schneeflocken und Kinder vor sich her Richtung Osten. Onno winkte linkisch, während Smilla zu Richard tänzelte und sich bei ihm unterhakte. Aber als Onno noch mal zurückblickte, sah es nicht *innig* aus, wie die beiden Richtung Westen gegen den Wind liefen, sondern eher wie zwei Freunde, die sich etwas beschwipst aneinander lehnten, nachdem sie einen schönen Abend miteinander verbracht hatten.

Vielleicht redete er sich das auch nur ein. Weil er daran glauben wollte. Aber sie hatte gesagt, sie freue sich auf ihn.

Was sollte er denn sonst glauben als das, was sie ihm sagte?

KAPITEL 21

Richard bestand darauf, sie zum Isländerhof zu begleiten, als wäre Spiekeroog bei Nacht so gefährlich wie Berlin. Sie lachte, zog ihn damit auf, dass er hinter jedem Findling, jeder Düne einen Bären vermutete, der sie angreifen könnte.

»Du wirst mich nicht dazu bringen, weniger Gentleman zu sein, nur weil hier weniger zu befürchten ist.«

Sie wies ihn nicht daraufhin, dass sie nichts davon hielt, wenn Männer Frauen beschützen mussten. Viel wichtiger sei doch eine Welt zu erschaffen, in der Männer für Frauen keine Gefahr darstellten. Aber sie ahnte, dass er auf eine Grundsatzdiskussion keine Lust hatte. Sie waren beide leicht angetrunken, und nur deshalb hatte sie sich bei ihm untergehakt – und vorhin den Mut gefunden, Onno anzusprechen.

Oje. Wenn er morgen beim Winterzauber tatsächlich vor ihrem Stand auftauchte, hatte sie ein Problem. Denn eigentlich war sie immer noch sauer auf ihn, und er musste ihr ’ne Menge erklären.

Aber dafür hatte sie morgen hoffentlich keine Zeit.

Sie verabschiedete sich mit einer flüchtigen Umarmung von Richard. Er versprach, morgen beim Winterzauber vorbeizuschauen. Dann stapfte er durch den Schnee davon.

So einfach war das. Irgendwie hatten sie ihre Freundschaft durch diesen Sturm gerettet, der sie beide in den vergangenen Wochen durchgerüttelt hatte. Statt direkt in ihre Wohnung zu gehen, machte Smilla einen Abstecher in den Stall. Dort brannte noch Licht. Sie wunderte sich, denn normalerweise war Conny bei solchen Dingen sehr gewissenhaft. Im Haus war allerdings schon alles dunkel.

»Hallo?« Smilla betrat den Stall. Bjarni steckte sofort den Kopf über die halbhohe Boxentür und brummte. Da bist du ja endlich, schien er zu sagen.

Sie trat zu ihm und streichelte seine weiche Nase. »Hast du das Licht angemacht, du Frechdachs?«, murmelte sie. Bjarni schüttelte seine Mähne. »Das war ein *Scherz*. Alter Zausel.« Sie kraulte seinen Schopf. Aus Richtung Sattelkammer hörte sie ein Scheppern. Bjarni sah sie mit großen Augen an. »Ist das Conny, Dicker?«

Sie rief die Stallgasse entlang: »Conny?«, aber niemand antwortete. Smilla lief weiter, kam an Frekja vorbei, die in ihrer Box unruhig auf und ab lief und mit den Augen rollte. Irgendwas stimmte hier ganz und gar nicht. Wenn Conny in der Sattelkammer war, würden sich die Pferde nicht so merkwürdig verhalten. Und sie hätte sich gemeldet, als Smilla sie rief.

Als sie die Sattelkammer betrat, stand vor ihr eine Frau. Sie trug einen Wintermantel, dicken Schal, Mütze, Handschuhe, und an jeder Hand hielt sie ein Kind. »Hoppla«, sagte Smilla, schüttelte den Kopf und korrigierte sich. »Hallo. Also … wer seid ihr?«

Die Frau sah Smilla stumm an. Die Kinder waren fünf und acht, schätzte Smilla. Beide drängten sich an ihre Mutter.

»Wir wollten zu Conny«, sagte die Frau plötzlich. »Weil … wir nicht wussten, wo wir hinkönnen.«

»Oh«, sagte Smilla.

»Unser Papa hat die Mama verhauen, und das will sie nicht mehr.« Der Achtjährige machte einen halben Schritt nach vorn. Die Mama hielt ihn an der Schulter zurück. »Nicht, Matti.«

»Okay, Conny ist wohl nicht da. Ich kann sie gern anrufen. Aber ihr drei müsst erst mal ins Warme.« Smilla zog das Handy aus der Manteltasche. »Ihr kommt mit zu mir, ich koche euch Kakao und habe bestimmt auch was zu essen da.«

Sie stellte keine Fragen. Die Mutter und ihre beiden Kinder waren komplett durchgefroren und hatten sich erst nach längerem Zögern in den Stall zurückgezogen, statt ins Haus zu gehen. Obwohl dort die Türen offen standen.

»Ich weiß auch gar nicht, ob Conny gerade Platz für uns hat …«

»Wenn sie keinen hat, rücken wir in meiner Wohnung zusammen.«

Sie würde Platz haben, davon war Smilla überzeugt. Und sonst fände sich irgendwo im Dorf jemand anderes. Sofort dachte sie an Frieke, Emma und Sonja, die alle drei etwas so Solidarisches und Pragmatisches hatten, dass jede sich mit egal welchem Anliegen dort gut aufgehoben fühlte.

Conny ging nicht ans Telefon. Smilla nahm der Mutter den Koffer ab. Sie stellte sich als Carolin vor, die Tochter hieß Anni. Sie stapften gemeinsam über den Hof. Der Junge ließ es sich nicht nehmen, die schwere Reisetasche zu schleppen, auch Anni hatte einen kleinen Rucksack auf und Carolin einen großen, vollgestopft bis obenhin. Die sind nicht nur für 'ne Woche gekommen, dachte Smilla.

Noch dazu das, was der Junge gesagt hatte … Aber nein, darüber dachte sie jetzt nicht nach. Carolin sollte sich vor allem nicht gedrängt fühlen, dass sie Smilla mehr erzählte als sie wollte.

In ihrer Wohnung war es muckelig warm, die Kinder hängten ihre Jacken an die Haken, räumten ihre Schuhe säuberlich auf die Gummimatte unter der Garderobe und sahen dann zu ihrer Mama hoch. Sie warteten auf ein Zeichen, darauf, dass sie ihnen sagte, was sie als nächstes tun durften.

Kurz zog es Smilla das Herz zusammen. Carolin sah sich ratlos um, weshalb Smilla sich beeilte, sie mit den Kindern ins kleine Wohnzimmer zu führen. »Ich mach mal Kakao und Brote. Setzt euch.«

Die Kinder hingen an ihrer Mutter, was einerseits verständlich war, es kam Smilla aber auch merkwürdig vor. »Schaut mal«, flüsterte Carolin. Auf dem Tisch lagen ganz viele Skizzen vom Seebär, die Smilla dort ausgebreitet hatte auf der Suche nach den besten Motiven, die sie dem Verlag schicken wollte.

In der Küche wärmte sie die Milch auf, kramte nach Kakaopulver und Zucker, Brot und Butter, Aufschnitt und Käse. Ihr fiel auf, wie sehr sie sich in den letzten Wochen hier eingerichtet hatte, als wäre sie nicht nur vorübergehend hier zu Hause. Sie schmierte Brote, schnitt sie in Reiterchen – das hatte ihre Mutter früher immer für sie gemacht – und füllte Cornichons, Möhren und Gurkenscheiben in Schüsselchen. Sie trug drei Becher mit Kakao, den Schnittchenteller und die Schüsseln ins Wohnzimmer und deckte den Esstisch. Matti und Anni rutschten vom

Sofa und kamen an den Tisch. Sie waren sehr manierlich, sagten Danke und setzten sich auf die Stühle, während sie aßen. Carolin saß zwischen ihnen, ihr Blick huschte durch den Raum, als müsste sie jederzeit wissen, wie sie entkommen konnte.

Smilla versuchte noch mal, Conny zu erreichen, und diesmal nahm sie ab. Doch als sie ihr erzählte, dass eine Mutter mit zwei Kindern hier auf sie wartete, reagierte Conny verwirrt.

»Gib sie mir mal«, sagte sie.

Smilla gab ihr Handy an Carolin weiter.

Sie verließ das Wohnzimmer, weil sie nicht den Anschein erwecken wollte, dass sie lauschte. In der Küche räumte sie auf und kochte eine Kanne Tee. Es machte auf sie den Eindruck, als würden Carolin und ihre Kinder länger auf dem Isländerhof bleiben.

Natürlich erinnerte Conny sich nicht an alle Inselgäste. Dafür waren es im Laufe der letzten vier Jahre schlicht zu viele gewesen, die in einem steten Strom auf den Hof kamen, für zwei Wochen blieben und danach wieder verschwanden.

Aber manche gab es, die blieben ihr im Gedächtnis.

Carolin zum Beispiel. Sie war damals, als Conny nach einer längeren Pause beschloss, wieder Gäste aufzunehmen, eine der Ersten, die auf den Hof kam. Allein mit zwei kleinen Kindern. Matti feierte auf dem Isländerhof seinen vierten Geburtstag und die kleine Anni lernte in jenem Sommer laufen. Es waren herrliche drei Wochen, in denen Conny und Carolin abends manchmal im Garten beisammensaßen und redeten. Nie über Carolins Leben, immer über Connys Vision vom Isländerhof, von den Plänen für die Zukunft. Fragte Conny nach Carolins Plänen, starrte sie auf ihre Hände und murmelte: »Irgendwie den nächsten Tag überstehen?« Dann lachte sie, weil es eben anstrengend war mit zwei kleinen Kindern. Carolins Mann arbeitete viel, er war oft unter der Woche unterwegs, sie wuppte den Alltag allein. Sie war damit nicht zufrieden, aber da waren eben die Kinder, und die machten sie glücklich. Sagte sie selbst.

Conny konnte sie so gut verstehen.

Letzten Sommer hatte Carolin wieder drei Wochen auf dem Isländerhof verbracht, und sie wirkte etwas gelöster als die Jahre zuvor. Matti durfte mit auf Ausritte, Anni machte mit Bjarni und Carolin lange Spaziergänge. Carolin hatte abends, als sie wieder im Garten saßen, erzählt, dass sie nun aus dem Gröbsten raus wären, ihre beiden Rabauken. Sie hatte auch wieder angefangen, als Lehrerin zu arbeiten, das bereitete ihr viel Spaß. Es erfüllte sie.

Und nun war da Carolins Stimme am anderen Ende der Leitung, während Conny durch den Schnee stapfte. »Ich konnte nicht länger bleiben«, hörte sie Carolin sagen. »Kann ich mit den Kindern bei dir …?«

»Klar«, sagte Conny, sie überlegte schon, ob sie schnell die Wohnung unterm Dach herrichten sollte, das Schwalbennest, das Carolin sonst immer mietete. Sie hätte aber auch in ihrer Wohnung Platz, nachdem Sanne weg war.

Sie hätte gern gefragt, was passiert war. Warum Carolin hier auftauchte. Denn dass was passiert sein musste, war ihr klar.

»Ich bin in zehn Minuten da.« Sie steckte das Handy ein, legte den Kopf in den Nacken und holte tief Luft. So viel zu tun, der Winterzaubermarkt hatte auf den letzten Metern noch mal einen organisatorischen Alptraum hervorgerufen – wie sich das für so eine Veranstaltung gehörte – und Conny hatte sich mit einigen anderen Insulanern um die letzten Hütten gekümmert. Morgen würde es eine wundervolle, verschneite Veranstaltung geben, bevor dann übermorgen dieser Sturm über die Insel fegte. Da mussten sie schon morgen Abend alles abbauen, aber auch das würden sie irgendwie schaffen.

Und nun hatte sie Carolin daheim sitzen. Sie hatte in den letzten Wochen gelegentlich an sie gedacht, weil Carolin unter ihren Feriengästen eine der Wenigen war, die einer Freundin nahekam. Wenn Carolin unvermittelt hier auftauchte, konnte das nur heißen, dass es ihr ähnlich ging, oder?

Conny betrat das Haus und lief zu Smillas Wohnung hoch. Sie klopfte. Smilla öffnete. »Hey«, sagte sie leise. »Gut, dass du da bist.«

»Hi.« In der Tür zum Wohnzimmer tauchte Carolin auf. Ein Blick genügte, und Conny wusste, dass etwas passiert war. Sie trat Carolin entgegen, und sie umarmten sich. Es gab kein Zögern, keine Verlegenheit, einfach die Verbundenheit von zwei Frauen, die sich bisher nicht ihre tiefe Freundschaft hatten eingestehen können.

»Ich lasse euch mal allein.« Smilla zog sich ins Schlafzimmer zurück. Conny und Carolin gingen in die Küche, während im Wohnzimmer Matti und Anni leise spielten.

»Was ist passiert?«, fragte Conny leise. Carolin sank auf

den Küchenstuhl. Sie wirkte auf einmal sehr müde. Als hätte sie sich die ganze Zeit mühsam zusammengerissen, und das ging jetzt nicht mehr.

»Das ist passiert.« Sie zeigte auf ihren Bauch, der sich ganz sanft rundete. So leicht nur, dass es alles und nichts heißen konnte – bis eben diese Geste dazu kam, die alles hieß. »Ich kann das kein drittes Mal, Conny. Nicht mit Frank.«

Conny zog den zweiten Stuhl hervor und setzte sich direkt vor Carolin. »Was genau daran kannst du nicht?«, wollte sie wissen. Sie musste kurz schlucken, denn zu stark wäre der Impuls, ihr zu sagen, dass sie das nicht dürfe, dass sie das Kind bekommen sollte, weil Kinder wunderbar waren, und sie könnte es danach doch einer anderen Frau geben … ach nein. Der Gedanke war zu absurd. Keine Frau würde ein Kind austragen und es leichten Herzens weggeben.

»Alleine mit einem Säugling und zwei Kindern. Das schaffe ich nicht. Frank meint, er kann auch nicht zurückstecken im Job, *gerade jetzt ist's schlecht*. Das waren seine Worte. Aber das sagt er immer, verstehst du? Jedes Jahr vorm Urlaub hat er plötzlich noch was Dringendes, weshalb er nicht mitkommen kann. Ich habe das bisher immer hingenommen, weil ich dachte, so ist er eben. Es ist okay. Ich bin zufrieden, verstehst du? Aber so langsam … reicht zufrieden nicht mehr. Ich will glücklich sein.«

Sie verstummte. Conny nahm ihre Hand und drückte sie mitfühlend. »Natürlich willst du das«, sagte sie. »Jetzt seid ihr hier. Kommt zur Ruhe, ja? Wie schlimm ist es, wenn Matti eine Woche Schule verpasst?«

»Das kriegen wir schon hin, irgendwie.«

»Wird dein Mann dich suchen?«

Carolin schüttelte den Kopf. »Der ist gerade in Singapur. Kommt erst kurz vor Weihnachten zurück.«

Conny nickte. Es passte zu dem, was Carolin bisher über ihren Mann erzählt hatte. Er war die Hälfte der Zeit unterwegs, die andere Hälfte machte er Überstunden. Urlaub fast nie. Oder er fuhr allein weg, weil er sich »mit Familie« nicht erholen konnte. Conny hatte es aufgegeben, zu fragen, warum er dann überhaupt Familie hatte, wenn er sich so wenig dafür interessierte. Und jetzt noch ein drittes Kind?

»Ich liebe ihn.« Carolin zuckte mit den Schultern. »So einfach ist das.« Als hätte Conny die Frage laut gestellt. »Aber ehrlich gesagt, nachdem ich ihm vom dritten Kind erzählt habe, hat er sich hingestellt und mir erklärt, das ginge nicht mehr. Das hat er mir gesagt!« Die Worte sprudelten aus Carolin hervor. »Als hätte ich nicht viel mehr damit zu tun. Er ist ja nie da.«

Nie konnte nicht stimmen. Irgendwann war er zumindest mal für Sex daheim, dachte Conny. Aber sie nickte nur mitfühlend. Verstand sie alles. Sie wünschte, sie könnte Carolin einfach in den Arm nehmen und ihr versprechen, dass hier immer ein Platz für sie wäre. Und zwar nicht als Gast, sondern als Freundin.

»Ich richte euch das Schwalbennest her«, schlug sie vor. »Schlaft euch aus. Morgen ist ein kleiner Winterzauber auf dem Rathausplatz. Danach kommt ein Sturm, ihr kommt sicher nicht vor Dienstag von der Insel runter. Und dann sehen wir weiter.«

Was Carolin brauchte, war Ruhe. Schlaf. Zeit zum Nachdenken. Eine Freundin, die zuhörte.

All das konnte Conny ihr bieten.

KAPITEL 22

Friekes Blick wanderte über die Büdchen und Stände, die sich rings um den weißen Pavillon auf dem Rathausplatz und bis in die angrenzenden Straßen erstreckten. Sie empfand gerade einfach nur ungetrübte Freude, weil das, was Emma, Sonja und sie sich vor einigen Wochen ausgemalt hatten, in der Realität noch schöner war.

Über Nacht war noch mehr Schnee gefallen, und seit es heute Früh hell geworden war, hatten sich in den Ständen die Insulaner versammelt, sie legten letzte Hand bei den Auslagen an, verlegten Stromkabel und Lichterketten, liefen herum, sie schwatzten und lachten. Um halb elf kam die erste von zwei Fähren am heutigen Samstag, und Frieke rechnete nicht damit, dass allzu viele Leute vom Festland kamen. Das hier war ein Winterzauber, nur für die Insulaner. Jeder Besucher wäre hoch willkommen, aber vor allem ging es darum, die Dorfgemeinschaft zu feiern.

»Na, zufrieden?« Bengt schlüpfte zu ihr in die Bude. Er drückte Frieke einen Thermobecher mit Tee in die Hände. »Schöne Auslage.«

Sie blickte zweifelnd auf ihr kleines Angebot, das vor allem aus Regionalliteratur und einem Dutzend Heftchen bestand, die sie vorgestern noch hastig zusammenkopiert hatte.

»Der Olle Hansen und seine Abenteuer auf hoher See«

stand auf dem Titel. Und darunter etwas kleiner »Vorlesegeschichten ab 5«.

Es war nicht so geplant gewesen, als sie anfing, die Tagebücher ihres Vaters zu durchforsten. Sie hatte einen seriösen Bericht über Kapitän Ole Hansen schreiben wollen. Was sich dann daraus entwickelte, sobald Ole auf ihrem Schoß saß, hatte sie überrascht. Irgendwie waren all die Geschichten viel lustiger, lebensnaher, aufregender und spannender, wenn sie daraus Abenteuer für Kinder machte. Der Kapitän Ole Hansen verstand die Sprache der Wellen und der Meeresfische, er plauderte mit einem Hai und mit dem Kraken Paul, der ihm den Weg zu einem Schatz auf einem untergegangenen Schiff zeigte. Je mehr Frieke über den Ollen Hansen schrieb, umso mehr Spaß hatte sie am Fabulieren. Ole forderte jeden Abend eine neue Geschichte.

Und wieso sollte sie diese Geschichten nicht auch anderen Kindern zugänglich machen?

Zu ihren ersten Kundinnen gehörte schon kurz nach zehn Smilla. Sie hatte den kleinen Stand direkt neben Friekes. Sie betrachtete die Auslage – ein paar Weihnachtstitel, Schmöker, Kochbücher – und blieb bei dem kopierten Heft hängen. »Was ist das?«, fragte sie.

»Ach, nur ein paar Kindergeschichten.«

»Die nehme ich mit.« Smilla reichte ihr einen Euroschein. »Auf dem Hof sind seit gestern zwei Kinder mit ihrer Mama. Ich glaube, die können ein paar schöne Geschichten vom Meer gut brauchen.«

»Ach, so besonders sind die nicht.« Frieke wurde rot. Sie drückte eine Hand ins schmerzende Kreuz und trank hastig einen Schluck Tee, um ihre Verlegenheit zu verbergen. »Einfach ein bisschen was übers Meer.«

»Aber du hast es geschrieben, oder?«

Sie nickte.

»Dann sei stolz darauf«, sagte Smilla ernst. »Gute Geschichten sind eine Kunst. Kinder sind da gnadenlos.«

Puh, nur keinen Druck, dachte Frieke. Sie war ja froh, dass Ole die Geschichten mochte. Gut möglich, dass er sie vor allem deshalb so gern vorgelesen bekam, weil sie von seiner Mama geschrieben waren und nicht, weil sie besonders spannend oder witzig waren.

Sie hatte keine Zeit, länger darüber nachzudenken, denn langsam füllte sich der Platz, die Insulaner schlenderten von Stand zu Stand und plauderten miteinander. Frieke ging das Herz auf, als sie einige Insulaner, die sie sonst selten sah, entdeckte. Es waren alle gekommen, so fühlte es sich an. Und das war ein gutes Gefühl.

Deutlich besser jedenfalls als diese verfluchten Rückenschmerzen, die in regelmäßigen Abständen kamen und gingen. Frieke ächzte. Langsam war's wirklich Zeit, dass Baby Gerjets das Licht der Welt erblickte, dachte sie.

Onno stand mit seinen Schülern auf der anderen Seite vom Platz halb verdeckt vom Pavillon und konnte nur gelegentlich Smilla sehen, die hinter ihrem Tisch auch gut beschäftigt war.

Er hatte heute schon ein Dutzend neue Bekanntschaften geschlossen, gefühlt stellte sich die halbe Insel bei ihm vor. Wie sollte er sich irgendwann all die Namen merken? Was ihm gefiel, war die lockere Stimmung, die gute Laune aller

Beteiligten und vor allem die Tatsache, dass sich fast alle vom ersten Moment an duzten. Einzige Ausnahme bildete offenbar der alte Herr, der gerade verbissen mit den Schülerinnen um einen gedrechselten Kerzenhalter feilschte, während seine Frau bei ihm untergehakt einwarf, er könne es sich ja wohl leisten, auch mal fünf Euro mehr zu zahlen.

»Das verstehst du nicht, meine Liebe.« Er legte die Hand auf ihre und lächelte sie verliebt an. »Ich hab's zu etwas gebracht, gerade weil ich jedes Mal um die letzten fünf Euro gefeilscht habe.«

»Ach, Oltmanns«, seufzte sie.

»Außerdem willst du, wie ich dich kenne, gleich noch bei der Buchhändlerin vorbei, und danach weine ich in ein Portemonnaie aus Zwiebelleder.«

»Frieke gibt mir gern Kredit«, behauptete sie und strahlte.

»Johanne.« Jetzt wurde sein Blick streng. »Keine Schulden machen. Auch das war immer einer meiner Grundsätze. Kaufe nur, was du dir leisten kannst.«

»Nimm mir nicht auf meine alten Tage die Bücher!«

Er zückte das Portemonnaie und gab den Schülerinnen einen Fünfziger. »Stimmt schon«, sagte er gutmütig, womit er deutlich mehr bezahlt hatte. »Meine Liebste verzichtet gern auf ein Buch.« Sie versetzte ihm einen spielerischen Klaps. Glücklich zogen die beiden mit dem Kerzenständer weiter zu einem Stand mit getöpferten Bechern.

»Hallo.«

Onno blickte von der Preisliste auf. Vor ihm stand Smilla. Sofort machte sein Herz einen Satz. So einen, der danach das Herz galoppieren ließ, als hätte es einen Marathon hinter sich. »Hi«, krächzte er.

»Ich habe mich gefragt, ob du nachher mal bei mir vorbeigucken möchtest«, sagte sie. »Ich habe süße Seebären und Spiekerooger Landschaften im Angebot.«

»Ja, gerne.« In einer halben Stunde kam eine Kollegin und löste ihn ab. Natürlich konnte er dann mal eine Runde über den Markt drehen und sich etwas länger mit Smilla unterhalten. Vielleicht etwas unangenehm, seine Gefühle vor der ganzen Insel zu offenbaren, der kleine Winterzauber war ja schon *intim*, aber er war froh, dass sie überhaupt noch mit ihm redete. Außerdem hatte er heute Nacht beschlossen, ihr die ganze Wahrheit zu sagen. Dass er ein Hornochse gewesen war, nicht nur ihr gegenüber, sondern auch Pia. Er wollte sich wenigstens ehrlich entschuldigen, bevor er sie ziehen ließ.

Ihr Freund war heute nicht an ihrem Stand aufgetaucht. Er überlegte noch, ob er sich darüber wundern oder vielleicht sogar freuen sollte. Aber dann schob er den Gedanken beiseite. Es ging ihn schlicht nichts an, wie Smilla und Richard ihre Zeit verbrachten.

Seine Kollegin Theresa kam fünf Minuten zu spät, und bis Onno ihr alles gezeigt hatte, vergingen noch mal zehn Minuten, weil es sich offenbar gerade herumgesprochen hatte, was es Schönes am Stand der Schule gab, sie hatten alle Hände voll zu tun.

Smillas Stand lag verwaist da. Keine Smilla.

Er betrachtete die einzelnen Postkartenpäckchen, die kleinen Aquarelle vom Meer und vom Utkieker, von den Dünen mit der Kirche, die dahinter hervorspitzte. Wie talentiert Smilla war, dachte er beinahe ehrfürchtig. Er entdeckte auch ein paar Seebären, die grummelig und zerzaust aussahen, die fand er besonders liebenswert. Onno beugte sich über die Seebären, um die einzelnen Details noch besser zu erkennen. Die Meerschaumpfeife im Maulwinkel, die borstigen Schnurrhaare und das gelbe Ölzeug, das vortrefflich zu dem Seebär passte. Witzig, irgendwie nicht so verkitscht und plüschig wie das Meerschwein und der Hase.

»Möchtest du was kaufen?«

Frieke trat neben ihn. Er richtete sich auf.

»Nee, ich wollte eigentlich mit Smilla quatschen.«

»Sie ist vorhin noch mal ganz eilig nach Hause gelaufen. Keine Ahnung, warum. Aber sie meinte, sie müsste unbedingt den Kindern was zeigen.« Frieke runzelte die Stirn. Sie bemerkte auch die Seebären-Motive. »Die sind ja süß. Sind das Otter?«

»Ja, nicht wahr? Smilla meint, es wäre eine Kreuzung aus Otter und Seebär. Ist ihr eingefallen, als wir mal Waffeln essen waren, sie hat einen ganzen Kellnerblock vollgekritzelt.«

»Niedlich.« Frieke nickte. Sie legte den Kopf schief und schien noch etwas sagen zu wollen, als sie auf einmal das Gesicht verzog. »Oh man, ey. Hört das denn gar nicht auf?«, meckerte sie leise.

»Alles okay?«, erkundigte sich Onno besorgt.

»Ja, alles gut. Ich fürchte nur, wir müssen unseren kleinen Winterzauber schon früher schließen als gedacht.« Sie blickte an Onno vorbei zu einer Ansammlung von Insulanern, die hitzig diskutierten. In der Mitte des Trubels waren Sonja und Emma, die wild gestikulierten. »Der Sturm«, fügte sie erklärend hinzu.

»Was ist damit?«

»Er kommt früher als gedacht. Mehr nicht.«

»Wie viel früher?« Onno fröstelte. Das Leben mit den Gezeiten, mit Stürmen und dem Wind, daran musste er sich auch erst gewöhnen. Er fragte sich, ob die Tiny Houses einem ordentlichen Sturm standhalten konnten. Aber die Insulaner waren ja nicht dumm, sagte er sich. Die hatten bestimmt aufgepasst, dass die Häuschen nicht vom erstbesten Sturm weggeweht wurden.

»Das wird ein ordentlicher Sturm. Hast du schon mal einen Orkan erlebt?«

Onno schüttelte den Kopf. »Also, in Süddeutschland, da rüttelt es mal heftig an den Fenstern. Bäume knicken um und so. Aber wie das hier oben ist, keine Ahnung.«

»Eissturm habe ich bisher auch nicht erlebt. Die Alten erzählen nur immer davon, wie das damals war, vor fünfundvierzig Jahren.« Frieke runzelte die Stirn. »Das muss wohl in Nordfriesland ziemlich übel gewesen sein. Bengts Eltern haben dort ihren Hof.«

»Das klingt …« Ihm fiel nichts Passendes ein.

»Ja«, sagte Frieke nur. »Also möchtest du nichts kaufen?«

»Ich warte, bis Smilla zurück ist.«

Sie nickte und ging zurück zu ihrem Stand. Onno beobachtete, wie Frieke immer wieder die Hand ins Kreuz legte. Sie sah sich um, als wartete sie auf jemanden. Später stand sie, die Unterarme auf den Tisch vor sich gestützt, allein hinter ihrer Bücherauslage und bewegte den Oberkörper hin und her. Onno wollte schon zu ihr gehen und sie fragen, ob sie nicht lieber nach Hause gehen wollte, wenn es für sie so beschwerlich war. Vielleicht etwas übergriffig, aber sie sah nicht so aus, als würde sie durchhalten.

In dem Moment trat allerdings Tamme in die Mitte des kleinen Winterzauber-Markts. »Leute, es war schön, aber wir müssen jetzt zusammenpacken. Die Fähre legt eine halbe Stunde früher ab, bevor's mit dem Wind zu ungemütlich wird.« Wie um seine Worte zu unterstreichen, riss eine Böe an der Plane über Onnos Kopf. Er streckte sich und hielt sie fest. Ein Schwung Schnee ging auf die Drechselarbeiten nieder, und sofort packten seine Schülerinnen und Schüler zusammen, während seine Kollegin versuchte, jemanden in der Inselschule zu erreichen, der beim Abbau half. Onno blickte wieder zu Smillas Stand. Frieke stand mit dem Rücken zu ihm vor der Auslage und räumte Smillas Karten in einen Karton. Ihre Bücher schneiten derweil zu. »Du kommst hier klar?«, fragte er seine Kollegin. »Aylül kommt gleich und hilft dir.«

»Okay, wir kriegen das hin.« Sie winkte, er solle den anderen helfen. Das Schneetreiben legte ordentlich zu, der Wind fuhr unter die Dächer der Stände, und eine feine Schicht aus Eiskristallen legte sich auf alles. In der Ferne hörte er das Tuten der Fähre, die ablegte. Wer jetzt nicht am Hafen war, verließ die Insel wohl für die nächsten Tage nicht.

»Warte, ich helfe dir.« Er trat neben Frieke, die sich nach einem Karton bückte. Gemeinsam verpackten sie hastig Smillas restliche Karten, Skizzen und Schätze in die Kisten. Onno legte die Kasse obenauf, dann deckte er die Kisten mit dem Pannesamt zu, den Smilla auf dem Tisch ausgebreitet hatte. Oltmanns und Johanne, die er vorhin belauscht hatte, kämpften sich gegen den Sturm Richtung Buchladen voran. Die beiden alten Herrschaften wirkten gefasst und nicht annähernd so panisch, wie Onno sich angesichts des aufziehenden Sturms fühlte. Er folgte Frieke zu ihrem Stand. »Wo ist dein Mann? Deine Freundinnen?«

Sie zuckte mit den Schultern. War jetzt auch egal, dachte er. Wer hier war, packte mit an, egal, ob Standbetreiber oder Insulaner. Ein paar Inselgäste hatten die Fähre verpasst und standen nun etwas verloren herum. Um die würde man sich vermutlich auch kümmern, ihnen in einem Hotel Quartier anbieten, keiner schlief heute Nacht draußen, die Menschen waren füreinander da. Onno half Frieke, die Bücher sicher in den Kisten zu verstauen, die sie unter dem Tisch hervorzog. Auf einmal halfen alle mit, jeder ließ sich was von denen sagen, die den Überblick hatten. Elektrokarren rollten vor, die Tische und Kisten wurden eingepackt. »Das können wir später zu euch zurückbringen«, sagte Tamme, »kümmert euch lieber drum, dass ihr heil nach Hause kommt.« Irgendwann blickte Onno auf und entdeckte Smilla, die sich zu Frieke beugte und mit ihr sprach. Frieke hockte am Boden und schüttelte nur trotzig den Kopf.

Er wäre gern zu Smilla gegangen und hätte sie gefragt, wo sie die ganze Zeit gewesen war. Bevor er den Gedanken richtig hatte fassen können, drückte ihm jemand irgendwelche Latten in die Hand und wies auf die Karren. Onno fügte sich. Er war Teil der Dorfgemeinschaft, und jeder machte, was er gerade am besten konnte. Später war hoffentlich Zeit, mit Smilla zu reden.

Aber als endlich alles verladen war und die Karren Richtung Depot davonrollten, waren Smilla und die anderen verschwunden.

»So eine Scheiße«, fluchte Frieke. Smilla stützte sie, aber alle paar Schritte mussten sie stehen bleiben, bis Frieke eine Wehe veratmet hatte.

Sie hatte Wehen. So richtig echte. Das hatte sie zumindest vorhin zu Smilla gesagt, als sie gemeinsam am Boden hockten. »Die Fruchtblase ist geplatzt«, hatte Frieke geflüstert, und dann stöhnte sie und umfasste ihren Bauch. Seitdem hörte sie nicht auf zu fluchen, und es dauerte, bis Smilla sich zusammengereimt hatte, was so schrecklich daran war, dass das Baby es offenbar eilig hatte, auf die Welt zu kommen.

Die letzte Fähre war weg, ein Sturm zog auf, fraglich also, ob noch ein Hubschrauber kommen und Frieke rechtzeitig ins Krankenhaus bringen konnte. Okay, Smilla hatte verstanden. Sie hatte, während Frieke noch versuchte, ihre Wehen vor den hektisch einräumenden Insulanern zu verbergen – die sonst nichts Besseres zu tun gehabt hätten, als sich besorgt glucksend um sie zu versammeln, darauf konnte Frieke verzichten – mit Friekes Handy die Nummer von Emma gewählt und versucht, sie möglichst leise über Friekes Zustand zu informieren. Gar nicht so einfach, wenn der Wind ihr die Worte vom Mund wegriss.

Emma verstand sofort. »Ich sage Raik Bescheid. Wir treffen uns im alten Kapitänshaus. Kannst du Bengt anrufen?«

Smilla versprach es. Unter den Favoriten im Telefonbuch fand sie auch die Nummer von Bengt und wählte sie. »Willst du mit ihm reden?« Sie hielt Frieke das Handy hin, und diese nahm es, fast ein bisschen dankbar lächelte sie dabei. Smilla hörte, wie Frieke mit Bengt sprach, während sie weiter die Bücher zusammenraffte und in die Kisten stopfte. »Ja, verdammt, Bengt. Irrtum ausgeschlossen. Weißt du noch, wie schnell es ging, nachdem letztes Mal die Fruchtblase …« Frieke verstummte. Okay, sie sollten schleunigst hier weg.

Und dafür brauchten sie Unterstützung, denn *gehen* konnte Frieke nicht mehr weit.

Bevor Smilla in Panik geraten konnte – was vermutlich die angemessene Reaktion in der Situation war, aber das stand eher Frieke als ihr zu –, legte sich eine Hand auf ihre Schulter. »Ich bin hier.« Emma war neben ihr aufgetaucht. Sie beugte sich zu Frieke herunter, die am Boden hockte und so tat, als müsste sie etwas am Tisch reparieren. »Kannst du laufen?«

»Wie weit?«, ächzte Frieke.

»Raik hat den Krankenwagen geholt. Bis da vorne zur Absperrung?«

»Schaffe ich«, behauptete Frieke.

»Wir helfen dir.«

Emma bedeutete Smilla, sich bei Frieke unterzuhaken. Gemeinsam zogen sie Frieke auf die Füße. Inzwischen blieb ihr Tun nicht unbemerkt. Eine Frau blieb stehen. Sie musterte Frieke und durchschaute ihre Lage sofort. »Na, wenn das mal kein Inselkind wird.«

»Kümmerst du dich um die Bücher, Katrin?«, rief Emma über die Schulter. »Sonja ist unterwegs.«

»Mach ich, Emma. Alles Gute, Frieke. Du schaffst das!«

»Katrin hat vier. Die wird's wissen.«

»Gar nix weiß die.« Frieke schien nicht gewillt zu sein, sich durch fremde Geburtsgeschichten beruhigen zu lassen. »Damals bei Ole …«

»Das ist aber nicht Oles Geburt. Wirst schon sehen, wir kriegen das ruckzuck hin mit Baby Gerjets.«

»Dein Wort …« Frieke blieb stehen. Der Krankenwagen fuhr gerade rückwärts an die Absperrung vom Winterzauber heran. Raik sprang heraus und öffnete die hinteren Türen.

»Gerade zur rechten Zeit.« Emma half Frieke hinein, Raik war sofort neben ihr. Smilla fühlte sich gerade etwas nutzlos, aber Emma winkte ihr. »Kannst du Auto fahren?«, fragte sie.

»Ja, schon.«

»Dann kriegst du das hier auch hin. Ich sag dir, wo du lang musst.«

»Aber …«

Ein Krankenwagen. Ausgerechnet. In Berlin zuckte sie jedes Mal zusammen, sobald sie das Martinshorn hörte. In diesem Moment wurde Smilla klar, warum sie das Leben auf der Insel auch dem in Berlin vorziehen würde. Keine Krankenwagen. Und jetzt sollte sie so eine Höllenmaschine, die Menschen zum Sterben ins Krankenhaus brachte, die Jonas damals zum Sterben in die Charité gebracht hatte, selbst fahren? Auf keinen Fall. Sie wich einen halben Schritt zurück.

»Ich kann das nicht.«

»Wir haben keine Zeit fürs Nichtkönnen! Du kannst fahren, also *bitte*!«

Smilla gab sich einen Ruck. Sie sprang vorne ins Auto, machte sich in wenigen Sekunden mit allem vertraut. War auch nicht anders als ein Bulli, und den hatte sie bei ihrem letzten Umzug sogar durch den Berliner Stadtverkehr gelenkt. »Wohin?«, rief sie nach hinten. Emma rief etwas zurück, dann ging die Beifahrertür auf und ein Mann sprang rein. »Ich bin Bengt.« Seine Wangenmuskeln zuckten. »Da vorne rechts.«

Sie gab vorsichtig Gas. Zum Glück klappte das erstaunlich gut. Bengt neben ihr hielt sich am Griff fest, aber die Anspannung rührte weniger von ihrer Fahrweise, sondern eher daher, dass er sich um seine Frau Sorgen machte.

Sie erreichten kurz darauf heil das Kapitänshaus. Smilla schaltete den Motor aus, und Bengt sprang sofort raus. Er verschwand hinter dem Krankenwagen. Smilla hörte Stimmen. Sie beobachtete im Rückspiegel, wie die zwei Männer Frieke zum Haus halfen. Emma kam zu Smilla nach vorne.

»Danke«, sagte sie.

»Wo sind die Kinder?«, fragte Smilla.

»Conny ist bei ihnen. Ole ist auch dort, er hat den ganzen Tag mit Lars und Timo gespielt. Sie haben auf dem Isländerhof auf mehr Schnee gewartet.«

»Braucht ihr mich hier noch?«

»Im Moment nicht.«

»Okay. Dann versuche ich mal, zum Isländerhof durchzukommen.« Dort mussten sich jetzt zwei Frauen um sechs Kinder kümmern. Vermutlich wären sie froh um ein Paar helfende Hände. Smilla winkte Emma, dann stapfte sie durch den Schnee zurück Richtung Rathausvorplatz.

Sie spürte den Wind in ihre Wangen kneifen, er war noch stärker als vor einer halben Stunde. Bald würde er sich zu einem richtigen Sturm auswachsen. Wäre vermutlich besser, wenn sie, die keine Stürme gewohnt war, dann auch irgendwo im Warmen war.

Aber vorher kam dieses unwirkliche Gefühl, das sie überrollte. Smilla blieb am Ende der Straße stehen und blickte zurück zu dem Krankenwagen, der mit Warnblinklicht und Blaulicht vor dem Kapitänshaus parkte. Die Stille in der Straße war gespenstisch, alle Menschen waren entweder noch beim Winterzauber oder hatten sich bereits vor dem Sturm in ihre Häuser zurückgezogen. Sie sah das warme Licht hinter den Fenstern, sah die leuchtenden Schwibbögen, die sich einige Insulaner auf die Fensterbänke stellten, und bei einem Haus entdeckte sie in der Wohnstube bereits einen geschmückten Weihnachtsbaum.

Weihnachten.

Krankenwagen.

Smilla spürte, wie ihre Knie zitterten und unter ihr nachgaben. Sie stürzte in den Schnee. Ihr Körper bebte, sie konnte nicht mehr klar denken. Das flackernde Blaulicht, der Weihnachtsbaum, Jonas, wie er ihr die erste Packung Spekulatius schon im August mitbrachte. Dann Onno, der vor ihr stand und irgendwas sagte, das nicht zu ihr durchdrang, weil sie sich die Hände auf die Ohren presste. Sie wollte nichts hören. Kein Martinshorn, keine Weihnachtslieder, gar nichts.

Aber da war Onno, und er hielt ihre Hand, zog sie behutsam nach unten, bis sie nicht mehr die Ohren vor dem verschließen konnte, was er ihr sagte.

»Smilla. Ich habe dich gesucht.«

Mehr nicht. Sie schluchzte auf, denn Onno war real, ihn konnte sie berühren, er hockte vor ihr im Schnee, der Wind zerrte an seinen Haaren und seinem Schal. Er hatte sie gesucht, und nun saßen sie im eisigen Schnee voreinander, und sie konnte nicht aufhören zu weinen.

Er hielt ihre Hände fest. Seine Stimme war ein eindringliches Flüstern, das irgendwie zu ihr vordrang, ohne Sinn zu ergeben. Er war hier. Das war die Hauptsache.

KAPITEL 23

Er versuchte, zu ihr durchzudringen. Aber Smilla sah ihn nur aus großen Augen an und sagte keinen Ton. Onno hielt ihre Hände und versuchte, sie sanft auf die Füße zu ziehen. Das flackernde Blaulicht machte ihn nervös. War sie verletzt? Was war hier vorgefallen?

Im Moment konnte er wenig tun. Er versuchte es trotzdem, irgendwie. »Smilla, ich bin hier. Onno. Ich bin bei dir. Ich passe auf dich auf. Ich verstehe dich. Es tut mir so leid.« Alles in der Hoffnung, irgendwie zu ihr vorzudringen. Doch ihr Blick blieb leer. Als er noch mal versuchte, sie auf die Füße zu ziehen, gab sie nach. Sie stolperte, er fing sie auf. Er spürte, wie leicht sie war und zugleich, wie schwer sie wurde, weil ihre Beine sie nicht hielten. Seine Füße kribbelten auch von der Kälte und weil sie in der Hocke eingeschlafen waren. Vermutlich ging es ihr ähnlich. Er hielt sie einfach mit den Armen umfangen, ihr Kopf ruhte an seiner Brust, und er strich beruhigend über ihre Haare. Wo war ihre Mütze? Egal. Er spürte, wie sie gegen seine Brust atmete, und dann tat sie einen tiefen Atemzug und im Ausatmen schluchzte sie auf.

Endlich. Als wäre zu ihr durchgedrungen, dass sie bei ihm in Sicherheit war.

Onno hielt sie einfach fest, er strich beruhigend über ihren Rücken, während sie etwas Unverständliches flüsterte.

Bestimmt zehn Minuten standen sie so da, der Schneefall wurde dichter, der Wind ein bisschen kälter und stürmischer, aber das kümmerte die beiden nicht. Sie waren ganz bei sich und bei Smillas Schmerz und Trauer, die sich einmal mehr Bahn brachen. Diesmal aber, das spürte Onno, war es heilsam. Ein Schritt zurück ins Leben, den sie an seiner Seite wagte. Sie atmete tief durch. »Danke«, flüsterte sie.

Sie wischte sich die Tränen mit den Handschuhen ab, lachte ein bisschen verlegen, doch er blieb einfach neben ihr stehen, forderte nichts, fragte nicht, war einfach da. Sie hatten später genug Zeit zum Reden, dachte er. Zunächst mussten sie ein paar praktische Fragen klären.

»Wo steckt eigentlich dein Freund?« Die zum Beispiel.

»Richard? Gute Frage.« Wieder lachte sie. »Ich habe in den letzten Stunden gar nicht an ihn gedacht. Vermutlich sitzt er im Hotel. Er hat's nicht so mit Schnee.« Sie blickte kurz auf ihr Handy. Offenbar hatte er ihr ein paar Nachrichten geschickt, denn Smilla kicherte. »Sag ich doch. Er kümmert sich um die Inselgäste, die es nicht zur letzten Fähre geschafft haben. Sie kommen wohl alle in der *Spiekerooger Liebe* unter, aber das Hotel ist nicht auf so viele Gäste eingestellt, darum müssen alle mit anpacken.« Sie steckte das Handy ein. »Ich wollte gerade zum Isländerhof, Conny und Carolin unterstützen.«

»Ich weiß nicht, wer Conny und Carolin sind, aber wenn ich darf, begleite ich dich gern.«

»Darfst du.«

»Erzählst du mir, warum da drüben ein Krankenwagen steht? Und wieso du im Schnee gesessen hast?«

Sie hakte sich bei ihm unter. »Aber nur die Kurzfassung. Die lange Version hebe ich mir für später auf, okay?«

Er war einverstanden. Auf dem Weg zum Isländerhof begegneten ihnen ein paar andere Insulaner, die erschöpft und glücklich auf dem Heimweg vom kleinen Wintermarkt waren. Sie grüßten Onno und Smilla fröhlich, als gehörten sie dazu.

Vielleicht gehörte er tatsächlich schon mehr dazu, als er bisher gedacht hatte. Das war ein Gedanke, der ihn wärmte.

Und Smilla? Sie redete nicht viel, sondern erzählte mit wenigen Sätzen, weshalb sie Martinshörner und Weihnachten nicht mochte – schon gar nicht in Kombination. »Zum Glück musste ich nicht mit Martinshorn fahren«, sagte sie nachdenklich.

»Du hast das super gemeistert.«

»Weißt du doch gar nicht.«

»Na, ist deine Freundin rechtzeitig zu Hause angekommen oder nicht? Ein Arzt ist bei ihr.«

»Hoffentlich geht das gut«, murmelte sie leise.

Sie erreichten den Isländerhof. Das hell erleuchtete Wohnhaus wirkte so einladend, dass Onno sich ein tiefes Durchatmen erlaubte. Er liebte sein Tiny House wirklich sehr, aber ein Haus voller Menschen, Stimmen und Kinderlachen, stellte er fest, das gefiel ihm mindestens genauso gut. Er betrat hinter Smilla den Flur von Connys Wohnung, eine Tür führte in die Küche, eine andere in ein geräumiges Wohnzimmer, in dem ein halbes Dutzend Kinder zwischen Babyalter und acht Jahren fröhlich und sehr laut spielten. Carolin und Conny stellten sich vor, dann verschwand die Eine in die Küche und die Andere musste eine Auseinandersetzung zwischen den Jungs schlichten, bei der es darum ging, wer den größten Dinosaurier hatte. Und offensichtlich war der T-Rex nicht maßstabsgetreu, was vor allem die jüngeren Dinofans sehr aufregte. Onno gesellte sich dazu. Er war damals, vor über dreißig Jahren, einer der ersten Dinofans gewesen. Hatte zwar *Jurassic Park* nicht im Kino schauen dürfen, weil er noch viel zu jung war, doch als Fünfjähriger hatte er so viele Dinosaurierarten auswendig gelernt, dass er versuchte, mit seinem Wissen zu glänzen. Und merkte, dass sein Wissensstand um mindestens zwanzig Jahre veraltet war.

»Wie bitte? Es gibt heute noch Dinos auf der Erde? Glaub ich nicht.«

»Doch! Hühner!«, krähte einer der Zwillinge. Und dann gackerten er und sein Bruder und liefen um die Krabbeldecke ihrer Babyschwester herum wie ein aufgescheuchter Hühnerhaufen.

Auf dem Sofa saß ein etwa fünfjähriger Junge und sah nicht besonders glücklich aus. Als Onno sich zu ihm setzte und ihm einen Plastikdino hinhielt, schüttelte er stumm den Kopf. Okay, der junge Mann hatte entweder Hunger oder Kummer. Onno sah sich suchend um und entdeckte auf dem Couchtisch einen fast leer geräuberten Keksteller. Den hielt er dem Kleinen hin, und er wählte zwei Kokosmakronen aus und mampfte sie finster.

»Möchtest du lieber was anderes spielen?«, fragte Onno ihn.

»Ich möchte zu meiner Mama, aber meine Mama kriegt das Baby, und danach hat sie nie wieder Zeit für mich.« Der Kleine verschränkte die Arme vor der Brust.

»Oh, das glaube ich nicht. Wer hat denn das gesagt?«

Er zeigte auf die Zwillinge. »Die da. Weil seit Mika da ist, hat ihre Mama auch kaum mehr Zeit.«

»Mhm«, machte Onno.

Conny kam ins Wohnzimmer. »Ole, komm mal! Dein Papa ist am Telefon.«

Der Junge rutschte vom Sofa und trottete zu Conny. Er sah dabei so betrübt aus, dass es Onno im Herzen wehtat. Der arme kleine Kerl schien mit der Situation gänzlich überfordert zu sein.

Smilla kam mit einer Schüssel Nudeln aus der Küche und stellte sie auf den Esstisch. Sofort versammelte sich die Kindermeute um sie, und sie befüllte die Teller. Das Baby krähte, und weil sich gerade niemand zuständig fühlte, hob Onno es hoch. Das Mädchen grinste ihn mit den acht Zähnchen, die es schon hatte, glücklich an. Er trug es zum Tisch, wo ein Babystuhl bereit stand. Carolin brachte einen Topf mit Tomatensauce, gemeinsam verteilten sie das Essen, Servietten und Wassergläser, der Platz von Ole blieb leer. Onno folgte Smilla in die Küche. Der Kleine saß auf einem Stuhl am Tisch, das Handy dicht vor dem Gesicht starrte er verzückt auf den Bildschirm. »Sie ist so süß«, hauchte er.

Onno konnte sich ein Grinsen nicht verkneifen. Aus dem Handy drangen die glücklichen, aber erschöpften Stimmen von Oles Eltern, das Schnaufen des gesunden Babys, das es offensichtlich eilig gehabt hatte, auf die Welt zu kommen und darüber hinaus gesund und munter war. Was für ein Glück, dachte er nur. Das hätte ja auch ganz anders ausgehen können.

Ole hielt das Handy von sich weg, er hatte wohl genug von seinen Eltern. Weil sonst gerade niemand da war, drückte er es Onno in die Hand, es schien egal, welcher Erwachsene es bekam. Onno blickte in die müden Gesichter von Frieke und vermutlich Bengt, die im Bett lagen. »Äh, hallo. Ich suche mal … Conny?«

Conny kam in die Küche und nahm ihm das Handy ab. Während sie am Herd hantierte und für die Erwachsenen eine etwas elaboriertere Nudelsauce rührte, hörte Onno sie sagen: »Ja, klar kann er über Nacht hier bleiben … Ich würde ihn auch rüberbringen, aber der Sturm … Mhmhhh.«

Ach ja, der Sturm. Onno fiel siedendheiß ein, dass er die Kollegin mit den Sechstklässlern allein zurück zur Inselschule geschickt hatte. Er schaute aufs Handy. Sie hatte sich gemeldet, sie waren sicher angekommen, bevor es wirklich ein Sturm wurde. *Sitzen mit Kakao und Keksen am Kamin*, schrieb sie und schickte ein Foto mit einem Dutzend rotwangiger Schülerinnen und Schülern, die in die Kamera grinsten.

Onno schrieb zurück. *Bin auf dem Isländerhof. Keine Ahnung, ob ich hier wegkomme?*

Bleib bloß, wo du bist. Da draußen ist es eklig, und es wird stündlich schlimmer.

Okay, er glaubte das mal. Er hatte ja keine Erfahrung mit Stürmen, aber Petra kannte sich aus. Petra war schon seit fast zwanzig Jahren Lehrerin auf der Insel. Da hatte sie schon einige Stürme miterlebt, sowohl was die Inselschule anging als auch die Natur. Wenn sie ihm einen Ratschlag gab, hielt er sich daran.

»Kann ich heute Nacht hier bleiben?«, fragte er. Die Kinder waren mit dem Essen fertig, die Erwachsenen setzten sich hin. Conny entkorkte eine Flasche Rotwein und goss allen ein. Carolin reichte ihr Mika, die schon ganz kleine Augen hatte.

»Klar. Wir können heute jede helfende Hand gebrauchen. Zwischendurch müssen wir nach den Pferden schauen, ob alles okay ist.«

»Kommt das Wasser denn bis hierher?«

Conny schüttelte den Kopf. »Der Deich ist gut in Schuss, das Deichtor haben sie heute Nachmittag schon geschlossen. Da passiert nichts«, sagte sie überzeugt. »Meine Isländer sind's gewohnt, wenn es mal stürmisch wird. Trotzdem habe ich sie lieber im Blick. Einige könnten unruhig werden.«

»Klar, sag einfach, wo ich helfen kann.«

»Wir müssen nachher die Kinder sortieren und zum Schlafen bringen. Ansonsten steht nichts an.« Conny sagte das, als wär's total einfach. Sechs aufgedrehte Kinder, von denen fünf gerade neben dem Esstisch über die Sofas turnten und das sechste mit ganz kleinen Augen auf Connys Schoß hing, aber die anderen Rabauken auch nicht aus den Augen lassen wollte. Das klang nicht gerade nach einem Kinderspiel. »Mika, Lars und Timo bleiben auch über Nacht. Emma und Raik bleiben noch länger bei Frieke und Bengt. Und der Sturm … na ja.« Sie schien sich keine großen Sorgen zu machen, dass ihr Haus plötzlich voller Kinder war. Vermutlich waren Insulaner so – ihre Türen standen allen offen, und wenn ein Orkan über die Insel fegte, rückte man etwas mehr zusammen als ohnehin schon.

Carolin erlaubte den Kindern eine Folge Serie, wenn sie sich ruhig hinsetzten. Das hielt natürlich nicht lange, aber ein bisschen stiller wurde es dadurch schon. Danach begleiteten Conny und Carolin die Kinder ins Badezimmer. Es herrschte eine fröhliche Übernachtungspartystimmung, die auch von den Frauen ausging, die es für die Kinder zu einem großen Abenteuer machten, mal auswärts zu schlafen. Aus Richtung Badezimmer drang ein Zahnputzlied, das übers Handy abgespielt wurde, dazu die Stimme von Carolin. Onno grinste und stand auf, um den Tisch abzuräumen. »Bleib sitzen«, sagte er zu Smilla. »Ich mach das schon.«

»Ich finde Männer, die Hausarbeit machen, überaus sexy«, meinte sie und musste direkt kichern. »Entschuldige. Ich bin beschwipst.«

»Das macht gar nichts.« Er blieb mit Tellern in beiden Händen neben ihr stehen. »Alle Männer?«

»Wie bitte?«

»Ob du alle Männer attraktiv findest, wenn sie Hausarbeit machen. Oder nur bestimmte, mit denen du dir unter gewissen Umständen – zum Beispiel einem ernsthaften Gespräch, wenn beide wieder nüchtern sind – einen Neuanfang vorstellen könntest?«

»Oh«, machte sie, und er konnte förmlich sehen, wie es hinter ihrer Stirn arbeitete, während sie versuchte, seine Ausführungen zu verstehen. Er hatte so einen leicht unrealistischen Moment, in dem er selbst nicht wusste, was er da gerade gesagt hatte. »Möglicherweise.« Sie lächelte zu ihm hoch, und Onnos Herz machte einen kleinen Hüpfer.

»Das genügt mir für den Moment.«

Er ging in die Küche und begann, die Spülmaschine

einzuräumen. Nackte Füßchen tappten durch den Flur, dann hörte er die leise Stimme von Ole. »Und wer liest mir heute vor?«

Onno drehte sich um. Ole stand zwischen Küche und Wohnzimmer im Flur und trug einen *Paw Patrol*-Schlafanzug. Er drückte ein Heft an seine Brust, das schon etwas zerfleddert war.

Onno trat im selben Moment aus der Küche, als Smilla aus dem Wohnzimmer kam. Ihre Blicke trafen sich, ein stilles Einverständnis. Sie hockte sich vor Ole. »Was hast du denn da?«, fragte sie und musste sich leicht beschwipst am Türrahmen festhalten.

Ole strahlte sie an. »Das ist die Geschichte von meinem Opa Oller Hansen«, sagte er. »Komm, du musst mir alles vorlesen.«

»Okay …« Smilla hatte keine Chance. Der Kleine nahm ihre Hand und zog sie zum Sofa. Er erklärte Smilla ganz genau, wie man sich zum Vorlesen einmuckelte. Man brauchte offensichtlich sehr viele Decken und Kissen dafür, und es half, wenn man sich ganz dicht aneinander kuschelte, damit beide ins Buch schauen konnten. Smilla fing an vorzulesen. Onno hörte sie mit Ole im Wohnzimmer kichern, dann noch mehr nackte Füße auf den Fliesen, und nacheinander gesellten sich Anni und Matti, Lars und Timo zu Smilla und Ole. Als Onno mit der Küche fertig war und ins Wohnzimmer schaute, saßen fünf Kinder andächtig lauschend um Smilla herum, während sie gerade die Geschichte vom Kraken Paul zum Besten gab, der traurig war, weil er den Namen Pauline viel schöner fand.

Onno lehnte sich gegen den Türrahmen. Ole war schon

eingeschlafen, den Kopf gegen Smillas Schulter gelehnt. Der kleine Junge war völlig erledigt nach der Aufregung des Tages, er war großer Bruder geworden und sein Leben war ein Abenteuer. Auch die anderen Kinder waren ganz ruhig geworden. Als Smilla mit der Geschichte fertig war, standen alle auf und trotteten ins Bett. Conny hob den schlafenden Ole hoch und brachte ihn in eines der Kinderschlafzimmer, die in einer Wohnung nebenan eingerichtet waren. Smilla blieb sitzen. Sie hielt das Heft in den Händen und wirkte sehr nachdenklich.

Onno setzte sich vor dem Sofa auf den Hocker. »Hey, willst du auch schon ins Bett?«, fragte er. »Schlafen, meine ich«, fügte er hinzu.

Sie blätterte in dem Heft. »Bisschen müde bin ich schon«, meinte sie nachdenklich. »Aber das hier … das ist so gut. Wow.«

Conny kam zurück. »Die Geschichten hat Frieke aufgeschrieben«, erklärte sie. »Ihr Vater ist früher zur See gefahren und hat ihr seine Tagebücher mit allerlei Seemannsgarn und Geschichten vermacht.«

»Ich weiß! Ich habe heute eins der Hefte auf dem Winterzauber für Anni und Matti gekauft. Aber ich hatte keine Ahnung, wie gut die Geschichten sind.«

»Sie hat es ursprünglich für Ole aufgeschrieben. Anfangs sollte es eine Biografie werden.« Conny zuckte mit den Schultern. Sie ließ sich aufs Sofa plumpsen. Carolin kramte in der Küche und brachte ein paar Schälchen mit Knabbereien und die halb volle Weinflasche.

»Für mich nichts mehr.« Smilla gähnte hinter vorgehaltener Hand. »Wollen wir?«, fragte sie Onno.

Er nickte. Sie nahm seine Hand, als wäre es das Natürlichste der Welt. »Sollen wir noch mal im Stall vorbeigucken?«, fragte sie Conny.

»Mach ich gleich. Geht ruhig schon schlafen.« Conny lächelte, als wüsste sie ganz genau, dass *schlafen* das letzte war, woran Smilla und Onno gerade interessiert waren.

Im Flur schlüpfte Smilla in ihre Stiefel. »Wo willst du hin?«, fragte Onno.

»Wir müssen einmal ums Haus rum«, erklärte sie und wickelte sich den Schal bis zur Nase. »Meine Wohnung liegt auf der Rückseite vom Wohnhaus.«

Als sie vor die Tür traten, klatschte der Sturmwind ihr von rechts einen Schwung Schneekristalle gegen die Wange. Autsch. Wie gut, dass sie sich eingemummelt hatte, bevor sie rausging. Onno hatte sie erst belächelt, aber jetzt musste er sich ebenfalls gegen den Sturm stemmen, während sie das Haus umrundeten. Der Garten lag inzwischen unter einer geschlossenen Schneedecke, und es sah nicht so aus, als würde es in naher Zukunft aufhören zu schneien.

Sie waren nur zwei Minuten vor der Tür gewesen, doch als sie sich im Flur auf der Hausrückseite den Schnee von den Mützen und Mänteln schüttelten, sahen sie aus wie zwei Schneemänner. Smilla lief die Treppe hoch, und Onno folgte ihr. Als sie die Tür ihrer Wohnung öffnete und das Licht einschaltete, stahl sich ein zufriedenes Lächeln auf ihre Lippen, obwohl tief in ihrem Bauch immer noch diese Unsicherheit tobte. Sie wollte Erklärungen hören. Aber vor allem wollte sie heute Nacht nicht alleine sein.

Sie warf einen knappen Blick aufs Handy. Vorhin hatte

sie Richard geschrieben, sie sei in Sicherheit, alles prima. Er hatte ihr ein Foto geschickt, ein Dutzend Leute versammelt in der Lobby des Hotels, alle sahen sehr satt und zufrieden aus, dazu schrieb er: *Hier werden neue Freundschaften geschlossen.* Sie freute sich für ihn, denn auch wenn er die passive Form nutzte, wusste sie, dass er selbst diese Freundschaften schloss. Gut für ihn.

»Hier wohnst du also.« Onno schaute sich um.

»Ja, ein bisschen anders als dein puristisches Tiny House.« Smilla lachte. »Der entscheidende Vorteil ist wohl, dass man von draußen nicht reingucken kann.«

»Da gebe ich dir recht.« Er räusperte sich. »Willst du sofort darüber sprechen?«

Das Herz schlug ihr bis zum Hals. »Schon«, sagte sie ruhig. »Wollen wir uns ins Wohnzimmer setzen?«

Er folgte ihr. Smilla widerstand dem Drang, aufzuspringen und noch ein paar Knabbereien oder eine Flasche Rosé aus der Küche zu holen. Sie faltete die Hände im Schoß und wartete.

»Ich war ein Idiot«, fing Onno an. Er saß vor ihr auf dem Sessel, der für seine Körpergröße viel zu klein war. Die Ellbogen auf die Knie gestützt und die Hände gefaltet suchte er nach den richtigen Worten. »Pia und ich hätten uns schon viel früher trennen müssen. Dass ich nach Spiekeroog ging und sie in Frankfurt blieb, hätte uns beiden schon zeigen müssen, dass wir am Ende sind.« Er schüttelte leicht den Kopf. »Ich bin keiner, der so schnell aufgibt«, fügte er erklärend hinzu. »Aber dann habe ich dich kennengelernt, und ich dachte nur … Wow. Was für eine Frau. Damals auf der Fähre wirktest du so … stark.«

Sie gluckste. »Meinst du bevor oder nachdem die Möwe mir das Fischbrötchen aus der Hand gerissen hat?«

Onno lachte auf. »Okay, danach. Du hast dich nicht beirren lassen. Und abends, als du allein im Restaurant gesessen hast … Es gehört eine Menge Mut dazu, so was allein zu machen, oder?«

»Keine Ahnung. Vorher musste ich das nicht, weil Richard immer für mich da war. Es war für mich eine neue Erfahrung.«

»Trotzdem … Pia hat gespürt, wie weit wir uns voneinander entfernt haben. Ich wollte es lange nicht sehen.«

Sie hörte aufmerksam zu, während er erzählte. Langsam beruhigte sich ihr Herzschlag, und sie bekam ein Gefühl dafür, wie es so weit hatte kommen können. Dass sie sich von ihm betrogen fühlte. Und er gar nicht erst versuchte, sie vom Gegenteil zu überzeugen. »Es war unverantwortlich von mir«, schloss er. »Danach wollte ich dich … nicht nerven. An meinen Gefühlen hat sich nichts geändert, aber ich bin nicht aufrichtig zu dir gewesen, und ich wusste nicht, wie ich mich dafür entschuldigen konnte.«

»Du könntest sagen, dass es dir leid tut«, sagte sie schließlich nach längerem Schweigen. Onno hob den Blick. »Ich hatte ja auch mehr als genug Zeit zum Nachdenken, nachdem ich so überstürzt weggelaufen bin. Und weglaufen, darin war ich in den letzten zwei Jahren immer besonders gut. Vor der Trauer. Dem Schmerz. Wie wenig ich das alles zugelassen habe, ist mir erst hier auf der Insel bewusst geworden.« Sie beugte sich vor und nahm seine Hände. Behutsam strich sie über den Daumen, auf dem ein Pflaster klebte. »Du hast dich schon wieder verletzt?« Sie kicherte.

Onno grinste. »Drechseln. Nichts für mich.«

»Du hast da einen ganz schön gefährlichen Job.«

»Nicht lebensgefährlich«, erwiderte er behutsam.

»Stirb einfach nicht«, sagte sie ernst.

»Ich verspreche es nicht. Irgendwann …«

Smilla lachte. Sie spürte, wie ihre Augen feucht wurden, und sie tat nichts, um es zu verbergen. Sie ließ die Gefühle zu, und wenn sie heulen musste, dann heulte sie eben. Vor Glück, aus Trauer, was auch immer gerade an Gefühlen in ihr war, musste sich einen Weg suchen. Und sie gab ihren Gefühlen den Raum, den sie so lange einfach blockiert hatte mit einer undurchdringlichen Schwärze. Sie hatte geglaubt, das sei die Trauer um Jonas, doch da hatte sie sich geirrt. Um einen geliebten Menschen zu trauern, das hieß nicht, ein tiefes, dunkles Tal zu durchschreiten und danach wieder ins Licht zu treten, eine Reise anzutreten, die man nur irgendwie überstehen musste, um danach wieder den Blick nach vorne zu richten. Nein, richtige Trauer wollte, dass sie das gesamte Spektrum der Gefühle durchlebte. Nicht nur Traurigkeit oder Schwermut gehörten dazu. Wie oft hatte sie in den letzten Wochen geweint, weil das Leben, das sich ihr bot, schlicht *zu schön* war, und niemand mehr da war, mit dem sie all das Schöne teilen konnte?

Vielleicht wäre es anders gewesen, wenn sie damals ein Kind bekommen hätten. Wenn von Jonas noch etwas fortgelebt hätte. Aber es war müßig, darüber nachzudenken. Sie war allein. Sie war sich dessen bewusst geworden, wie gut sie dieses Alleinsein hinbekam, wenn sie es musste. Aber sie *wollte* nicht allein sein. Sie wollte mit Onno zusammen sein. Und das war ein Gefühl, dem sie auch erst mal hatte Raum geben müssen. Ihrer Zuneigung, diesem aufgeregten Flattern, wann immer sie an ihn dachte.

»Okay, ich präzisiere: Lass dich nicht von einer Fußgängerin vom Rad holen, schneid dir keine Gliedmaße ab, bleib gesund, so lange es geht. Ich möchte mit dir zusammen sein, aber ich möchte dich nicht so schnell wieder verlieren.«

»Ja«, sagte er schlicht. »Ich verspreche es.«

Und das klang überhaupt nicht kitschig oder albern. Nicht im Entferntesten überzogen oder falsch. Sie wollte sich in dieses neue Abenteuer werfen, aber sie fürchtete zugleich, es könnte allzu schnell vorbei sein.

»Ich verspreche es«, wiederholte Onno und drückte ihre Hände. Er beugte sich zu ihr vor. »Ich weiß, du hast viel durchgemacht. Und ich kann nur ahnen, wie sehr … Vielleicht habe ich auch keine Ahnung, wie das ist, wenn man einen geliebten Menschen verliert, mit dem man sich eine Zukunft vorgestellt hat.« Sein Gesicht war ganz dicht vor ihrem, sie könnte ihn küssen, sie müsste sich nur noch ein wenig vorbeugen. Smilla hielt die Luft an. Sie wollte das hier. Sie wollte sich mit allem, was sie war, in diese Beziehung werfen, wollte noch einmal alles riskieren, selbst wenn sie ein zweites Mal alles verlor.

Alleinbleiben war für sie eine Option. Aber nicht das, was sie wollte.

»Küss mich endlich«, flüsterte sie. Er lächelte. Seine Hände umfingen ihr Gesicht, und der erste Kuss nach so vielen Wochen fühlte sich an wie die Einlösung eines Versprechens und ein erneutes Versprechen zugleich. Sie zog ihn zu sich heran, sie sanken aufs Sofa, er lag halb auf ihr, und sie lachte atemlos.

»Wie lange dauert eigentlich so ein Sturm?«, murmelte er an ihrem Ohr.

»Ich weiß es nicht«, wisperte sie.

Hoffentlich dauerte dieser mindestens drei Tage. Mit eingeschneiter Haustür, die sich nicht öffnen ließ, sie wären hier oben gefangen und könnten nichts anderes tun als im Bett zu liegen – und eben nicht zu schlafen.

KAPITEL 24

Der Sturm dauerte die ganze Nacht, und als sie am nächsten Morgen aus dem Fenster blickten, lag die Insel unter einer dicken Schneedecke vergraben.

Frieke merkte nicht viel davon. Sie lag im Bett, das kleine Babymädchen schlief zwischen Bengt und ihr. Sie hatte in der Nacht kaum geschlafen, aber das kannte sie schon von Oles Geburt. Danach war sie so überdreht und mit Glückshormonen vollgepumpt gewesen, dass sie gar nicht wusste, wohin mit sich. Also hatte sie das noch namenlose Baby angeschaut, während Bengt neben ihr schlief. Ihn hatte die eilige Geburt noch mehr überrumpelt als Frieke. Sie hatte ja alle Anzeichen in den letzten Wochen bemerkt, sie war einfach nicht bereit gewesen, sie zu *sehen* und in den richtigen Zusammenhang zu bringen.

Zum Glück war Raik da. Er hatte als Arzt zwar keine expliziten Erfahrungen als Geburtshelfer, doch Emma hatte danach trocken bemerkt, er hätte sich deutlich besser geschlagen als bei Mikas Geburt. Da war er nämlich aus den Latschen gekippt.

Das war Bengt nicht passiert. Trotzdem war er danach erst mal ziemlich aufgescheucht durchs Haus gepoltert, hatte eine Maschine Wäsche eingeschaltet, für Frieke frische Quarkrosinenbrötchen gebacken, die Wickelkommode mit den frisch gewaschenen Babysachen bestückt, die schon seit zwei Wochen in einem Korb daneben standen und immer wieder gefragt, ob es ihr auch gut ging. Bis Frieke ihn bat, sich für ein paar Minuten zu ihr zu legen. »Leg dich einfach hin«, hatte sie gesagt. Und kaum hatte sein Kopf das Kissen berührt, seufzte er und schlief ein. Das hatte er gebraucht. Ihre Bestätigung, dass er sich ausruhen durfte. Dass auch er erschöpft sein durfte von der Aufregung, und dass er der Müdigkeit nachgeben durfte, die nach dem Nachlassen des Adrenalinschubs blieb.

Emma und Raik richteten sich unten im Wohnzimmer für die Nacht ein, auch wenn Frieke fand, das sei nicht nötig. Aber der Sturm wurde immer ekliger, die Kinder waren auf dem Isländerhof gut aufgehoben, niemand sollte noch da raus müssen. Insofern war es schon nötig, und als sie nun im Bett lag und noch darüber nachdachte, wie sie nach dem notwendigen Gang auf die Toilette die Treppe runterkam, um sich einen Kaffee zu kochen, hörte sie schon Emmas Schritte. »Die Kinder sind gesund und munter, tollen mit den Pferden durch den Schnee, und Conny spannt gleich den Schlitten an und bringt die vier vorbei.« Sie bugsierte ein Tablett mit Frühstücksköstlichkeiten durch die Tür. Frieke schob sich behutsam hoch, und auch Bengt regte sich. Baby Gerjets verschlief die Aufregung um die Nahrungsaufnahme, die Kleine hatte in der Nacht schon zweimal dafür gesorgt, dass die Milch bald einschießen würde. »Außerdem liegt überall ein halber Meter Schnee, morgen kommt wohl noch mal was obendrauf, und wenn's so kalt bleibt, wird es auch noch 'ne Weile dauern, bis wir wieder Fährverkehr haben«, berichtete Emma. »Raik macht sich gleich auf den Weg in die Praxis und schaut, ob ein paar Insulaner Hilfe brauchen. Viel können wir ja im Moment nicht machen.«

Bengt guckte mit gerunzelter Stirn auf das Baby. Frieke stupste ihn in die Seite und drückte ihm einen Kaffeebecher in die Hand. »Guten Morgen«, sagte sie leise. »Schau nur, wie süß sie schläft.«

»War sie heute Nacht wach?«

»Zweimal.« Frieke lächelte. »Aber sie trinkt wie ein Profi. Wir schaffen das schon.«

Die Nachsorgehebamme saß natürlich auf dem Festland. Frieke aber hatte das alles ja schon einmal gemacht, und sie hatte Dani gestern Abend direkt eine Nachricht geschickt und sie hatten sich für ein Videotelefonat verabredet, sobald Frieke sich heute bereit dafür fühlte.

Behutsam hob Frieke das schlafende Baby hoch und legte es ins Beistellbett. Emma blieb noch ein wenig am Fußende auf der Bank sitzen und plauderte mit ihnen. Bengt, der in seiner Straßenkleidung geschlafen hatte, entschuldigte sich und verschwand im Bad.

»Da hat sie uns alle aber ganz schön überrumpelt, hm?«, fragte Emma leise.

Frieke nickte. Sie merkte, wie ihr Tränen in die Augen traten. Sie schniefte, trank rasch einen Schluck Kaffee und streichelte mit dem Daumen die Brust des Babymädchens. »Wir haben ja nicht mal einen Namen für sie. Bengt meinte jedes Mal, es sei ja noch Zeit. Sie wird ihn uns schon verraten, meinte er. Und nun das. Kein Name.«

»Das Standesamt macht bestimmt auch erst in ein paar Tagen wieder auf. Ihr habt alle Zeit der Welt«, tröstete Emma.

»Weißt du, was das Verrückte ist? Ich hätte drauf kommen können. Die ganze Zeit hatte ich schon so extremen Nestbautrieb. Weihnachtsdeko im November? Winterzauber, bei dem ich mal das komplette Sortiment durchräumen muss? Und hier zu Hause habe ich letztes Wochenende im Badezimmer auf Knien gelegen und die Fugen mit einer Zahnbürste gereinigt.«

Emma lachte. »Du meine Güte. Das waren keine Zaunpfähle, es war der ganze Friederikenwald.«

»Und dann die Wehen. Die habe ich ja auch seit Wochen. Ich glaube, dieses kleine Mädchen hatte es im zweiten Anlauf einfach sehr eilig, zu uns zu kommen.«

»Hat sie Anpassungsschwierigkeiten?« Beide Frauen betrachteten das Baby, das selig schlummerte. »Sieht nicht so aus, oder?«

Frieke schüttelte den Kopf. »Sie wiegt auch schon gut drei Kilo.«

»Das ist gut.«

Sie lächelten sich an, und Frieke spürte nun doch die Müdigkeit. Sie trank den Kaffee aus und reichte Emma den leeren Becher.

»Sag Bescheid, wenn du etwas brauchst.«

»Versprochen.«

Frieke wartete, bis sie Emma unten in der Küche werkeln hörte, bevor sie sich behutsam an die Bettkante schob und langsam aufstand. Das ging alles nur im Schneckentempo. Zum Glück kam Bengt gerade aus dem Badezimmer, als sie im Flur stand. Er schloss sie behutsam in die Arme. »Ich bin so stolz auf euch«, flüsterte er. »Entschuldige, wenn ich mich irgendwie doof benommen habe.«

Sie drückte die Nase in sein weißes T-Shirt. Er roch sauber, nach Bengt und Meer. »Hast du gar nicht«, murmelte sie. »Aber ich muss jetzt wirklich aufs Klo. Kannst du mal beiseite gehen?«

Er machte ihr lachend Platz, und Frieke schloss die Badezimmertür hinter sich. Endlich für ein paar Minuten allein.

Sie duschte bei der Gelegenheit auch direkt. Ihr Kreislauf war erstaunlich stabil, ihr Körper allerdings insgesamt noch ganz schön unsicher. Sie war froh, als sie frisch geduscht wieder unter die Bettdecke schlüpfen konnte. Bengt saß auf ihrer Bettseite und beugte sich über das Beistellbett. »Sie ist perfekt, oder?«, fragte er.

»Zählst du etwa heimlich, ob alle Finger und Zehen dran sind?«

»Erwischt.«

Frieke hangelte sich noch ein Quarkrosinenbrötchen vom Teller. Doch bevor sie hineinbeißen konnte, wurde das Baby unruhig. Sie hob es hoch. Es suchte, und sie schob das Shirt hoch.

»Krümel doch nicht das Baby voll!«

»Das wird schnell genug passieren«, kaute Frieke. Sie merkte jetzt erst, wie hungrig sie war. Oder war sie erst jetzt wieder hungrig? Egal. Sie stopfte sich noch einen Bissen in den Mund und stippte die Krümel vom Babykopf. Bengt murmelte etwas davon, dass sie das Baby nicht gleich mitfressen sollte, er holte ihr gern noch mehr Brötchen.

»Was Deftiges wäre mir auch recht«, bemerkte sie.

Er stöhnte auf. »Und wo soll ich das herbekommen? Halbes Schwein auf Toast womöglich?«

Sie grinste. Er erinnerte sich also genauso gut wie sie an

die zauberhafte Zeit direkt nach Oles Geburt, als sie gelegentlich ein Hüngerchen auf Fleisch verspürte. Sonst waren sie ja die meiste Zeit vegetarisch unterwegs, inzwischen auch oft vegan, ohne dabei irgendwie dogmatisch zu werden.

»Es reicht, wenn der Frischemarkt wieder auf hat«, versicherte sie ihm. Sie wurde langsam wirklich müde, und als sie nach zwanzig Minuten endlich das Baby ablegen konnte, schlief sie ziemlich schnell ein.

»Ein Schlitten? Mit Ponys?!« Onno machte mindestens so große Augen wie die Kinder, die sich im Wohnzimmer hinter den Sprossenfenstern drängten und beobachteten, wie Carolin und Conny, nachdem sie den zugewehten Teil des Hofs notdürftig geräumt hatten, aus der Remise einen Schlitten zogen. »Wie ist das möglich?«

»Mit Pferden«, korrigierte Smilla und grinste. Ihre Hände umschlossen den getöpferten Kaffeebecher, den sie vorhin aus ihrer Wohnung mit nach unten gebracht hatte. Die Aufregung der Kinder zu beobachten war fast noch schöner als die Islandpferde, die draußen ungeduldig stampften. Ihnen gefiel der Schnee mindestens genauso gut.

»Conny meint, den hat vor Urzeiten ihre Mutter angeschafft. Dann geriet er lange in Vergessenheit, und vor zwei Jahren hat es das erste Mal seit Ewigkeiten wieder ein bisschen geschneit, und da hat sie ihn fit gemacht. Für alle Fälle. Jetzt kommt er wie gerufen.« Die meisten Straßen auf Spiekeroog waren mit knietiefem Schnee verweht, und es würde noch einige Tage dauern, bis alles geräumt war. So konnten Smilla und Conny später die Kinder zurück zu ihren Familien bringen und anschließend noch Raik unterstützen, der ein paar Insulanern einen Hausbesuch abstatten musste. Nichts Eiliges, nichts Ernstes. Insgesamt hatte die Insel den Sturm mit einer hartnäckigen, geradezu stoischen Genügsamkeit überstanden. Noch war niemand ganz weit im Westen gewesen, um zu erkunden, inwieweit das Meer wieder Stücke vom Strand davongetragen hatte. Aber das hatte Zeit. Was auch immer fortgerissen war, würde man ohnehin erst im Frühjahr reparieren können. Wenn überhaupt. So hatte Conny es Carolin und Smilla erklärt.

»Kommst du mit?« Conny kam herein, stapfte sich den Schnee von den Stiefeln und winkte Smilla. »Oder willst du dir die Schlittenfahrt entgehen lassen?«

»Auf keinen Fall!« Carolin blieb mit ihren Kindern und Onno zurück; aber vor allem Ole wollte nicht ohne Smilla gehen. Alle Kinder waren dick eingemummelt, eine warme Decke über den Knien saßen sie brav hinten im Schlitten. Conny hatte einen braunen Wallach und eine Scheckstute vorgespannt, die beide ganz ruhig warteten, bis alle gut saßen und Conny sie sanft mit den Zügeln antippte. Im Schritt ging es vom Hof, die kleine Steigung herunter und auf die menschenleere Straße. »Heja«, sagte Conny, tippte noch mal ganz sanft mit den Zügeln auf die Pferderücken, und die beiden Islandpferde trabten an. Die Stute warf den Kopf hoch, sie hatte sichtlich Spaß an dieser Ausfahrt.

Es war ganz still. Die Insel war ohnehin schon so leise, aber nun war es, als hätte jemand alle Geräusche unter der Schneedecke verborgen. Smilla schloss die Augen. Sie genoss die Fahrt, obwohl Ole sich an sie drängte und sie das

Baby auf dem Schoß hielt, das ziemlich neugierig hin und her zeigte. Ole erklärte Mika mit einer Engelsgeduld, was sie sahen. »Da vorne ist Mamas Buchladen.« Sie hatten den Ortskern erreicht. Conny lenkte nach links Richtung Osten, die Pferde trabten munter voran, sie kamen an einigen Insulanern vorbei, die Schnee schaufelten und fröhlich grüßten. Schon war die Fahrt zu Ende, zum Bedauern der Kinder. Sie purzelten aus dem Schlitten und liefen auf das kleine, hübsche Häuschen zu, das hinter einem überwucherten Garten die Gäste mit Buntglas in der Tür und einer etwas verfrorenen Emma auf der Türschwelle erwartete. Timo und Lars fielen ihr um den Hals, und Mika streckte die Arme aus und krähte »Mamama!«

Conny und Emma umarmten sich zur Begrüßung. Conny nahm sofort eine zweite Schneeschaufel, die neben der Tür lehnte und begann, den Weg weiter freizuschaufeln. Smilla folgte Emma in das warme Haus. »Wie schön, dass du da bist. Danke, dass ihr euch um die Kinder gekümmert habt.«

»Kein Problem. Ich habe gar nicht viel gemacht.« Smilla wurde rot. Das meiste hatten tatsächlich Conny und Carolin übernommen, zumal Onno und sie heute früh nur *sehr* schwer aus dem Bett gekommen waren. Ole hielt Smillas Hand fest. Er zog sie zur Treppe ins Obergeschoss. Smilla blieb stehen. »Du, ich glaube, da gehst du lieber mit Emma oder deinem Papa hin.«

»Nein, mit dir!«, rief Ole. Er hatte, seit Smilla ihm gestern Abend vorgelesen hatte, einen Narren an ihr gefressen und war überhaupt nicht davon abzubringen, dass sie mitkam. Er drückte das Heft mit den Vorlesegeschichten an die Brust und zog mit der anderen Hand Smilla hinter sich her.

»Ich schau mal, ob deine Mama wach ist. Dein Papa ist nicht da. Er hat sich vor einer halben Stunde auf den Weg zum Frischemarkt gemacht. Der hat heute ausnahmsweise an einem Sonntag außerhalb der Saison offen, damit die Insulaner ihre Vorräte aufstocken. Der nächste Sturm kommt ja bald.«

»Noch mehr Schnee?«, entfuhr es Smilla. Die Vorstellung war irgendwie beängstigend und zugleich schön.

»Vorhergesagt ist er.« Emma verschwand oben, Smilla hörte sie leise reden. Dann kam sie zurück. »Ihr dürft zu ihnen. Das Baby schläft gerade.«

Ole zog Smilla beharrlich zur Treppe, und schließlich gab sie nach. Sie streifte die Stiefel ab und legte den Mantel im Flur auf die kleine Holzbank. Dann folgte sie Ole nach oben. Eigentlich wollte sie unbedingt noch etwas mit Frieke besprechen. Aber das hatte auch noch Zeit, bis sich die erste Aufregung gelegt hatte. Und ein Minibaby sehen, hm. Sie hatte eindeutig gemischte Gefühle. Zugleich wollte sie Ole nicht im Stich lassen, der fest davon überzeugt war, dass Smilla und er die besten Freunde waren.

»Hallo …?«, fragte sie leise, als sie das Schlafzimmer betrat. Ole ließ ihre Hand los und trat ans Bett. Auch er bewegte sich ganz langsam und nicht mehr so stürmisch, wie sie ihn kennengelernt hatte. Ganz andächtig stand er am Fußende vom Bett und guckte in das Beistellbett, in dem das Baby schlief. Frieke saß mit Kissen im Rücken daneben. Sie sah unendlich müde aus – aber zugleich auch unendlich glücklich. Smilla lächelte. »Herzlichen Glückwunsch. Was für eine Aufregung.«

»Danke.« Frieke klappte das Buch zu und legte es auf

die andere Bettseite. Sie trank einen Schluck aus einem Thermosbecher. Dann bedeutete sie Ole, sich neben sie zu setzen. Das machte er sofort. Alles an ihm war der stolze, große Bruder. Doch er legte das Heft mit den Geschichten in Friekes Schoß und erklärte ihr: »Mama, das ist zu gut! Du musst da mehr von schreiben. Smilla hat mir gestern *alle* Geschichten vorgelesen und heute früh noch mal.«

»Oh.« Frieke wirkte verlegen. »Das sind doch nur …« Sie vollendete den Satz nicht.

»Nur?«, fragte Smilla ungläubig. »Das ist so ziemlich das Beste, was ich seit Langem vorgelesen habe. Und ich habe den Kindern meiner Freundin Leyla wirklich einiges vorgelesen.« Außerdem befasste sie sich viel mit dem Kinderbuchmarkt, weil sie immer noch davon träumte, Bilderbücher zu illustrieren. Aber das sagte sie nicht laut. Wenngleich sie, seit sie gestern Friekes Geschichten in die Finger bekommen hatte, eine Idee hin und her wälzte, von der sie nicht so genau wusste, wie sie diese in die richtigen Worte kleiden sollte. Und jetzt wäre ohnehin der falsche Zeitpunkt. Frieke war noch ganz beseelt und aufgewühlt von den Ereignissen der letzten vierundzwanzig Stunden.

Sie hatten Zeit.

Denn noch etwas hatte Smilla erkannt, als sie heute Früh aufgewacht war. Als sie neben dem schlafenden Onno lag und sich noch kurz darüber wunderte, wie sie es erneut geschafft hatte, sich so gänzlich fallen zu lassen. Wie sie ihm vertraute, als hätte es all die Missverständnisse nicht gegeben. Weil sie ihm hatte vertrauen wollen. Sie wollte das hier mit einer Bedingungslosigkeit, die sie selbst verblüfft hatte.

Und sie wollte es ganz. Mit allem, was sie sich gemeinsam vorstellen konnten. Der Anblick eines winzigen Menschleins, das friedlich schlummernd auf den Schoß seines großen Bruders gelegt wurde, der vor Stolz fast platzte, ließ in ihr einen wahren Gefühlssturm losbrechen. Wie schön das sein musste. Frieke bat Smilla, ein Foto von ihnen drei zu machen, und Smilla kam der Bitte sehr gern nach. Sie machte zwei Dutzend Fotos und hoffte, eines davon werde irgendwann in einem Fotobuch landen oder ausgedruckt aufgehängt werden, weil es Zeugnis von Oles erster Begegnung mit seiner kleinen Schwester war.

»Wie heißt sie eigentlich?«, fragte Smilla.

»Das wissen wir noch nicht.« Frieke grinste. »Aber da wird uns schon was einfallen.«

»Quatsch. Sie heißt natürlich Pauline«, sagte Ole.

»Wie bitte?« Beide Frauen drehten sich zu Ole um. Er streichelte ganz verzückt die zu einer Faust geballte Babyhand.

»Na, so wie die Krake, die beste Freundin vom Ollen Hansen. In deinem Buch, Mama«, sagte er belehrend, als wären sie wirklich begriffsstutzig wie zwei alte Delfindamen.

»Pauline …«, sagte Frieke probierend. Sie wirkte nachdenklich. »Das klingt gar nicht so schlecht.«

»Sag ich doch. Und jetzt will ich schlafen. Mama, die anderen Jungs haben heute Nacht voll doll geschnarcht.« Ehrlich empört wartete Ole, bis Frieke das Baby wieder von seinem Schoß nahm, ehe er sich neben ihr einrollte, die zweite Decke bis zur Nasenspitze nach oben zog und die Augen schloss.

»Wer hier wohl schnarcht.« Frieke lächelte und strich Ole ein paar Haare aus der Stirn.

»Ich lass euch dann mal lieber ein bisschen in Ruhe. Aber wenn du so weit bist – ich würde gerne mit dir über deine tollen Kindergeschichten reden. Ich … hm. Habe da nämlich so eine Idee.«

»Okay.« Frieke winkte.

»Können wir?« Raik kam aus der Küche. Er trug bereits die dicke Winterjacke. Conny war draußen bei den Pferden, die am liebsten schleunigst weiter wollten.

Die Kinder saßen von Emma beaufsichtigt am Küchentisch und schaufelten sich Grießbrei mit warmen Kirschen rein. Wie konnten die schon wieder Hunger haben, wunderte sich Smilla. Sie hatten doch alle gerade erst gefrühstückt?

Auf dem Weg zur Arztpraxis, wo Raik noch ein paar Dinge holen musste, saß er neben Conny vorn auf dem Kutschbock und erzählte ihr in aller Ausführlichkeit von der gestrigen Geburt. Smilla hörte irgendwann nicht mehr hin. In Gedanken war sie ganz weit weg. Bei einem gezeichneten Seebär, zauberhaften Kindergeschichten, bei ihrer eigenen Zukunft und der Frage, was Onno plante. War er überhaupt so ein Pläneschmieder, so wie sie? Das musste sie unbedingt herausfinden, und sie würde es lieber jetzt als später tun. Als sie vor der Praxis warteten, versuchte sie sich zu orientieren. Zum Isländerhof dürften es allenfalls vierhundert Meter Richtung Westen sein – das schaffte sie auch zu Fuß, oder?

Conny bestätigte ihr, dass ihr Orientierungssinn hervorragend funktionierte, und winkte zum Abschied. Sie wirkte nach den letzten Wochen, in denen sie durch die Trennung so traurig gewesen war, seit ein paar Tagen wie ausgewechselt. Woran das wohl lag? Hatte Carolin etwas damit zu tun? Smilla wollte auch nicht so direkt nachfragen, dafür kannten sie sich nicht gut genug.

Aber insgeheim freute sie sich, dass es Conny besser ging. Ihr Handy hatte sie auf dem Isländerhof gelassen, sonst hätte sie jetzt ein Foto gemacht und es Sanne geschickt. Sich erkundigt, wie es ihr inzwischen ging, da im fernen Berlin.

Sie stapfte unverdrossen weiter. Da vorne kam schon der Isländerhof in Sicht, und sie staunte, wie sehr ihr das Herz aufging, nachdem sie nur knapp zwei Stunden unterwegs gewesen war. Dieser Ort fühlte sich fast schon ein wenig an wie Heimat. Und das nicht nur wegen dem großen, schlaksigen Kerl, der gerade mit der Schneeschaufel versuchte, ein paar Schneewehen beiseitezuräumen und den Weg zur Auffahrt besser passierbar zu machen. Smilla blieb stehen.

»So habe ich mir unser nächstes Date nicht vorgestellt«, sagte sie.

Er stützte sich auf die Schneeschaufel und lachte. »Was genau meinst du? Den Schneesturm, den Familienanschluss auf dem Isländerhof oder dass ich zum Schippen verdonnert werde?«

»Alles.« Sie trat zu ihm. Onno ließ die Schaufel fallen, die in einer Schneewehe verschwand, als sie die Arme um seine Schultern legte und sich auf die Zehenspitzen stellte, um ihn zu küssen. »Ich habe gerade die jüngste Insulanerin kennengelernt. Ein süßes Babymädchen, das wohl Pauline heißen wird, wenn sich Ole durchsetzt.«

»Wie ich Ole kennengelernt habe, *wird* er sich durchsetzen.« Onno grinste. Er beugte sich zu ihr herunter und erwiderte den Kuss.

»Hey«, flüsterte sie atemlos, als sie sich voneinander lösten.

»Selber hey. Sag, was hast du für den Rest des Tags geplant? Möchtest du noch eine Nacht in dieser sehr rosigen Wohnung mit dem quietschenden Bett verbringen«, sie lachte auf und wollte einwerfen, dass es in den letzten Wochen *nie* gequietscht habe, »oder wollen wir uns irgendwie zu meinem Tiny House durchschlagen? Es ist bestimmt bis zum Dach zugeweht, wir müssten den Eingang freischaufeln, schätze ich. Aber dafür sind die Fenster bestimmt auch zugeweht, und wir können den ganzen Tag im Bett liegen.«

»Na ja, bis du wieder unterrichten musst.«

»Ja, das bleibt mir wohl nicht erspart. Leider.«

Smilla fasste einen Entschluss. »Ich geh mit dir bis ans Ende der Welt.«

»Das andere Ende der Insel würde für den Anfang reichen.«

Sie gab ihm noch einen Kuss, dann ging sie ins Haus. Carolin stand in der Küche, während Anni und Matti im Wohnzimmer ein Brettspiel spielten. »Bleibst du zum Essen?«, fragte Carolin.

»Ich denke schon. Später wollen Onno und ich uns zur Inselschule durchschlagen.«

»Na, wenn das mal klappt vor dem nächsten Sturm.«

»Lalala, ich hör dich nicht! Kann so ein Tiny House eigentlich umkippen?«

»Ich glaube nicht.« Carolin grinste. Sie wandte sich wieder dem Herd zu. Anni rief »Gewonnen!«, und Smilla ging wieder raus, um oben in ihrer Wohnung schon mal das Nötigste zu packen.

KAPITEL 25

Und auf einmal war da diese Erkenntnis. Sie traf Smilla völlig unvorbereitet, als sie im Schlafzimmer zwischen Bett und Kommode stand, die Hände voll mit Wäsche und Pullovern, um sie in ihren Rucksack zu stopfen.

Ich bin nicht mehr allein.

Smilla musste sich setzen. Aufs Bett, das leise ächzte. Vor letzter Nacht war ihr das nicht aufgefallen, aber wenn man zu zweit darin lag und nicht die ganze Zeit *still* lag, dann quietschte und jammerte es. Oder war das der Sturm gewesen, der um die Hausecken pfiff? Sie lächelte, denn die letzte Nacht war ihr magisch vorgekommen. Obwohl sie wenig Schlaf bekommen hatte, fühlte sie sich ausgeruht und verfügte über schier unerschöpfliche Energie. Der Gedanke, mit Onno bis ans andere Ende der Insel zu marschieren, schreckte sie überhaupt nicht. Im Gegenteil. Es war ein kleines Abenteuer, und anders als noch vor einigen Wochen war ein Abenteuer für sie nicht länger ein unüberwindliches Hindernis. Es war die Einladung, etwas zu erleben und vielleicht auch, die eigenen Grenzen ein wenig zu verschieben. Es war aufregend. Alles daran. Vor allem die Tatsache, dass sie es bisher ausgeschlossen hatte, sich irgendwann in ihrem Leben noch mal so *lebendig* zu fühlen.

Sie blieb ein paar Minuten sitzen und spürte diesem Gefühl nach. Es war erstaunlich. Als wäre eine Milchglasscheibe zerbrochen, die sie seit zwei Jahren zwischen sich und der Welt hochgezogen hatte.

Ihr Handy piepte. Richard schrieb: *Was machst du heute? Bin hier leider komplett eingespannt.* Er schickte ein Bild von sich, wie er hinter einer Bar stand und gerade den Shaker schüttelte. Smilla prustete. Sie fotografierte ihren Rucksack. *Inselseite wechseln. Bin für ein paar Nächte in der Inselschule.*

Gut für dich, schrieb er prompt zurück, dazu ein Herz-Emoji. Er wusste also, was sie mit »in der Inselschule« eigentlich sagen wollte. Sie lächelte und steckte das Handy ein. Gut zu wissen, dass Richard klarkam. Vielleicht sahen sie sich noch mal, bevor er die Insel verließ. Was ja noch ein paar Tage dauern könnte. Aber gut möglich, dass ihm das ganz recht war?

Sie packte fertig, stopfte noch ein paar Skizzenblöcke und ein Mäppchen mit Buntstiften an die Seite und schulterte probeweise den Rucksack. Ein letzter prüfender Blick in den Kühlschrank, aber darin stand nichts, das innerhalb der nächsten Tage verderben und die Tür von innen aufstoßen konnte, um die Weltherrschaft an sich zu reißen.

Jetzt noch ein nahrhaftes Mittagessen, dann war sie bereit für die Polarexpedition nach Osten.

Sie kam von der Rückseite des Hauses, als Onno mit der Schneeschaufel die Haustür erreichte. »Das nenne ich Timing«, neckte sie.

»Von dir oder von mir? Du musst jetzt wohl nicht mehr helfen.« Onno stellte die Schaufel an die Hauswand und schloss sie in die Arme. Er hob sie hoch und ächzte, weil sie mit dem Rucksack glatt zehn Kilo schwerer war.

»Willst du bei mir einziehen?«

»Nur, wenn du nichts dagegen hast.«

»Niemals.« Er küsste sie. Smilla verlor fast das Gleichgewicht, und er musste sich mit einer Hand an der Hauswand abstützen und sie mit der anderen festhalten.

»Alles okay?«, fragte er besorgt.

Sie nickte atemlos. »Zu schnell?«, fragte sie.

»Dass du bei mir einziehst?« Onno schüttelte den Kopf. »Du kannst ja wieder ausziehen, wenn ich dir zu viel werde. Oder wir überlegen was anderes. Aber für den Moment ist das Tempo für mich genau richtig. Für dich?«

Sie nickte wieder und kam sich schon vor wie ein Wackeldackel. »Könnte nicht besser sein«, flüsterte sie.

Nach dem Mittagessen machten sie sich auf den Weg. Inzwischen waren ein paar Insulaner aus den Häusern gekommen, sie unterhielten sich über die verschneiten Hundsrosen hinweg mit den Nachbarn, aber alle waren sich einig, dass der Schnee wunderschön sei und der nächste Sturm sollte wohl auch nicht so arg werden wie der in der letzten Nacht. »Gab schon Schlimmeres«, hörte Smilla eine ältere Frau sagen, und der Nachbar nickte dazu und mehr gab's nicht zu sagen. Gab schon Schlimmeres, wird vielleicht wieder Schlimmeres kommen, aber das hier, das haben wir gut überstanden. Möchte jemand einen Ostfriesentee und warme Waffeln? Es ist noch Eintopf von gestern Abend da, mussten ja doch nicht so viele Inselgäste verköstigen wie gedacht.

Smilla stapfte neben Onno durch den Schnee. Sie genoss die Kälte. Der Himmel war wolkenverhangen, es roch nach noch mehr Schnee, fand sie. Als könnte sie das als

Stadtpflanze so gut beurteilen. Aber während sie schweigend gingen – und es war ein gutes, angenehmes Schweigen, davon konnte sie nicht genug bekommen –, machte sie sich Gedanken. Über Seebären, über alte Kapitäne und über verschlungene Wege, die sich manchmal kreuzten.

Sie hatte es Frieke Gerjets noch nicht so deutlich gesagt, weil sie vermutlich im Moment mit Babyschnüffeln und Wochenbett alle Hände voll zu tun hatte. Aber Smilla hatte eine Idee, wie ihre Seebärskizzen und Friekes Geschichten über den Ollen Hansen zu einer wundervollen Einheit verschmelzen konnten. Sie wusste allerdings nicht, inwieweit Frieke so einer Idee gegenüber aufgeschlossen war. Wenn sie es richtig verstanden hatte, waren die Seebärgeschichten nur eine Art Ergänzung zu der Biografie von Friekes Vater.

»Bereust du es schon?«, fragte Onno. Sie hatten das Dorf hinter sich gelassen, so langsam wurde der Weg beschwerlich, man konnte ihn zwischen den Dünen nur erahnen.

»Niemals.« Sie suchte seine Hand. »Ich denke nur über etwas nach, das mich völlig einnimmt.« War lange her, dass etwas sie so sehr begeistert hatte, dass sie über nichts anderes nachdenken konnte. Okay, fast nichts. Es gab da ja noch diesen wunderbaren Mann an ihrer Seite, mit dem sie sich gerade eine Zukunft ausmalte. Smilla blieb stehen. Sie atmete tief durch, trank die Sekunden, war einfach nur in diesem Augenblick der Stille und Schönheit.

»Spürst du das auch?«, fragte sie leise.

»Ja«, sagte Onno ernst.

Denn mehr gab es nicht zu sagen.

Er staunte. Smilla zog bei ihm ein, und sie tat es, als würde sie für immer bleiben. So einfach war das? Was hatte er mit Pia oder den Freundinnen davor für endlose Diskussionen darüber geführt, wer wie viel von seinem alten Leben aufgeben musste, damit sie gemeinsam in ein neues passten. Als müsste man jeden Quadratzentimeter der gemeinsamen Wohnung erst komplett ausmessen, bis es für beide passte.

Smilla stellte ihren Rucksack vorne neben der Tür ab und begann auszuräumen. Ihre Klamotten in eine Schublade vom Wandschrank, ihre Zahnbürste in das kleine Badezimmer, ihr Duschgel neben seins, die Stifte und Skizzenblöcke legte sie auf den Tisch. Es sah aus, als hätte sie immer schon hier gewohnt, und genauso fühlte es sich für ihn auch an. Als hätte sie hierher gehört, vom ersten Moment an.

Er schaute in den Kühlschrank. »Viel habe ich nicht da.« Die Wanderung hatte länger gedauert als gedacht, und jetzt konnte er schon was zu essen vertragen. Abendessen gab es drüben in der Schulmensa erst in gut zwei Stunden. Morgen ging der Unterricht wieder los, der Alltag würde schon bald einsetzen und sie beide auf die Probe stellen.

Er schloss den Kühlschrank.

Alltag, merkte er. Darin war er nicht so gut. Oder er hatte es nie verstanden, den Alltag so zu gestalten, dass es für beide gut war. Seine Arbeit würde schließlich einen Großteil des Tages einnehmen, wie sollten sie da für sich Zeit finden? Was würde Smilla mit der freien Zeit anfangen, die sich vor ihr ausdehnen würde, endlos und klebrig wie das Wattenmeer?

»Lass mal sehen.« Sie schob sich an ihm vorbei und öffnete den Kühlschrank. Als gehörte er schon jetzt ihr. Onno grinste. So war Smilla, dachte er. So zupackend und selbstgewiss. Sie kramte im Gemüsefach, ließ sich von ihm die anderen Vorräte zeigen und stellte ein paar Dinge neben die Herdplatte, aus denen sich angeblich eine One-Pot-Pasta zaubern ließ. Er ließ sie zaubern und setzte sich auf einen der Küchenstühle.

»Das soll aber nicht zur Gewohnheit werden«, meinte er.

»Wieso? Ich koche gern. Du kannst dafür das Bad putzen.«

»Na gut.« Das machte er zwar nicht unbedingt *gerne*, aber er wollte sich ja nicht aus allem heraushalten. Sie waren ein Team. Nur hatte er bisher nicht in einem Team gespielt und fürchtete, er müsse erst die Spielregeln lernen.

Das sagte er, nachdem sie gegessen hatten. Bei der Mahlzeit hatten sie sich über seine Termine unterhalten. Darüber, wie sie die Vorräte ab morgen ein wenig aufstocken könnten. Smilla schrieb eine Einkaufsliste und überlegte, ob sie mit einem Kinderschlitten ins Dorf gehen könnte, den sie dann mit ihren Einkäufen belud. »Bollerwagen mit Kufen gibt's hier vermutlich nicht?«

»Würde mich nicht wundern, wenn in der Werkstatt der Inselschule nicht bereits ein paar Leute daran tüfteln würden.« Er holte tief Luft. »Ich weiß nicht, wie das geht«, sagte er, bevor ihn der Mut sofort wieder verließ.

»Was genau meinst du?« Sie verstand sofort, dass er nicht von Bollerschlitten sprach, schob die Einkaufsliste von sich weg und legte den Bleistift obenauf.

»Das hier.« Er schloss mit einer Armbewegung das ganze Tiny House ein. »Zuletzt war ich in der Beziehung derjenige, der … alles gemacht hat. Oder das meiste. Dass es jetzt anders ist …«

»Andere Spielregeln«, sprach sie den Gedanken aus, den er nicht über die Lippen brachte. »Jede Beziehung ist … anders. Das hier …« Auch sie machte eine kleine Handgeste. »Das hier lässt sich mit nichts vergleichen, das davor war. Weil ein Vergleich uns entwerten würde. Und alles, was je war. Wir sind nicht mehr dieselben wie noch vor einem oder zwei Jahren. Nicht nur der Fluss ist ein anderer, wenn man hineinsteigt. Auch der Mensch wird nie derselbe sein, wenn er in den Fluss steigt. Klar kannst du Vergleiche ziehen. Aber du darfst auch einfach *sein* und genießen, was wir sind. Was wir werden.«

Sie beugte sich über den Tisch und küsste ihn. »Und darüber kannst du jetzt gern beim Abwasch nachdenken. Ich muss ein paar Seebären zeichnen, sonst platze ich.«

Onno lächelte. Wie schaffte Smilla es nur, die richtigen Worte zu finden, die ihm jede Angst nahmen?

»Danke«, murmelte er. Sie hörte ihn schon gar nicht mehr, denn sie beugte sich über den Skizzenblock und warf einen Seebär nach dem anderen aufs Papier.

Frieke verschlief den halben Tag, und den Rest der Zeit vertrödelte sie mit dem Baby an der Brust und Ole neben sich, der etwas enttäuscht war, weil er mit Baby Pauline gar nichts machen konnte außer sie anzuschauen und gelegentlich mit einem Finger zu streicheln. Frieke las ihm vor. Erst die Geschichten vom Ollen Hansen, dann ein paar Kapitel »Lichterland«, dann noch mal die Kapitänsgeschichten. Das Heft war schon etwas zerfleddert, und als Frieke es nach dem zweiten Lesen beiseite legte, bemerkte sie etwas auf der Rückseite. »Was ist das?«, fragte sie Ole.

»Die hat Smilla gemalt. Sie sagt, der Olle Hansen ist ein Seebär und so stellt sie ihn sich vor.«

Frieke legte den Kopf schief. Der knurrige Otter mit Ölzeug sah wirklich knuffig und zugleich grimmig aus. Sie mochte ihn, denn irgendwie erinnerte er sie an ihren Vater. Frieke legte das Heft beiseite.

Sie musste nachdenken.

Als Bengt am Abend ins Bett kam und sich mühsam neben Ole schob, der darauf bestand, bei ihnen im Bett zu schlafen, solange Baby Pauline so klein war, merkte er sofort, dass irgendwas Frieke keine Ruhe ließ. »Spuck's aus«, sagte er leise.

»Ach, ich denke über mein Buchprojekt nach.« Sie gab Bengt das Heft mit den Geschichten. »Die habe ich für Ole geschrieben. Erst dachte ich, sie sind eben bei der Biografie meines Vaters quasi Beifang aus dem schlimmsten Seemannsgarn, das ich für Ole noch etwas spannender geschrieben habe. Aber Ole liebt die Geschichten, und auf dem Winterzauber habe ich davon fast alle Kopien verkauft.« Sie zog die Stirn kraus. »Ich frage mich … okay, das klingt verrückt. Aber was ist, wenn die Geschichten meines Vaters eher als Kinderbuch taugen? Ein bisschen Seemannsgarn, Abenteuer, Leben mit der Natur, mit dem Meer …« Sie drehte das Heft um und zeigte ihm Smillas Otter. »Und dann habe ich den hier gesehen.«

»Der hat schon Ähnlichkeit mit dem Ollen Hansen.«

»Obwohl sie ihn ja nicht kennt.«

»Möchtest du das denn? Kinderbücher schreiben, meine ich. Das ist ja schon etwas anderes als die Biografie.«

»Das überlege ich halt.«

»Hm«, machte Bengt. »Vielleicht probierst du es einfach aus?«

Damit vergab sie sich nichts, das stimmte. Aber da war noch etwas, das ihr Kopfzerbrechen bereitete. »Habe ich dann überhaupt noch Zeit für alles andere?«

»Wenn du ein Kinderbuch schreibst?«

Sie nickte nachdenklich. Pauline – der Name war wohl gekommen, um zu bleiben – schmatzte im Schlaf, und sofort beugte Frieke sich über die Kleine und beobachtete sie.

»Du hast immer Zeit gefunden für das, was getan werden muss. Ob das nun die Familie ist oder der Buchladen. Ich bin sicher, das wirst du auch bei einem Kinderbuch schaffen. Nicht, dass du es einfach mit reinschiebst. Sondern eher – na ja. Es wird eben Teil deines Alltags sein. Es wird nicht so schnell gehen wie bei einer hauptberuflichen Autorin. Aber bisher hast du alles geschafft, was du wolltest, oder?«

Da war Frieke nicht so sicher. Doch Bengt ließ sich nicht beirren.

»Der Buchladen?«

»Den wollte ich erst nicht«, widersprach Frieke. Sie musste lachen, denn damals, als Ebba ihr erklärt hatte, Frieke habe diese »Gabe«, dass sie den Menschen immer das richtige Buch hinlegte, hatte sie es erst nicht glauben wollen. Und die Einsicht, dass Ebba sie zu Recht als Nachfolgerin für den Buchladen auserkoren hatte, musste auch erst in den einsamen Monaten in Boston reifen. Aber inzwischen war es nicht mehr die Buchhandlung von Ebba und Willem, sondern eben Friekes Buchladen.

Und das würde er auch bleiben. Selbst wenn er inzwischen zur Hälfte Sonja gehörte.

»Für mich sieht das so aus«, fuhr Bengt fort. »Du machst das, was dir Spaß macht. Das, was dir keine Ruhe lässt. Buchläden weiterführen, Kinder bekommen, Geschichten schreiben. Das, was du willst, kommt zu dir, auch wenn du dich vordergründig dagegen wehrst.«

Frieke verstand.

»Schaffen wir das?«, fragte sie zweifelnd.

Sie lehnte sich zurück, und über Ole zwischen ihnen beugte sich Bengt zu ihr und küsste sie auf den Mund. »Wenn uns die Quarkrosinenbrötchen nicht ausgehen, schaffen wir alles«, flüsterte er.

Sie lächelte.

»Holst du mir noch eins?«

»Ich hole dir so viele du willst.« Bengt schlich nach unten. Ole bewegte sich im Schlaf, er lächelte und flüsterte: »Pauline«. Frieke merkte, wie ihr Herz überquoll von so viel Liebe für ihre Kinder, ihren Mann, ihr Leben.

Bengt hatte recht. Sie konnte tun und lassen, was sie wollte. Sie hatte den Buchladen, seine Unterstützung, es ging ihnen gut und sie hatten zwei gesunde Kinder. Das Leben war anstrengend, doch es war zugleich unendlich gut zu ihnen.

Alles, was jetzt noch kam, war quasi der Kirschkokosstreuselkuchen am Sonntagnachmittag.

EPILOG

Durch das offene Fenster hörte man ein Baby vergnügt krähen, begleitet vom Klappern von Holzbausteinen, die in sich zusammenfielen.

Smilla stellte ihr Fahrrad neben der Heckenrose an die Straße. Abschließen sparte sie sich inzwischen, obwohl sie auch nach acht Monaten auf der Insel immer noch das Berliner Unwohlsein befiel, ihr Eigentum ungesichert und unbeaufsichtigt an die Straße zu stellen. Komischerweise war bisher aber nichts passiert. Sie nahm die Mappe aus dem Fahrradkorb und legte stattdessen den Fahrradhelm hinein. Dann ging sie zum kleinen Kapitänshaus, das im Schutz der Bäume trotz des Hochsommertags angenehm beschattet wurde.

Das Fenster zu dem kleinen Büro im Erdgeschoss, das Frieke sich inzwischen mit Bengt teilte, stand weit offen. Frieke saß am Schreibtisch, Kopfhörer in den Ohren und den Blick leicht gerunzelt und konzentriert auf den Bildschirm vor sich gerichtet. Als Smilla an den Fensterrahmen klopfte, schaute sie auf und strahlte. »Da bist du ja!« Sofort nahm sie die Kopfhörer heraus und klappte den Laptop zu. »Hast du die Entwürfe dabei?«

»Ja.« Smilla hob die Mappe leicht hoch.

»Warte, wir setzen uns damit in den Garten.« Frieke stand auf. Sie kam zur Haustür und ließ Smilla herein.

Am Wohnzimmer vorbei ging es zur Terrasse. Smilla warf einen Blick hinein und sah Bengt, der mit Pauline und Ole spielte. Die Kita hatte gerade Sommerferien.

Frieke bog in die Küche ab, aber Smilla kannte den Weg zu der kleinen Terrasse hinter dem Haus. Sie legte die Mappe auf den Tisch und ließ sich in einen der Liegestühle sinken.

»Möchtest du auch Kaffee?«, rief Frieke aus der Küche.

»Ja bitte!«

Sie blieb sitzen, weil sie wusste, dass Frieke es nicht mochte, wenn jemand in ihrer Küche im Weg stand. Es dauerte nicht lange, bis zwei Becher mit Milchkaffee, ein Schälchen Schokokekse und eine Schale mit Himbeeren auf dem Tisch standen. Frieke nahm mit einem Strahlen die Mappe entgegen und schlug sie beinahe andächtig auf.

»Das sind sie.« Ganz behutsam strich sie über die colorierten Zeichnungen vom Seebär Oller Hansen. Rund ein Dutzend Illustrationen waren es, die zu den ersten drei Vorlesegeschichten gehörten, die Frieke in den vergangenen Monaten nach und nach überarbeitet hatte. Insgesamt fünfzehn Geschichten waren zusammengekommen, ein prallgefüllter Band über den Seebär und Kapitän Hansen, der über die sieben Weltmeere reiste, mit den Wellen reden konnte und allerlei Abenteuer auf dem Meer und mit den unterschiedlichsten Meeresbewohnern erlebte.

»Sooo schön«, murmelte Frieke andächtig. »Ehrlich, du hast dich selbst übertroffen.«

Smilla lehnte sich mit dem Kaffeebecher in den Händen zurück und beobachtete, wie Frieke die anderen Zeichnungen anschaute. Sie atmete tief durch und merkte, wie die

Anspannung von ihr abfiel. Es war jedes Mal für sie ein großer Moment, wenn ihre Kunstwerke erstmals geprüft wurden. Hatte sie an alles gedacht? Passten die Details?

Frieke aber wirkte gänzlich zufrieden mit den Bildern. »Jetzt können wir uns auf die Verlagssuche machen«, sagte sie.

Es war vielleicht ungewöhnlich, dass eine Autorin mit einer Illustratorin zusammen ein Buchprojekt bei den Verlagen vorstellte. Doch Frieke hatte sich nicht davon abbringen lassen, dass Smillas Seebär genau so, wie er war, zu ihren Geschichten gehörte. »Mit dir oder gar nicht«, hatte sie in den vergangenen Monaten, während sie gemeinsam an der Leseprobe arbeiteten, immer wieder erklärt. Bis Smilla ihren Widerstand aufgab. Frieke wollte sie dabei haben? Dann war sie dabei.

Nachdem sie noch ein paar winzige Anpassungen besprochen hatten, schaute Frieke auf die Uhr und wurde etwas hektisch. »Ich muss in einer halben Stunde im Buchladen sein und vorher die Kinder zum Isländerhof bringen.«

»Brauchst du Hilfe?«, bot Smilla an.

»Hast du Zeit?«

Smilla zuckte mit den Schultern. »Klar. Onno ist beschäftigt.«

»Dann gerne.«

Sie gingen ins Haus, wo Bengt bereits mit Ole und Pauline wartete. Die Kleine freute sich, ihre Mama zu sehen und hüpfte fast auf Friekes Arm. Ole sauste nach draußen. Seit ein paar Wochen war er stolzer Radfahrer und wollte natürlich selbst radeln. Pauline kam im Lastenrad vorn in einen speziellen Kindersitz und bekam ihren eigenen Helm auf. So gerüstet radelten sie zehn Minuten später los Richtung Isländerhof. Smilla freute sich über die Gelegenheit, mal wieder bei Bjarni vorbeizuschauen.

In den vergangenen Monaten hatte sie ihr ganzes Leben umgekrempelt. Berlin hatte sie hinter sich gelassen. Schweren Herzens die Wohnung gekündigt und über das Osterwochenende komplett ausgeräumt. Sanne lebte inzwischen auf einem Pferdehof im Sauerland, und wenn Smilla die Fotos richtig deutete, die sie gelegentlich schickte, war sie dort glücklich.

Die Wohnung ausräumen und viele Dinge weggeben, die einst Jonas und ihr gehört hatten, weil sie nicht alles auf die Insel mitnehmen konnte, war ein schwerer Schritt gewesen. Onno hatte sie begleitet, und jedes Mal, wenn es drohte, ihr zu viel zu werden, hatte er sie festgehalten. Einfach so, weil sie Halt brauchte. Sie hatte viele Dinge verkauft oder verschenkt, und als sie am Ende der langen Osterwoche in der leeren Wohnung stand, hatte sie gespürt, dass es der richtige Schritt war. Sie gehörte nicht länger hierher, das Leben, wie sie es vor Spiekeroog geführt hatte, war vorbei.

Sie war in den Lastwagen gestiegen, den Onno Richtung Nordwesten lenkte. Darin all das, was sie mitnahm. Ein paar schöne Schüsseln, ihre Kleidung, Fotoalben, ihre Künstlersachen, Bücher und Jonas' Klarinette. Von ihr hatte sie sich nicht trennen können, denn sie gehörte zu ihrer Vergangenheit.

Vieles hatten sie in Neuharlingersiel erst einlagern müssen, denn ihr neues Heim auf der Insel war längst nicht bezugsfertig. Auch da wartete noch eine Menge Arbeit auf sie.

Erst hatten Onno und sie überlegt, ob sie gemeinsam im Tiny House auf dem Schulgelände leben wollten. Aber sie hatte schon bald gemerkt, dass sie näher am Dorf sein wollte. Im Grunde war es egal, wo sie arbeitete, wenn sie genug Papier, ihre Stifte und Licht hatte. Licht bot die Insel. Aber sie brauchte etwas mehr Platz als die vierundzwanzig Quadratmeter im Tiny House – vor allem im Winter, wenn das Leben nicht mehr großteils draußen stattfand. Das war vor wenigen Monaten okay gewesen, weil sie rasch entschieden, dass das Häuschen am Ende der Insel nur für den Übergang diente. Schwieriger war es nach dieser Entscheidung gewesen, Wohnraum auf Spiekeroog zu finden.

Es war Friekes Vorschlag gewesen, dass Onno und Smilla die Wohnung, die einst von Ebba und Willem unterm Dach des kleinen Inselbuchladens bewohnt worden war, für ihre Zwecke umzubauen und bei der Gelegenheit ein wenig zu modernisieren. Seit Ebba und Willem den Buchladen an Frieke übergeben hatten, gab es zwei Ferienwohnungen statt einer. Frieke wurde das inzwischen zu viel. Die andere Wohnung nutzte sie ohnehin meist für ihre Saisonkräfte oder wenn ihre Eltern zu Besuch waren.

Mitten im Dorf, über einem Buchladen und gegenüber der Eisdiele Karierte Kuh – besser ging es nicht. Smilla und Onno wurden sich mit Frieke rasch einig und mieteten die Wohnung. Größere Umbaumaßnahmen mussten sie bis in den Herbst vertagen, denn im Sommer sollte nichts das Idyll des Inseldorfs stören. Aber Onno hatte sich bereits daran gemacht, in allen Räumen die Fußböden und Tapeten zu erneuern. Ab Oktober wollten sie dann ein neues Bad einbauen, und dann wäre ihr neues Heim bezugsfertig.

Manchmal konnte Smilla es nicht glauben. Dass sie hier lebte. Dass sie das machen durfte, was sie liebte. Dass da jemand war, der sie an die Hand nahm, wann immer sie der Mut verließ. Das Leben bestand auch hier nicht nur aus Harmonie und Zuckerguss, gerade letzte Woche hatten Onno und sie sich das erste Mal so richtig gestritten, weil er andere Vorstellungen vom Fußboden in der Küche hatte als sie. Aber danach hatten sie sich vertragen und gemeinsam eine Lösung gefunden, die beiden gefiel.

Sie war glücklich. Frieke, Emma und Sonja hatten sie in ihrem Kreis aufgenommen, als hätte sie immer schon dazugehört. Sie durfte aber auch ihr Alleinsein genießen, wenn sie alleine sein wollte. Lange Ausritte auf Bjarni brachten sie zuverlässig wieder zu sich.

Sie bogen in die steile Auffahrt zum Isländerhof ein. Conny stand gerade im Hof und erklärte einem Dutzend Pferdemädchen die Verhaltensregeln für den Ausritt. Die Eltern und jüngeren Geschwister standen am Rand. Carolin stand unter ihnen. Sie hatte das acht Wochen alte Baby im Tuch vor der Brust und winkte, als sie Smilla und Frieke entdeckte.

Ole kurvte lässig an den Pferdemädchen vorbei zu Carolin. Sie beugte sich zu ihm runter und die beiden gaben sich High five. Frieke ließ ihr Fahrrad ausrollen. »Und es wird dir nicht zu viel mit den Rabauken?«, erkundigte Frieke sich bei Carolin.

»Ach Quatsch. Ab drei macht's keinen Unterschied mehr.«

Carolin war auf der Insel geblieben. Sie lebte inzwischen mit Conny zusammen, nicht als Paar, sondern als WG. Conny blühte auf, seit sie mit den Kindern unter einem Dach lebte. Irgendwann hatte sie Smilla anvertraut, dass sie immer noch von einem eigenen Kind träumte. »In ein paar Jahren vielleicht«, hatte sie gesagt. Träume starben nicht, wenn man sie verschob.

Smilla bewunderte Conny um ihre Klarheit. Sie wusste noch nicht, ob ihr Leben *diese* Wendung irgendwann noch mal nehmen würde. Im Moment fühlte sie sich dafür nicht bereit. Zu viele Veränderungen taten ihr nicht gut, sie musste das alles erst verarbeiten. Auch das war eine wichtige Erkenntnis für sie.

Sie winkte Carolin und Conny zum Abschied, dann sauste sie die Auffahrt hinunter hinter Frieke her, die jetzt kräftig in die Pedale trat. Smilla versuchte sich zu entspannen. Aber immer noch war es für sie *aufregend*, wenn sie sich aufs Fahrrad setzte. Nicht mehr so beängstigend wie zu Anfang, als Onno ihr ein altes Hollandrad vors Tiny House gestellt hatte. Mit Helm natürlich. Erst hatte sie protestiert, denn niemals würde sie auf so ein Ding steigen. Aber Onno hatte es stehen gelassen, und ein paar Tage später kam es ihr schon weniger bedrohlich vor. Und als Ole ihr freudestrahlend erzählte, *er* könne ja jetzt Rad fahren und sie fragte, ob sie mit ihm eine Tour zur Karierten Kuh machte, hatte sie erst ablehnen wollen, weil sie zwar Rad fahren konnte, aber nicht *wollte.*

Nur wie sollte sie das einem Fünfjährigen erklären, der sie verehrte, weil sie ihm jedes Tier zeichnete, das er sich wünschte? Also hatte sie ihm versprochen, beim nächsten

Mal mit dem Fahrrad zu kommen und ihn auf ein Spaghettieis in der Zimtwaffel einzuladen.

Am nächsten Tag stieg sie aufs Rad und fuhr los. Nicht ohne Herzklopfen. Aber mit dem euphorischen Gefühl, wieder ein Stück ihrer Angst, ihres Traumas überwunden zu haben auf dem Weg zu mehr Normalität.

Als sie nun die Fahrräder neben dem Buchladen abstellten, winkte Smilla nur kurz in Friekes Richtung. Sie wollte schauen, wie weit Onno in der Zwischenzeit gekommen war.

Aus der Wohnung unterm Dach des Inselbuchladens hörte sie schon im Treppenhaus das Radio dudeln, das beständige Schaben eines Tapetenkratzers und Onnos schiefe Stimme. Sie musste grinsen. Onno war leider überhaupt nicht musikalisch, doch er liebte es, zu singen.

Er hockte im Wohnzimmer und entfernte die letzten Tapetenfitzel. Smilla umarmte ihn von hinten, er machte »uff«, und beide purzelten nach vorne in den Berg aus Tapetenfetzen. Smilla rollte zur Seite. Onno beugte sich über sie und küsste sie.

»Du hast mich erschreckt.« Sein Gesicht war dicht an ihrem, er flüsterte es ihr zu.

»Ach, und ich dachte, du bist so atemlos, weil du mich liebst.«

»Mein Herz hat sich nur ein bisschen verjagt.« Er küsste sie auf die Nasenspitze. Behutsam drückte Smilla ihn von sich weg und stand auf. Die Wände im Wohnzimmer waren bis auf eine Ecke komplett von den alten Tapeten befreit. »Darf ich am Wochenende tapezieren?«

»Darfst du alles.«

»Ich freu mich schon so.«

Er trat hinter Smilla und umarmte sie. »Ich mich auch. Allerdings … Was machen wir mit dem dritten Zimmer?«

Sie ging voran. Es gab ein helles Wohnzimmer, ein hübsches Schlafzimmer und ein etwa zehn Quadratmeter großes drittes Zimmer, das zwischen Wohnzimmer und Schlafzimmer lag. Smilla stieß die Tür auf. Hier waren schon alle Tapeten entfernt und eine Glühbirne baumelte von der Decke. Vom Fenster hatte man einen wunderschönen Blick auf den Garten hinter dem Buchladen.

»Weiß nicht? Was schlägst du vor?« Jetzt war es ihr Herz, das hämmerte. Über Kinder hatten sie gesprochen, aber sie waren einig gewesen, dass es jetzt nicht passte. Trotzdem stellte Onno jetzt die Frage, was mit dem dritten Zimmer passieren sollte. »Ein Gästezimmer für Pia oder Richard vielleicht?«

»Nein, kein Gästezimmer. Es sei denn, da würde ein Dauergast einziehen. So für achtzehn Jahre ungefähr.«

Sie blieben einfach stehen und ließen den Gedanken auf sich wirken.

»Das wäre schön«, sagte Smilla leise. »Ich habe darüber viel nachgedacht.«

»Ich auch.«

»Und zu welchem Ergebnis bist du gekommen?«

»Wir werden nicht jünger.«

»Wie überaus romantisch.« Sie drehte sich zu ihm um und knuffte ihn. »Ich meine es ernst.«

»Ich weiß«, erwiderte er. »Und darum sage ich – lass es uns versuchen. Es gibt keine Garantie, für nichts. Ich könnte morgen beim Radeln über eine Fußgängerin stürzen und sterben. Du könntest von einem Radfahrer überfahren werden und sterben. Das Leben ist kurz, und ich möchte es nutzen, solange wir hier sind. Solange wir das hier sind.« Er machte eine weitgreifende Armbewegung, und Smilla musste kichern.

»Du meinst, eine leere, nackte Wohnung?«

»Mach dich nur lustig. Ich habe eine *Vision.*«

»Das ist schön.« Sie zögerte. Onno bemerkte es und breitete die Arme aus.

»Komm her«, murmelte er. Sie schmiegte sich an ihn, den Kopf an seine Brust gelegt. »Wenn du noch Zeit brauchst, verstehe ich das. Oder wenn du dich nie dafür bereit fühlst. Aber ich bin bereit, und ich warte auf dich, solange du willst. Nichts von alledem ist Bedingung dafür, dass wir sind, wer wir sind.«

Sie atmete tief durch. All die Gefühle, die sie überrollten, durften sein. Auch die Trauer hatte immer noch einen Platz in ihrem Leben. Aber sie hatte sich verändert. Sie blickte nach vorne, und da gab es so viele schöne Dinge, die auf sie warteten. Die Zukunft stand noch nicht geschrieben, doch Smilla war fest entschlossen, das nächste Kapitel ihres Lebens mit so viel Lebendigkeit wie möglich zu füllen.

»Lass es uns anpacken«, sagte sie entschlossen.

»Jetzt und hier?« Seine Augen blitzten vergnügt.

»Erst die Arbeit! Ich möchte bitte weiße Tapeten und eine Meerlandschaft an der Wand dort«, zeigte sie. Dann zog sie seinen Kopf zu sich herunter und küsste ihn. »Heute Abend dann das Vergnügen«, versprach sie ihm.

Friekes Buchempfehlungen, chronologisch sortiert:

Über eine aussichtslose Jugend lesen, Coming of Age meets Gesellschaftskritik: »Demon Copperhead« von Barbara Kingsolver

Wenn man den Blutdruck treiben will, weil die Literaturgeschichte der frühen Bundesrepublik nur von Männern geschrieben wurde: »Einige Herren sagten etwas dazu« von Nicole Seifert

Nachdenken über die Grenzen dessen, was Literatur darf: »Yellowface« von Rebekka F. Kuang

Wenn man sich mit den Verlusten des Lebens auseinandersetzen möchte: »Die Zeit der Verluste« von Daniel Schreiber

Was es heißt, eine Frau zu sein: »Alles, was ich weiß über die Liebe« von Dolly Alderton

Eine herzzerreißende Liebesgeschichte: »Cleopatra und Frankenstein« von Coco Mellors

Fantasy-Epos für einen langen Winter: »Das Lied von Eis und Feuer« von George R. R. Martin, aktuell 10 Bände